관동 關東
800리
인문기행

관동 關東
800리 인문기행

2020년 7월 1일 초판 1쇄 발행

글   권혁진
펴낸이   원미경
펴낸곳   도서출판 산책
편집   김미나 정은미

등록   1993년 5월 1일 춘천80호
주소   강원도 춘천시 우두강둑길 23
전화   (033)254_8912
이메일   book4119@hanmail.net

ⓒ 권혁진 2020
ISBN 978-89-7864-083-1   정가 15,000원

관동 開東
800리
인문기행

글   권혁진

산책
도서
출판

머리말

동해안을 여행하면 곳곳에서 정철의 「관동별곡」에 등장하는 공간을 만난다. "강호에 병이 깊어 죽림에 누웠더니 관동 팔백 리의 방면을 맡기시니~"로 시작되는 「관동별곡」의 주 배경이 동해안이다.

관동이란 명칭은 고려 때부터 강원도 지방을 일컫기도 했지만, 강원도 동해안 지역을 의미하기도 했다. 이 지역은 한시와 가사, 그리고 그림 등을 통해 널리 알려져 왔고, 그 중 관동팔경이 대표적 경관이다. 그러나 팔경에 대한 과도한 관심은 동해안 일대 수많은 문화공간이 소외되는 폐단을 낳기도 했다.

팔경 사이사이에 시문과 그림이 창작된 공간을 찾아보기 시작했다. 잊혀진 또는 잊혀져가는 공간의 의미를 되살려보고 싶었다. 관심을 갖기 시작하니 동해안 곳곳이 새롭게 보이기 시작했다. 바닷가 바위는 이름 없는 바위가 아니었다. 호수도 또한 시문의 향기가 배어 있는 것이 아닌가? 명소도 새로운 모습으로 다가왔다.

동해안을 편의상 관동팔경을 중심으로 권역을 나눈다면 남한 지역은 여섯 권역으로, 북한 지역은 총석정 권역과 삼일포 권역으로 나눌 수 있다. 남한 지역은 관동팔경과 행정구역을 고려해 고성, 속초, 양양, 강릉, 동해, 삼척, 울진으로 나누었고, 시문이 창작되고 그림의 배경으로 등장하는 문화적 공간과 의미를 알리는데 주안점을 두었다. 특히 팔경 중에서도 청간정과 망양정, 그리고 월송정의 역사와 위치에 대하여 자세하게 조사하여 새로운 시각으로 바라본 것은 이 책의 미덕이다.

선유담, 능파대, 향호, 풍호, 허리대, 소공대, 주천대 등 미처 알지 못했던 공간을 만날 때의 두근거림을 잊을 수 없다. 몇몇 장소는 지역에 사시는 분들의 도움을 많이 받았다. 감사드린다. 답사 장소는 바닷가를 중심으로 했다.

북한의 두 권역은 여백으로 남겨두었다. 평화로운 왕래와 통일 이후를 기대한다. 이른 시간 내에 관동 문화권 복원을 고대한다. 두 권역 뿐만 아니라 동해안을 따라 두만강 하류까지 걸으며 선인들이 사랑했던 문화공간을 답사하는 것도 추후의 과제다.

삶이 힘들거나 권태로울 때 태백산맥을 넘어 동해로 여행을 가곤 한다. 그곳은 각박한 현실에서 한두 걸음 벗어난 여유로운 공간이다. 문화적인 의미도 찾을 수 있지만, 그곳을 거닐면서 나를 객관적으로 보게 되었다. 나의 문제가 무엇인지 인식하고, 해결 방안을 찾아 다시 활력을 얻고서 대관령을 넘곤 했다. 동해안은 단순히 놀다 가는 곳이 아닌, 문화의 향기를 맡는 곳이다. 그 속에서 선인들을 만나고 선인들의 이야기 속에서 자신을 치유하는 공간이다.

차 례

양양

강릉

동해

고성

맑고 넓으며 깊숙하고 그윽한 아름다움
화진포

해당화 꽃이 지천으로 피어 꽃 피는 나루라는 화진포花津浦. 꽃보다 소나무가 먼저 반긴다. 바람은 청량한 소리를 내며 지나간다. 겨울이어서 더욱 그러할 것이다. 여름이면 이름에 걸맞게 붉은 해당화가 피어날 것이다. 호수는 왼쪽이다. 호수는 백두대간을 다 담고도 남을 정도로 넉넉하다. 하늘도 함께 담고 있으나 으스대지 않는다. 철새가 까맣게 날아올랐다가 다시 내려앉지만 고요하고 담담하다. 이명준李命俊, 1572~1630이 「유산록」에서 '맑고 넓으며 깊숙하고 그윽한 것을 경포호와 비교한다면 경포호가 아래'라고 평한 것은 이런 아름다움에 주목한 것이리라. 그렇다면 화진포의 미학은 '맑고 넓으며 깊숙하고 그윽함'이다. 시로 표현 하면 이럴 것이다.

겹겹 산봉우리 평평한 호수 에워쌌는데 　層巒疊嶂擁平湖
물 푸르고 모래 희어 한 폭 그림 같네 　水碧沙明似畫圖
우뚝한 소나무는 바다 구석을 가리고 　偃蹇松杉遮海曲
들쭉날쭉 꽃과 버들 숲 모퉁이서 비치네 　參差花柳照林隅
신선 되려고 봉래산 찾을 거야 없으며 　不須換骨尋蓬島
무우(舞雩)서 바람 쐬고 읊조림보다 나으니 　太勝乘風詠舞雩
마부 물리치고 나만 홀로 가서 　欲屛騶徒身獨往
복건 쓰고 여장 짚고 거닐고 싶구나 　幅巾藜杖踏靑蕪

백두대간의 중첩된 산과 호수, 모래와 소나무, 그리고 꽃이 등장한다. 흑백의 수묵화에 빨간 점을 찍었다. 일부러 신선이 산다는 봉래산을 찾을 필요가 없다. 여기 화진포가 바로 신선이 살 정도로 아름답기 때문이다. 공자가 제자에게 자기의 뜻을 말해 보라고 한다. 증점曾點은 저문 봄에 봄옷이 이루어지거든 관자 5~6인, 동자 6~7인과 함께 기수에서 목욕하고 무우舞雩에서 바람을 쐬고 읊조리며 돌아오겠다고 대답한다. 공자는 너를 허여한다며 감탄했다. 천시天時에 순응하면서 유유자적하는 것에 대한 인정이리라. 시는 화진포에서 거니는 것이 기수에서 목욕하고 무우에서 바람 쐬는 것보다 낫다고 보았다. 시는 성현成俔, 1439~1504의 「열산호列山湖를 지나다」이다.

열산호는 화진포의 다른 이름이다. 『신증동국여지승람』은 전설을 들려준다. 열산현烈山縣 동쪽 2리에 큰 호수가 있어 둘레가 수십 리인데, 언덕과 골짜기를 감싸고 걸쳐 있어서 여러 호수에 비하여 제일 크다. 전해져오는 말이, 옛날 큰물이 나서 열산烈山 골짜기를 휩쓸자 새 고을을 옮겨 산기슭에 마련했다. 전의 고을은 물속에 잠겼는데, 갠 날 파도가 조용하면 담장과 집 모습을 볼 수 있다고 한다. 어느 전설이 먼저인지 모르겠으나 화진포 전설과 궤를 같이한다.

이화진이라는 부자가 시주 온 스님에게 소똥을 퍼주자, 며느리가 쌀을 퍼서 스님에게 주면서 시아버지의 죄를 용서해 줄 것을 빈다. 스님은 산까지 쫓아온 며느리에게 절대 뒤를 돌아보지 말라고 당부한다. 그러나 며느리는 뒤에서 소리가 나자 무심결에 뒤를 돌아본다. 폭우가 쏟아져 마을은 호수로 변하고, 며느리는 슬퍼하다가 돌이 되었다. 마을 사람들은 며느리를 서낭신으로 모셨는데, 이후 농사가 잘 되고 전염병이 사라졌다는 내용이다.

악행을 저지른 부자에 대한 응징이라는 주제를 담고 있는 장자못 설화는 며느리의 '고개돌림(금기 파기)'에 주목하기도 한다. 며느리는 도승으로 표상되는 초월적 세계와 장자로 표상되는 세속적·물질적 세계의 중간에 위치한 중간자로서 인간적 한계를 벗어나지 못하는 존재이며, 그러한 유한성은 인간의 속성 또는 인간의 존재양상으로 부각된다. 화진포 전설은 인간을 초라하게 만들지만, 화진포는 세속적인 인간을 잠시 속계를 떠나 선계에서 노닐게 하는 자비를 베푼다.

화진포

맑고 넓으며 깊숙하고 그윽한 아름다움에 매료된 사람들은 별장
을 만들어 신선의 경계에서 노닐었다. 호수와 바다 사이의 야산에
'김일성 별장'으로 알려진 '화진포의 성'이 자리를 잡았다. 1938년
지어질 당시엔 휴양촌의 예배당이었는데, 전쟁 후 김일성이 가족과
함께 이곳에 며칠 묵었다. 김일성 별장으로 불리다 지금은 역사안
보전시관으로 단장되었다. 화진포의 성은 내부에 김일성의 정체,
독재체제 구축 과정, 한국전쟁 도발, 그리고 정전협정 이후 북한의
도발 등 북한 관련 자료를 게시하고 있다. 김정일과 김경희가 어린
시절 이곳에서 찍은 사진도 보인다.

인근 소나무 숲 속에 있는 건물은 이기붕 별장이다. 1920년대
에 외국인 선교사들에 의해 건축되어 현재까지 보존된 건물이다.
해방 이후에 북한공산당 간부 휴양소로 사용되어 오다가 휴전 후

이기붕 별장

에 부통령이었던 이기붕의 처 박마리아가 개인별장으로 사용하였다. 박마리아는 생전에 인근 고성군 대진읍에 대진교회를 세우고 자주 이곳을 찾았던 것으로 전해지고 있다. 이기붕은 어떤 인물인가. 1945년 이승만 비서가 되었고, 1949년 서울특별시 시장, 1951년 국방부장관이 되었으며 같은 해 자유당 창당에 참여했다. 1954년 제3대 민의원에 당선되어 민의원 의장을 거쳐, 1960년 3.15선거에서 부통령에 당선되었다. 관계·정계에 재직할 때 이승만 대통령의 권력을 등에 업은 그의 정치적 전횡은 민원의 대상이 되었다. 결국 3.15부정선거에 항의하는 4.19혁명으로 부통령을 사임하고 경무대에 피신해 있다가 장남 강석의 권총으로 전 가족이 자살했다.

이기붕 별장에서 1㎞쯤 떨어진 곳에 이승만 별장이 호수를 바라보고 있다. 이승만 별장은 1954년에 신축된 뒤 1961년에 폐허가 되었다가, 1997년 7월 육군이 재건축하여 전시관으로 복원되었다. 별장의 외부는 아담하고 소박하다. 내부는 침실과 집무실로 쓰던 방두 개와 거실로 구분되어 있으며, 유족들에게 기증받은 물품들을 전시한다. 이승만 대통령이 기거하던 시절의 모습을 그대로 재현하였다. '한국사를 움직인 100인'에 실린 이승만에 대한 평은 이렇다. "대한민국 임시정부의 초대 대통령이며 대한민국의 초대 대통령인 이승만은 우리나라의 현대사를 관통한 인물이다. 그에 대한 평가는 그가 살아 있을 때뿐만 아니라 세상을 떠난 지금도 양극단으로 팽팽하게 나뉘어져 있다. 이승만을 긍정적으로 평가하는 입장은 그의 임시정부 활동과 해방 이후 대한민국의 건국에 기여한

점, 농지 개혁과 한미 상호방위조약 체결로 경제 개발을 이룩할 수 있는 토대를 구축했다는 점, 반공주의적 지도자라는 점 등을 꼽는다. 반대로 그에 대해 부정적으로 평가하는 입장은 그가 권력을 위해 분단정부 수립을 주도했고, 친일 세력을 청산하지 못했으며, 한국 사회에 반공주의의 씨를 뿌리 내리고, 독재 정치로 민주주의 발전을 막았으며, 종속적인 한미 관계를 가져왔다는 점을 비판한다."

별장 이곳저곳에 있는 글 앞에서 잠시 멈추었다. 1957년 설날 아침에 쓴 글씨가 먼저 눈에 들어온다. '언무실즉허言無實則虛 심위공즉정心爲公則正', '말에 실질이 없으면 공허하고, 마음이 공공公共을 위하면 정의롭다' 얼마나 좋은 말인가. 정치가들의 공허한 말들, 자신과 자기 당파만을 위해 정쟁만 일삼는 이 시대의 정치인들에게 들려주고 싶은 말이다. 밖으로 나가니 '민위방본民爲邦本 본고방녕本固邦寧'이 돌에 새겨져 있다. '국민은 나라의 근본이고, 근본이 군건하여야 나라가 편하다' 『서경』에 나오는 말로, 생략된 앞부분은 '백성은 가까이 할 수는 있으나 얕보아서는 안 된다'이다. 국민을 위한 정치를 강조한 말이다.

굳이 경전이 아니더라도 정치가들이 명심할 좋은 구절들은 차고 넘친다. 말이 중요한 것이 아니라 실천하는 것이 중요하며, 실천이 얼마나 힘든지 별장 주인 세 사람은 알려준다. 별장 주인들은 올바른 권력에 대해서도 다시 생각하게 한다. 맑고 넓으며 깊숙하고 그윽한 화진포에서 피비린내 나는 정치의 폐해와 권력을 생각하고 있으니 이 얼마나 아이러니컬한 일인가?

신선은 이제 오지 않는다

선유담

공현진리 송지호모텔 옆길을 따라 걸어가며 신선이 노닐만한 잔잔한 호수를 기대하였다. 호수는 사라졌다. 바람 빠진 풍선처럼 한껏 작아진 습지에 무성한 갈대만 보일 뿐이다. 선유담仙遊潭은 육화가 빠르게 진행되어 거의 사라진 상태가 되었다.

윤휴尹鑴, 1617~1680의 「풍악록」 속으로 들어가야만 선유담의 온전한 모습을 만날 수 있다. 간성읍을 지나 소나무숲 속으로 10여 리 가자 둘레가 3리쯤 되어 보이는 호수 하나가 보인다. 남쪽으로 묏부리가 호수 속까지 들어오고, 고색창연한 바위에 모래가 하얗다. 푸른 소나무 울창하고 호수 안에 순채가 가득하다. 논으로 변한 곳이 모두 호수였고, 바닷가 국도는 소나무 울창한 모래밭이었다.

선유담의 경치와 미학을 알려주는 것은 이의숙李義肅, 1733~1807의 『이재집』에 실린 「선유담」이다.

바닷가 호수라고 부르는 것 중에 어떤 것은 포구와 서로 이어지고, 어떤 것은 바람과 파도가 넘쳐서 소용돌이치기도 한다. 삼일포, 감호, 화진포가 모두가 그러하다. 홀로 선유담은 스스로 이루어진 특별한 호수로 바다에 속하지 않는다. 너그럽고 둥글어 치우치지 않고, 서남쪽과 북쪽은 산기슭으로 둘러싸였다. 앞으론 모래언덕이 가리고 있는데 낮고 평평한 것이 나지막하게 쌓은 담 같다. 언덕 위에는 커다란 소나무가 심어졌으며, 언덕 밖으론 바다가 담청색을 칠한 눈썹처럼 가느다랗다. 작은 기슭이 남쪽으로부터 점차 호수로 들어왔다. 반쯤은 기슭에 의지하고 반쯤은 호수에 떠 있도록 아름답게 지은 것이 가학정(駕鶴亭)이다. 난간에 기대어 사방을 둘러보아도 들어온 곳을 알 수 없다. 논자가 이르기를 그윽하고 한가하며 얌전하고 고운 것[幽閑窈窕]이 규방의 처자 같고, 밖으론 어둡고 안으로 밝은 것이 덕을 숨긴 어진 선비[隱德賢士]와 같다고 한다. 그 말이 거의 맞는 것 같다.

선유담의 옛 모습이 더 또렷이 그려진다. 산으로 둘러싸인 선유담은 낮은 담장 같은 모래 언덕을 경계로 바다와 나뉘어져 있었다. 언덕 너머로 가늘게 보이는 담청색을 칠한 눈썹 같은 것은 바다다. 푸른 동해와 모래 언덕을 절묘하게 그려냈다. 호수 가운데로 향해 뻗은 산자락에 우뚝한 정자도 보인다. 이의숙은 이러한 모든 것을 모

갈대 무성한 선유담

아 선유담의 미학을 말한다. '그윽하고 한가하며 얌전하고 고운 것이 규방의 처자 같고, 밖으론 어둡고 안으로 밝은 것이 덕을 숨긴 어진 선비 같다'고 말한다. 규모가 크지 않아 위압적이지 않고 화려하게 자랑하지도 않는다. 짙게 화장한 여인이 아닌 수수한 처자이며, 자신의 능력을 떠벌리는 권력자가 아닌 은둔하고 있는 선비와 같다는 비유에 선유담의 모습이 편안하게 다가온다.

선유담의 미학을 하나 더 추가한다면 '신령함'이다. 신익성申翊聖, 1588~1644은 「유금강소기遊金剛小記」에서 "선유담은 원래부터 신령스런 곳이다. 내가 피곤하여 소나무 뿌리에 기대어 잤는데, 꿈에서 옛날 의관을 입은 사람과 함께 도가와 불가의 일을 실컷 이야기했다. 잠에서 깨어난 뒤에도 그 말이 여전히 기억나니, 기이한 일이다."라고 신령스런 일을 기록하였다. 정자에서 게으른 낮잠을 자면, 곧바로 다른 세계로 인도하여주는 신령스런 공간이 선유담이다.

아름다운 선유담에 시가 없을 수 없다. 일찍이 안축安軸, 1287~1348은 「관동별곡」에서 "선유담, 영랑호, 신비하게 맑은 골짜기 속 / 녹색 연잎 덮인 섬, 푸른 구슬 두른 산, 십 리의 바람과 이내 / 향기 은은하고 푸른빛 짙은데 유리 같은 수면에 / 아, 배 띄운 광경 어떠한가!"라고 흥취를 맘껏 발산한 바 있다. 이곡李穀, 1298~1351은 선유담 가에서 작은 술자리를 베풀었다고 「동유기」에 적어놓았다.

선유담을 노래한 시 중에 대표적인 것은 최립崔岦, 1539~1612의 시일 것이다. 연못 옆 정자에 걸려 있었던 최립의 시를 여러 문인들의 문집이 증명해준다. 정자에 오른 사람들은 반드시 그의 시에 화답하여 시를 지을 정도였다. 최립의 시는 두 수다.

바다와 연못 빛 언덕으로 나누어졌는데 海色潭光隔一陂
비바람 불어도 변함없는 푸른 유리 세계 無風雨改碧琉璃
어떡하면 신선 노닐던 그 날 같이 安能直似仙遊日
크고 작은 못 오가며 노닐 수 있을까 來往縱同大小池
선유담 옆에서 혼자서 유람하다 仙遊潭上獨遊時
새 날고 구름 흐르는데 술 한 잔 鳥度雲移把酒巵
한두 마리 갈매기 나를 알아본 듯 一兩白鷗如識我
오르락내리락 일부러 더디 나네 沈浮來去故依遲

정자에서 시를 지었던 것 같다. 푸른 유리와 같은 선유담과 바다
는 언덕으로 나뉘어졌으나, 비바람이 몰아쳐도 푸른 세계를 변화시
킬 수 없다. 푸른색에 매혹되어 노닐었던 신선들처럼 노닐고 싶다는
생각이 절로 든다. 두 번째 시는 신선처럼 노닐기다. 술이 빠질 수
없다. 술을 마시니 인간 속세의 욕망이 사라진다. 아니 술을 마시지
않았어도 선유담의 그윽한 풍경에 절로 사라져버렸을 것이다. 욕심
이 사라진 시인은 선유담과 하나가 되었다. 갈매기도 시인을 자연물
의 하나로 보고 가까이 날아든다.

시뿐만 아니라 인문지리지도 선유담을 기록하는데 동참하였
다. 『신증동국여지승람』은 봄에는 철쭉꽃이 바위를 끼고 많이 피
며, 순채가 못에 가득하다는 정보를 알려준다. 『연려실기술』은
작은 봉우리가 우뚝 솟아 있는데 반은 호수의 한가운데로 들어간
풍경을 묘사한다. 『관동지』는 영랑의 무리가 이곳에서 놀아서 선
유담이란 이름이 생겼으며, 예전에 정자가 있었는데 지금은 없어
졌다고 아쉬워한다. 이식李植은 읍지를 지은 뒤에, 어떤 군수가 연
못가에 관청에서 운영하는 정자를 짓고 이름을 가학정駕鶴亭이라

했는데 언제인지 알 수 없으며, 그 뒤 정자가 무너져 김광우金光遇가 옛 터에서 물가로 조금 내려가서 한 칸의 정자를 옮겨짓고 유한정幽閒亭으로 이름을 고쳤다고 선유담에 있던 정자의 역사를 알려준다.

선유담에 있었던 가학정은 그림 속에 남아 눈으로 확인할 수 있다. 1788년에 김홍도金弘道, 1745~?는 정조正祖의 명을 받고 관동지역 일대와 금강산 등을 유람하며 명승을 그린 「금강사군첩金剛四郡帖」을 남겼다. 그 중 한 작품이 선유담 옆에 있는 정자를 그린 「가학정」이다. 이 작품은 북한의 안변에 있는 가학정을 그린 것으로 잘못 알려져 왔다. 그림 오른쪽 위는 가진항이고 소나무 무성한 모래 언덕은 국도가 되었다. 그림 좌측의 산은 바위 가득한 모습으로 변

김홍도가 그린 선유담. 화제는 가학정이다.

함이 없으며, 정자가 들어선 산부리에 '선유담仙遊潭'이란 글씨가 아직도 바위에 남아있다. 정자의 주춧돌과 기와 파편도 보인다.

홍석주洪奭周, 1774~1842의 시도 가학정이 선유담에 있던 정자임을 증명해준다. 「단원의 해산첩에 짓다」는 70수 중에서 23수를 뽑은 것이 『연천집淵泉集』에 실려 있는데 가학정에 대한 시가 청간정을 읊은 작품 바로 뒤에 실려 있다.

붉은 해당화 흰 모래는 영랑호 둑 같고 棠紅沙白永郎堤
가까운 물 휘감기고 먼 섬은 희미한데 近水縈紆遠嶼迷
묻노니 화음(華陰)의 나귀 탄 나그네여 借問華陰跨驢客
가학루에 시를 남길 수 있는가 可曾留向鶴樓題

붉은 해당화와 흰 모래는 선유담과 바다 사이에 있는 둑을, 가까운 물은 선유담을, 먼 섬은 가진항을 말한다. 화음華陰의 나귀 탄 나그네는 나귀 타고 정자를 향해 가는 유람객을 당나라 시인 이백李白에 빗댄 것이다. 이백은 세상을 돌아다니다가 화산華山에 오르고자 했다. 술에 취해 나귀에 올라 화음현의 관아를 지나는데, 그곳 현령은 이백을 알아보지 못하고 나귀에서 내리라고 명하며 누구냐고 호통을 쳤다. 이백은 "일찍이 내가 취하여 토하였을 때 임금이 직접 수건으로 닦아주었고 임금이 손수 내 국에 간을 맞추었으며, 양귀비가 나를 위해 벼루를 받쳐 들었고, 고력사가 나를 위해 신을 벗겨주었다. 천자의 문 앞에서도 말을 탄 채 다니는 것이 허용되었는데, 이 화음현에서는 나귀조차 타지 못한단 말인가?"하자 현령이 깜짝 놀라 사과했다고 한다.

선인들의 글과 그림 속에 생생하게 남아 있는 선유담과 가학정은 이제 볼 수 없다. 신선이 노닐고 싶어도 놀 수 없는 상황이 되었다. 자연스럽게 사라져가는 것이 아니라 인위적인 이유로 사라지는 것은 마음을 더 아프게 한다.

기피함의 미학

능파대

능파대를 찾아가면서 반신반의하지 않을 수 없었다. 흔한 안내판
도 없다. 죽암면 문암2리 문암항 근방에 멈추고서도 두리번거렸다.
캠핑카 주차장만 눈에 들어온다. 앞으로 나가자 왼쪽으로 건물들
이 자리 잡고, 건물 뒤로 바위가 길게 늘어서 있다. 데크를 따라 오
르자 새로운 세계가 펼쳐진다. 눈이 휘둥그레지고 입은 절로 벌어
진다. 갖가지 모양의 크고 작은 바위, 바위마다 뚫린 구멍들. 누가
더 많은 구멍을 가졌는가, 누가 더 기이하게 파였는가, 바위들의 경
연장이다. 특이한 지질학적 가치에 주목받아 강원평화지역 국가지
질공원이 되었다.

편편한 바위에 좁게 팬 도랑(그루브)과 둥글게 파진 구멍(나마)
을 볼 수도 있지만, 구멍들이 모여 벌집 모양을 이룬 것(타포니)이
가장 많다. 구멍이 움푹 패어 있는 바위는 그로테스크하다. 능파대
를 거대한 벌집으로 만든 주원인은 염분이다. 오랜 기간 동안 염분
이 기반암인 화강암의 틈을 따라 들어가 염풍화가 이루어져 바위
가 점차 부스러지며 만들어졌다. 데크를 따라 능파대 위를 걸으며
천태만상인 구멍에 집중하니 제각각 다르다.

능파대의 뜻이 궁금하다. 바위와 파도의 관계에 주목하여 이름을
붙였을 것이다. '능파凌波'를 조식曹植의 낙신부洛神賦에서 주로 찾는

다. '물결을 타고 사뿐사뿐 걸으니, 물보라가 버선 위로 먼지처럼 일어나네[凌波微步 羅襪生塵]'라는 구절 중 파도가 넘실거리는 것에서 미인의 가볍고 아름다운 걸음걸이를 떠올린다. 능파대 위를 걸으면 마치 파도 위를 걷는 듯한 것에서 착안하였을 것 같다.

　세속의 번뇌를 넘어 불계로 입문하는 절집 다리에 '능파凌波'를 붙이기도 한다, 이때 능파는 파도를 넘는다는 의미로 세속의 모든 것을 버린다는 뜻이다. 다리를 건너면서 번뇌와 망상, 탐욕과 집착을 버리면 부처님의 세계가 기다리고 있다. 그렇다면 능파대는 부처님의 세계로 가는 다리인 셈이다.

능파대

'능凌'을 '업신여기다', '능가하다'로 풀이하는 경우도 있지 않을까. 거센 파도에 꿈쩍하지 않고 당당하게 맞서서 이겨내는 모습에 적절한 이름 같기도 하다. 자연적인 방파제 역할을 하니 능파대의 이름으로 제격이다. 강원감사로 있던 이모씨가 순시 중 파도가 기암괴석에 부딪히는 광경을 보고 능파대란 이름을 지었다고 하는데 이 중에서 어떤 뜻으로 지은 것일까?

능파대에서 지질학적 가치를 찾는 것도 중요하지만 인문학적 가치도 중요하다. 이식李植, 1584~1647은 「능파대의 운을 차용하여 사상使相 신공申公과 함께 시를 짓다」를 남긴다.

천 길 모난 절벽은 쪼아올린 얼음　千仞稜層鏤積氷
구름과 천둥 도끼로 탕 탕 쪼아댔겠지　雲斤雷斧想登登
달리다 멈추려다 물로 달리는 천리마인 듯　散蹄欲駐奔淵驥
부리 들고 놀라 보는 목욕하는 봉새인 듯　褰喝驚看浴海鵬
물결 따르며 노래하던 사안(謝安) 생각하고　順浪高吟思謝傅
파도 기이하게 묘사한 매승(枚乘) 떠오르느네　觀濤奇筆憶枚乘
봉래산은 여기서 얼마 되지 않건마는　蓬山此去無多路
넘실대는 파도 넘어 갈 순 없을 듯　却恐凌波到不能

시인의 눈은 먼저 바위를 바라보며 기묘한 형상에서 동물들의 순간 동작을 찾아낸다. 천리마와 봉새가 등장했으나 곰과 소의 모양을 찾은 사람도 있다. 이것뿐이랴. 생각하는 대로 바위 모양이 바뀐다. 다양한 표정의 얼굴로도 보인다. 바위를 본 다음에 시선은 파도로 이동한다. 중국 고사로 자신의 생각을 나타낸다. 사안謝安이 배를 타고 바다로 나갔다. 마침 폭풍이 불어 물결이 크게 일어나자 일행 모두가 안절부절못했다. 사안은 노래를 높이 부르며 태연자약했다. 시인은 능파대 위를 거닐며 마치 파도 위에 있는 것과 같은 느낌이었다. 처음에 내심 놀랐으나 이내 평정심을 되찾았다.

한나라 매승枚乘이 오나라 나그네와 초나라 태자의 문답 형식으로 지은 「칠발팔수七發八首」에, 광릉廣陵 곡강曲江에 이는 파도의 장관을 멋지게 묘사한 내용이 나온다. 100여 개의 문장을 통해 강물이 기세 좋게 파도치는 모습, 파도가 처음 칠 때 한 무리의 백로가 날으는 듯 하얀 물안개가 펼쳐지는 모습, 흰 말들이 흰 수레를 끌듯 희디흰 파문을 일으키면서 흰 양탄자를 깔아놓은 듯 강으로 떨어지는 폭포, 삼군이 대오를 갖추어 당당하게 전진하듯 구름과 짝하려고 높이 솟아오르는 파도, 장군이 가볍고 빠른 수레를 타고 높이 서서 백만 대군을 지휘하듯 높게 펼쳐지는 물보라. 글 속에 파도가 넘실거린다. 능파대에 부딪치며 부서지는 파도를 보며 매승이 표현한 파도를 떠올렸다. 이식은 신선이 사는 봉래산이 여기서 가깝지만 파도가 거칠어 파도를 넘어 갈 수 없을 것이라 한탄한다. 이식은 능파凌波를 파도를 넘는다는 의미로 해석했음을 볼 수 있다.

허훈許薰, 1836~1907은 동해안을 유람하다 능파대에 들린 경험을 「동유록」에 기록하였다.

신시(申時)에 능파대에 올랐다. 돌무더기가 치솟아 바다로 뻗쳐 쌓여 있는데, 종종 속은 비고 껍데기만 남아 소라나 조개껍데기나 도자기의 속 같다. 거센 바람이 깎아 내고 바다의 파도가 부딪쳐 오랜 세월을 지나 단단한 것이 변한 것인가?

허훈이 능파대에서 주목한 것은 바위가 아니라 물이었다. 단단하고 변치 않을 것이라 생각한 바위가 시간과 파도에 속절없이 파여지고 무너져버린 것을 목도하였다. 능파대에선 기이한 바위를 구경하는 것에만 정신이 팔리면 안 된다. 물의 위대함을 생각해야 한다.

시각에 의존한 능파대 감상이 끝나면 이제 귀에 신경을 집중해야 한다. 1841년에 강원도 관찰사로 부임한 조병현趙秉鉉, 1791~1849은 「금강관서金剛觀叙」에서 능파대의 소리에 주목하였다.

> 25리 가서 바닷가에서 능파대를 보았다. 괴이한 바위는 움푹 패여 있는데 무수한 구멍이 영롱하다. 바다 속으로 가파르게 들어갔으며 위에는 층층이 대를 이룬다. 검푸른 바다를 내려다보니 만경창파가 끝없다. 바위구멍에서 파도가 울어내니 궁상(宮商) 소리가 절로 난다. 쿠르릉 쿵쿵 물과 바람이 흐르며 부딪치니 팽려(彭蠡)의 석종산(石鍾山) 아래 같다. 깊은 못에 이르면 미풍이 불어 물결이 일고 파도가 바위에 부딪쳐 큰 종이 울리는 소리와 같다.

능파대

기기묘묘한 바위에 마음을 뺏기면 형상만 카메라에 담는다. 형상을 구경했으면 눈을 감아야 한다. 능파대 위에 가부좌하고 앉아 신경을 귀에 집중하자마자 색다른 능파대가 펼쳐진다. 바위 구멍은 궁상각치우 다양한 소리를 내기 시작한다. 살랑살랑 바람이 지나가고 거센 바람이 불면 종소리를 낸다. 팽려의 석종산 아래 깊은 못에 바람이 불어 물결이 일면 파도가 바위에 부딪치며 큰 종소리를 낸다고 한다. 여기도 그렇다. 능파대의 파도소리를 들으니 『장자』가 묘사한 지뢰地籟가 떠오른다. 장자는 다양한 의성어를 통해서 바람 소리를 표현하였다. "쾅쾅, 쌩쌩, 탁탁, 후루룩, 야야, 아아악, 윙윙, 지지배배. 앞의 바람이 휙휙 불어대면 뒤의 바람이 따라서 윙윙 소리를 낸다. 산들바람에 가볍게 응하고 회오리바람에 크게 응한다. 태풍이 잦아들면 모든 구멍이 조용해진다." 장자의 바람소리는 능파대의 파도소리로 환원될 수 있다. 장자처럼 파도소리의 미묘한 차이를 구분해야만 능파대를 제대로 안 것이다.

능파대의 아름다움을 어떻게 정의할 수 있을까. 조선 순조 때 강원도 관찰사를 역임한 홍경모洪敬謨, 1774~1851의 「능파대기」에서 실마리를 찾아볼 수 있다.

능파대는 간성군의 남쪽 30리에 있다. 바위언덕이 비스듬히 바다 속으로 들어갔는데 서있거나 누워 있다. 해금강과 같이 해안가에 깎아서 빽빽하게 벌려 놓았는데 더욱 기괴(奇怪)하다. 모두 괴이한 바위인데 색은 검다. 들쭉날쭉한 것은 요철이 심한 것 같고 휑한 골짜기에 빈 구멍이 있다. 구덩이는 술잔 같고 깎아낸 것은 구유와 같다. 어떤 것은 고래가 껍질을 벗은 것 같으며 어떤 것은 좀 벌레가 파먹은 것 같다. 또한 곰이나 소와 말이 솟구치고 내달리며 발굽과 다리가 엇걸려 뒤섞이는 것 같다. 다투어

기이한 모습을 한 것을 셀 수 없다. 옆 석굴로 파도가 출입하며 세차게 부
딪치는 것이 포성과 같고, 내뿜는 것은 눈 색깔 같으니 역시 기궤한 볼거
리다. 삼척 능파대를 보게 되면 또한 망연자실하게 된다. 바위 표면에 새
겨진 '능파대' 세 자는 양봉래(楊蓬萊)의 글씨다.

『논어』에 '자불어괴력난신子不語怪力亂神'이 나온다. 괴怪는 괴이怪
異의 일, 력力은 용력勇力의 일, 난亂은 패륜이나 혼란의 일, 신神은 귀
신의 일이다. 모두 상식과 윤리를 벗어난 일을 가리킨다. 유가사상
이 지배 이데올로기 역할을 할 때 중국에서의 예술은 공자가 말하지
않았다고 한 괴怪, 력力, 난亂, 신神 등은 철저하게 부정되고 온유돈후
溫柔敦厚한 중화의 미를 담고 있는 것을 미의 기준으로 삼았다.

능파대의 미학은 온유돈후도 중화의 미도 아닌 '괴怪'란 키워드
로 표현 할 수 있다. '괴怪'는 다른 것, 새로운 것, 기이한 것, 인간 본
성이 억압되고 왜곡된 뒤에 일어난 분개와 불만, 인욕을 드러낸 것,
상투적인 법칙과 정해진 심미 틀에 대한 반역 등의 의미로 읽을 수
있다. 그렇다면 능파대는 기존의 유가가 제시하는 미학을 반하는
'기괴함의 미학'으로 수렴된다.

능파대는 눈으로만, 귀로만 감상할 공간이 아니다. 일상이 따분
할 때, 정해진 틀을 벗어나고자 할 때, 나만의 색깔을 찾고 싶을 때,
능파대를 찾으면 고정관념에서 벗어난 새 길이 보이지 않을까?

학이 우니 하늘까지 들리네
천학정

천학정을 찾아 교암리에 들어서니 바닷가에 야트막한 산이 보인다. 성황산이다. 마을의 안녕과 풍어를 기원하는 성황당이 천학정 입구 오른쪽에 있다. 성황당 옆으로 '면장 한치용韓致龍 영세기념비'가 보인다. 1920년에 교암송계橋岩松契가 세웠다. 한치용은 천학정에 걸려 있는 천학정기天鶴亭記를 지었으며, 천학정을 건립하는데 힘쓴 한치응致鷹의 형이다.

정자 왼쪽으로 망월대望月臺가 우뚝하다. 망월대는 달구경하기에 최적의 장소여서 이름을 얻었다. 이보다 더 기이한 볼거리가 있으니 바다에 한 점으로 떠 있는 가도駕島다. 예전 사람들은 가도에 있는 바위가 마치 학의 머리가 구름에서 솟아나온 것 같아서 학정암鶴頂巖이라 불렀다. 지금은 흔들바위, 호바위라고 부르니 심미안이 달라진 것일까.

이렇게 아름다운 곳에 놀고 쉴 수 있는 정자가 없는 것을 아쉬워해서, 1928년 봄에 망월대 오른쪽에 조그만 정자를 짓고 천학정天鶴亭이라 하였다. 이름을 얻게 된 이유는 1931년에 짓고 정자에 걸어둔 천학정기에 자세하다.

천학정기에 의하면 천학天鶴은 '학명구고鶴鳴九皐 성문우천聲聞于天'에서 뜻을 취했다. 무슨 뜻일까. 『시경』을 찾아보아야 한다.

학이 아홉 굽이진 늪에서 우니 鶴鳴于九皐
소리가 하늘에 들리네 聲聞于天
물고기가 물가에 있으나 魚在于渚
혹 잠겨서 못 속에 있네 或潛在淵
즐거운 저 동산에 樂彼之園
박달나무를 심으니 爰有樹檀
아래에 닥나무가 있네 其下維穀
다른 산의 돌로도 他山之石
옥으로 다듬을 수 있네 可以攻玉

주자는 학이 아홉 굽이진 늪에서 우는데 소리가 들판까지 들린다
는 것은 정성을 가릴 수 없다는 의미로 보았다. 현명한 사람은 반
드시 세상에 드러난다는 뜻으로 널리 사용되는 구절이다. 천학정
기를 지은 사람이 천학天鶴의 뜻이 '학이 아홉 굽이진 늪지에서 울
거든, 소리가 하늘에 들리네'라는 의미라고 하자, 옆에 있던 사람이
정자의 이름에 왜 '학명구고鶴鳴九皐 성문우천聲聞于天'의 의미를 부
여했냐고 묻는다. 대답하기를, "바닷가 여럿 가운데 뛰어난 바위가
백두암白頭巖인데, 백두암에서 아래를 보면 많은 돌이 여기저기 기
이한 모양을 하고 있네. 거북이, 자라, 봉황새끼, 신선의 손 등이 보
이네. 백두암에 오르면 하늘로 높이 날아올라 바람을 타는 것 같은
것이 학을 탄 사람 같아서 사람이 학인지 학이 사람인지 알지 못할
정도이네. 천학정 주변의 경관이 뛰어다는 것이 널리 퍼지자 전국
에서 음풍농월하는 사람들이 모여들고 있네. 바로 '학이 아홉 굽이
진 늪지에서 울거든, 소리가 하늘에 들리네'와 같은 상황 아닌가"라
고 하니 질문한 사람이 수긍한다.

천학정

동산에 박달나무를 심었는데, 그 아래에 닥나무가 있다는 구절은 어떤 의미인가. 사랑에는 마땅히 미워함이 있음을 알아야 함을 말한 것이라고 주자는 풀이한다. 다른 산의 돌이 숫돌이 될 수 있음은, 미워하는데도 마땅히 그 선함을 알아야 함을 말하는 것이라고 주자는 설명한다. 『예기』에 보면 '현자賢者 애이지기악愛而知其惡 증이지기선憎而知其善'라는 구절이 나온다. '현명한 사람은 사랑하되 그 나쁜 점을 알고, 증오하되 그 착한 점을 안다'는 뜻이다. 자기가 좋아하는 사람이라도 그에게 악이 있으면, 그 악을 알지 않으면 안된다. 반대로 미워하는 사람이라도 그의 행위에 선이 있다면, 그 선을 인정하지 않으면 안 된다. 즉 애증愛憎의 감정으로 판단을 그르쳐서는 안 된다. '애이지기악愛而知其惡 증이지기선憎而知其善'은 성황당 위에 있는 커다란 바위에 새겨져 있다. 정자와 바위에 새겨진 글씨가 밀접하게 연결되어 있다는 것을 알 수 있다.

정자에 오르니 한시가 걸려있다.

천학정 높아 하늘에 가까우니　天鶴亭高近上天
하늘은 신령스런 곳 동쪽 가에 두었네　天教靈境許東邊
추녀 끝은 천 길 절벽 끌어안고　軒頭直擁千尋壁
포구엔 연기 십리 비스듬히 깔렸네　浦口斜沈十里烟(생략)

정자 아래 바위를 보면 거북이, 자라, 봉황새끼, 신선의 손을 볼수 있다고 천학정기가 알려준다. 자세히 살펴보니 고래, 코끼리, 부처님, 두꺼비, 오리 등이 보인다. 거북이, 자라, 봉황새끼는 어디로 갔는지 찾을 수 없다.

천학정 뒤 오솔길을 따라 성황산을 오른다. 온통 소나무다. 정상에서 조금 내려가니 바위 사이에 노송이 늠름하다. 마을 사람들은 천년 되었다고 천년송이라고 한다. 한치용 영세기념비를 세운 주체가 '교암송계橋岩松契'인데, 계의 명칭이 이 소나무와 연관이 있는 것은 아닐까.

역사를 다시 쓰다

청간정

  김금원金錦園은 1830년에 청간정淸澗亭에 오르며 의문을 품는다. 정자는 바닷가에 있는데 계곡의 시내라는 뜻의 '간澗'이 이름에 들어갔기 때문이다. 김금원뿐만 아니라 많은 사람들이 의심을 품었을 '간澗'자에 청간정 출생의 비밀이 들어있다.

  만경대 남쪽 2리쯤 간수澗水에 임해 역정驛亭을 지으면서 청간정의 역사는 시작된다. 정확한 시기는 알 수 없지만 처음에는 천진천

청간정

시냇가에 있었다. 1기의 청간정이다. 1466년에 팔도도체찰사八道都體察使가 된 이석형李石亨, 1415~1477이 지은 「청간에서 더위를 씻다」가 『강원도지』 청간정 항목에 실려 있는데, 1기의 청간정을 읊은 것으로 보인다.

> 몇 그루 소나무 아래 언덕 평평한데 數株松下一丘平
> 넘실넘실 흘러온 골짜기 물 맑구나 混混長流石澗清
> 티끌 다 없애지 못할까 두려워 却恐塵蹤除未盡
> 때때로 더위 씻으며 갓끈 씻네 時能濯熱濯吾纓

청간정은 소나무 아래 언덕에 있었던 것 같다. 그 밑으로 맑은 산골짜기 물이 흐르고, 더위에 몸을 식히다가 갓끈도 씻는다. 물이 흐리면 발을 씻었을 테지만 물이 너무 깨끗해서 갓끈을 씻는다. 갓끈을 씻는 탁영濯纓은 혼탁한 세상과 함께 흐리게 살지 않고 깨끗하게 살고 싶다는 의지다. 남효온南孝溫, 1454-1492이 청간역에 도착했을 때는 1485년이었다. 청간역에 당도하니 누樓가 물가에 가까이 있다고 한 것으로 보아 청간정이 아직 옮겨지기 전인 것 같다.

설악산 울산바위 한 자락이 바닷가로 비스듬히 와서 작은 언덕이 되었다. 앞에 층층이 솟아오른 돌로 된 봉우리가 만경대萬景臺다. 높이는 수십 길이며, 위에 뒤틀린 소나무가 있고, 삼면은 바다고 밑에선 바닷물이 용솟음친다. 옛날에 만경루萬景樓가 있었으나 황폐해지자 만경대 옆에 역정驛亭인 청간정을 옮겨 지으면서 청간정의 화려한 2기가 시작된다. 남효온이 오른 누樓는 만경루였기 때문에 청간정은 아직 시냇가에 있다고 보는 것이 맞을 것이다.

정사룡鄭士龍, 1491~1570은 1541년에 관동을 유람하면서 지은 작품을 모아 『관동일록』을 엮었는데, 그 속에 「비에 막혀 청간역정淸澗驛亭에서 바다를 바라보다」란 시를 남긴다. '험한 파도 거센 바람 멎질 않고, 앉아 근심하고 있는데 황혼에 까마귀만 우네'란 구절은 청간역정이 바닷가에 있다는 것을 알려준다. 청간역정은 청간정이다. 그렇다면 1485년에서 1541년 사이에 청간정이 옮겨졌을 것이라는 추론은 상당히 신빙성이 있다. 홍인우洪仁祐, 1515~1554가 청간역에 도달한 시기는 1553년이었다. 역에 이르렀을 때 역에 딸린 정자[驛亭]는 바다와 떨어진 것이 불과 10여 보였다. 청간정이라고 특정하진 않았지만 정자를 옮긴 이후의 환경과 동일하다. 그렇다면 1560년에 간성군수 최천崔倩이 청간정을 창건했다고 보는 것보다는 중건했다고 보는 것이 맞다.

최립崔岦, 1539~1612은 1603년에 간성군수를 역임했는데, 이 때 청간정에 들려 후대에 길이 회자되는 시를 남긴다. 이 시도 청간정이 바닷가에 있다는 것을 보여준다.

이 마음 바다와 크기를 다툴 만하니 此心與海堪爭大
하늘과 땅만 쌍벽이 되지 못하네 未使乾坤只作雙
외물(外物)의 가림 끝내 없을 수 없으니 終是不能無物障
속세의 티끌 다한 곳에 창을 내리라 煙霞盡處着軒窓

홍경모洪敬謨, 1774~1851가 청간정에 대해 기술한 「청간정」에도 청간정 2기의 모습이 생생하다. 그의 글에 의하면 정자가 바다에 임한 것이 수십 걸음이지만, 만경대가 모퉁이를 담당하고 물 속 험준

한 섬이 먼저 파도와 싸워 물리치는 까닭에 수해를 입지 않는다. 정자는 탁 트였으며 넓은 바다를 굽어본다. 해와 달이 떴다 지고, 갈매기 날아와 모인다. 어촌의 연기와 하늘과 바다의 넓고 아득한 것이 모두 안석과 책상에서 볼 수 있다. 이뿐만이 아니다. 정자 아래로 흘러온 물은 바닥까지 맑으며 머리털도 비추어볼 수 있다. 매번 바람이 불어와 날아온 파도가 어지러이 때리면 서리와 눈이 사방으로 흩어지는 것이 마치 호수와 산, 연못과 폭포 사이에 있다는 생각이 들게 한다. 청간정은 해와 달이 뜨는 것을 보기에 적당한 곳이며, 밤에 방에 누워 바람과 파도 소리를 듣는데 창문이 흔들리면 황홀한 것이 배가 항해 중인 것 같다고 기술하였다.

1631년에 신익성申翊聖, 1588~1644이 지은 「유금강소기遊金剛小記」에도 청간정을 찾았던 일이 실려 있다. 홍경모의 글과 비슷하다.

> 9월 13일. 청간정에 이르렀다. 달빛과 파도가 일렁이는데 하늘에는 구름 한 점 없어 대낮처럼 밝다. 나는 만경대에 올라 돌을 베고서 누웠다. 밤이 깊어지자 서늘한 이슬이 옷을 적시고 청량한 기운이 뼈에 스며든다. 종이 만경대 아래에서 피리를 불자 어룡이 모두 귀를 기울이는 것 같다. 이 밤, 이 달은 천하가 함께하는 것이지만 나처럼 만족스레 바라보는 이는 없을 것이다. 청간정은 바다와 매우 가까워 사나운 파도가 뜰 가에 시끄럽게 치니, 그 소리가 매우 웅장하여 잠을 이룰 수 없다. 당나라 사람의 시에 "파도 소리는 처음 온 나그네를 유독 두렵게 하네."라고 한 것은 실제의 경치다.

여러 시문들을 종합하면 청간정 주변의 특성을 몇 가지로 간추릴 수 있다. 바다와 가까워 파도소리가 시끄러울 정도다. 파도가 칠 때 바람이 불면 눈이 흩어지듯 날아온다. 해와 달을 구경하기에 적당하다. 방에 누워있으면 항해 중인 배에 있는 것 같다. 이러한 조건을 만족시킬 장소가 어디인가.

『강원도지』에 실마리가 보인다. '건진乾津'을 소개하는데 고을 남쪽 46리에 있으며, 청간역 앞에 있다고 알려준다. 건진은 지금의 천진리다. 청간역에 대해선 청간정에서 서쪽으로 2리에 있다고 알려준다. 지금까지 알려진 것과는 달리 청간정이 천진리에 있었음을 알려주는 자료들이다.

청간정을 그린 여러 그림을 통해서도 2기의 청간정의 위치와 모습을 추정할 수 있다. 김홍도가 1778년에 그린 청간정의 그림을 감상해 본다. 우측 바다 위에 있는 섬은 죽도다. 죽도 밑에 보이는 바다 속 바위는 봉포항 방파제 앞에 있는 바위들이다. 그림 가운데 있

김홍도의 청간정 그림

는 우뚝 솟은 바위는 만경대다. 만경대는 어디에 있는 것일까. 천진항에 있는 바위가 만경대다. 현재 군인들이 보초를 서는 초소가 있고, 마을의 안녕을 기원하는 성황당이 있다. 그림은 만경대를 조금 과장해서 그렸다. 그림 왼쪽에 보이는 산록은 현재 청간정이 있는 곳이다. 강세황과 정선의 그림도 김홍도의 그림과 크게 차이가 나지 않는다.

만경루와 청간정은 생사고락을 함께 해 왔다. 만경대에 있던 만경루가 황폐해지자 만경대 옆으로 청간정을 옮겨지었는데, 이 때 만경루도 다시 지었던 것 같다. 옛 그림들은 항상 청간정과 만경루를 같은 공간에 배치하였다. 안석경安錫儆, 1718~1774은 「동행기東行記」에서 청간정에 오르니 정자는 왼쪽으로 푸른 바위를 끼고 있고, 동쪽으로 푸른 바다에 접하고 있으며, 오른쪽으로 만경루와 이어져 있는데, 만경루는 비교적 높기 때문에 멀리에서도 볼 수 있다고 적었다.

청간정 주변에 운근정雲根亭이 있었다. 안석경의 「동행기」를 다시 펼쳐본다. 청간정 오른쪽에 있는 만경루는 서남쪽으로 언덕을 이고 있는데, 그곳에 운근정의 옛터가 남아 있다며 아쉬워한다. 운근정은 1711년에 간성군수 권익륭權益隆이 세웠다. 김창흡金昌翕이 지은 운근정 기문에 청간정에 대한 그의 심미의식이 들어있다. 관동 지역의 팔경은 반드시 기이함을 차지하고 있는데, 청간정은 처한 곳이 낮은데다가 빼어난 경치가 모인 것이 적다고 야박한 평가를 내린다. 권익륭은 청간정 남쪽 백여 보 떨어진 높은 언덕에다 정자를 짓게 된다. 그곳에 올라가보니 동쪽으론 하늘과 맞닿아 막힌 것이 없고, 서쪽으로는 가로로 길게 일백 리 펼쳐졌다. 금강산에서 뻗어 나온 산줄기는 구불구불 이어지다가 우뚝 솟아서 설악산이 되었다. 안개와 노을 사이로 미시령과 원암 마을을 잇는 역참길이 있고, 아래로 구불구불 내려와 큰 들과 벌판이 되었다. 부들과 갈대가 무성한 항구, 연꽃과 순채가 자라는 방죽, 나무꾼의 다리와 낚시꾼의 물굽이가 학이 노니는 물가와 더불어 빽빽하게 둘러싸 있어, 곱고 기이함을 갖춘 것들이 정자의 소유가 되어서 갖추었다 말할 만 하였다. 이내 팔경의 장단점을 논한다. 삼일포와 죽서루는 깨끗하기는 해도 바다를 등졌고, 경포대와 월송정은 넓고 아득하나 산과 떨어져 있으며, 망양정은 언덕에 임해 있어 별다른 기이함이 없고, 낙산은 해돋이를 보지만 툭 틔지는 않았고, 총석정 같은 경우라면 여기 또한 총석이 있기 때문에 팔경 중에 하나를 차지할 것이며, 갖가지 아름다움을 포괄한 것이 여기에 거의 다 있으니 짝할 만한 것이 없을 거라고 한다.

　김창흡은 운근정을 극찬하고 청간정에 대한 아쉬움을 표했지만 모든 이들이 그러했던 것은 아니다. 윤휴尹鑴의 「풍악록楓岳錄」에서 청간정만의 특징을 엿볼 수 있다. 청간정이 있는 마을에 이르니 눈에 가득한 것은 구름과 물이었다. 말에서 내려 난간에 올라 보니 마음까지 시원하였다. 그때 일행 모두가 하는 말이, "우리가 지금까지 구경을 다녀 보았지만 이렇게 경치 좋은 곳은 일찍이 보지를 못했습니다. 참으로 한평생 제일 좋은 구경이요 천하의 장관이라고 하겠습니다."하고, 그 곳에서 유숙하였다. 윤휴는 청간정의 특징으로 마음을 시원하게 해 주는 구름과 물을 꼽았다.

청간정은 바다와 매우 가까워 사나운 파도가 뜰 가에서 시끄럽게 치니, 그 소리가 매우 웅장하여 잠을 이룰 수 없다고 불평 아닌 불평을 한 이는 신익성申翊聖이다. 파도소리는 청간적의 매력 중의 하나인 것이다.

김금원은 정자 위에 앉아 월출을 기다렸다. 닭이 울 때가 되자 홀연히 바다 구름이 영롱해지면서 반원의 달이 숨을 듯 드러날 듯 살포시 얼굴을 드러낸다. 찬란한 빛이 구름 끝에서 토해져 나오는데 하얀 연꽃 한 송이가 바다 위를 두루 비추는 듯, 갑자기 넓은 푸른 유리가 정자 앞에 펼쳐진 듯하다. 모두 드러나자 맑은 바람 서늘한데 마음이 날아갈 듯 가벼워져 밤이 깊도록 잠들지 못했다. 청간정의 미학 가운데 하나가 달구경이다.

2기 청간정 시대가 끝날 시간이다. 송병선宋秉璿, 1836~1905이 1868년에 청간정에 올랐다. 간수澗水에 임해 있던 정자를 이곳으로 옮겼으며, 앞으로 큰 바다에 임하였는데 만경창파가 끝없다고 한 것으로 봐서 청간정은 아직 건재하고 있었다.

최숙민崔琡民, 1837~1891이 청간정을 찾았을 때는 1891년이었다. 이미 폐허가 되어 주춧돌이 줄지어 서 있고 옆에 단정하고 반듯한 석대石臺가 깎은 듯이 곧게 서있다고 표현한 것으로 보아 '만경대'와 '청간정' 글씨가 바위에 새겨진 청간리 군부대 안으로 정자가 옮겨졌음을 짐작케 한다. 이 시기의 모습은 낡은 사진으로 남아있다. 1868년과 1891년 사이에 청간정의 3기가 시작되었고, 옮겨지은 정자는 다시 퇴락되었음을 보여준다. 허훈許薰, 1836~1907이 「동유록」을 작성한 시기는 1898년 봄이었다. 그가 청간정을 지났을 때도 돌기둥 몇 개뿐만 남아 있어서 만감이 교차했다. 이근원李根元, 1840~1918이 허훈과 같은 해인 1898년 8월에 청간정을 찾았다.

> 6일 병인일. 맑음. 길을 나서 아호(鵝湖)에 도달하였다. 물과 돌이 매우 아름답다. 자마석(自磨石)이 있는데 사람들이 모두 신기하게 여긴다. 아호에서 한 산등성이를 넘으니 바로 청간정으로, 역시 팔경 가운데 하나다. 정자는 이미 무너지고 다만 기초만 남아 있어 애석하다. 곁에 돌을 쌓아 놓은 것이 있어 잠시 올라가 보니 예나 지금이나 변함없는 것은 오직 산과 바다일 뿐이다.

「동유일기」의 기록이다. 아호鵝湖는 아야진이다. 아호에서 산등성이 하나를 넘으니 청간정이었다는 대목에서 청간정의 위치를 더확실하게 알려준다. 이때도 청간정은 무너지고 기초만 남아 있는 상태였다. 1902년 4월에 이규준李圭晙, 1855~1923은 「금강일기」에서 청간정을 찾았는데 정자는 남아 있지 않고 단지 보이는 것은 계곡의 맑은 물결뿐이었다고 적어놓았다. '보이는 것은 계곡의 맑은 물결 뿐'이라는 진술도 청간정의 위치가 바닷가에서 천진천 주변으로 이동했음을 보여주는 자료다. 위와 같은 기록들은 주춧돌만 남은 일제강점기 때 사진과 동일한 곳을 방문하고서 기록했으리라. 이시기에 현재 군부대 안 바위에 '청간정'과 '만경대' 글씨를 새겼을 거라고 추정한다.

또 다른 자료는 김용집金溶集의 「중건청간정기重建清澗亭記」다. 글 중에 '만경대 옆 만경루의 옛 터로 물을 건너 옮겼으며 옛 명칭으로 불렀다[渡移建于坮之傍萬景樓之舊墟 仍以舊號稱焉]'는 구절은 두 가지 측면에서 중요하다. 먼저 '도이渡移'다. '물을 건너 옮겼다'는 뜻인데, 물

청간정

을 건넜다는 것은 시내인 천진천을 건넜다는 것을 의미한다. 그렇
다면 옮기기 전에는 천진리에 있었다는 말이다. 두 번째는 만경대
옆 만경루의 옛터로 옮겼으며 옛 명칭을 사용했다는 대목이다. 청
간정이 이사 오기 전에 만경루가 먼저 물을 건너 청간리로 이사 왔
고, 만경루가 폐해지자 그 자리로 청간정이 이사 오면서 이름을 그
대로 썼다는 뜻이다.

　청간정의 4기는 1929년에 지은 김용집의 「중건청간정기」와 함께
시작된다. 1928년 봄에 옛 터(3기 청간정이 있던 곳)의 남쪽 곳에
청간정을 옮겨 세우기로 하였으며, 이듬해 봄에 공사를 마쳤다. 이
해 7월에 낙성식을 거행하면서 현재의 위치에 청간정이 자리 잡게
되었다.

만경창파 굽어보는 곳
만경대

만경대萬景臺는 일반명사이면서 고유명사다. 일반명사로 쓸 때는
온갖 경치가 잘 보이는 높은 곳을 의미한다. 주변을 조망하기 좋은
곳이다. 고유명사로 쓰일 때는 온갖 경치가 잘 보이는 특정한 곳을
지칭할 때 쓰인다. 전국 여기저기에 만경대가 있다. 설악산에도 만경
대가 여러 곳일 정도다.

정선의 청간정 그림. 그림 속의 우뚝한 바위가 만경대다.

청간정 주변에도 만경대가 있다. 수많은 시인묵객들이 만경대에 올라 시를 읊고 화가들은 그림을 남겼다. 『신증동국여지승람』이 설명하는 만경루萬景樓에 만경대에 대한 묘사가 들어 있다. "돌로 된 봉우리가 우뚝 일어서며 층층이 쌓여 대臺 같다. 높이가 수십 길은 되며 위에 구부러진 늙은 소나무 몇 그루가 있다. 대의 동쪽에 작은 다락을 지었으며 대 아래는 모두 어지러운 돌이 뾰족뾰족 바닷가에 꽂혔다. 물이 맑아 밑까지 보이는데 바람이 불면 놀란 물결이 어지럽게 돌 위를 쳐서 눈인 양 날아 사면으로 흩어지니 참으로 기이한 광경이다." 이 글이 전범이 되어 이후 만경대를 묘사하는 글은 대등소이하다. 만경대의 삼면이 바닷물에 잠겨 있고 파도에 부딪히는 소리가 요란하다라든가, 물이 맑아 물속의 고기를 셀 수 있다는 글이 첨가되기도 한다.

이곡李穀, 1298~1351이 「동유기東遊記」에 청간역을 지나 만경대에 올라가서 술을 마셨다고 자랑한 이후, 많은 사람들이 여행 중에 만경대에 오른 것을 SNS에 올리듯 여행기에 올렸다. 신익성申翊聖, 1588~1644은 「유금강소기」에서 이렇게 자랑했다.

청간정에 이르렀다. 환한 달빛과 파도가 서로 넘쳐흐르고 하늘에는 구름조차 없어 대낮같이 밝다. 이에 만경대에 올라 돌을 베고서 누웠다. 밤이 깊어지자 서늘한 이슬이 옷을 적시고 맑은 기운이 뼈에까지 스며든다. 노복에게 만경대 아래에서 피리를 불도록 하니 어룡이 모두 솟아 올라올 것만 같다. 이 밤, 이 달을 천하가 공유하는 것이지만, 나처럼 득의해서 바라보는 이도 없을 것이다.

밤에 만경대에 올라 달구경을 하다가, 피리를 연주하게 하여 흥취를 돋우게 하였다. 이러한 달구경은 천하에서 자기가 제일이라고 자랑했다. 유휘문柳徽文, 1773~1827은 「북유록北遊錄」에서 만경대는 근처 군수가 일출과 월출을 바라보던 곳이라고 할 정도로 명소로 여겨졌다.

시를 지어 남과 다르게 자랑하는 경우도 많았다. 오식吳軾이 시를 짓는다.

> 바람 앞서 읊조리고 높은 대에 오르나니 臨風一嘯上高臺
> 무한한 푸른 물결 쉬지 않고 흘러오네 何恨蒼波袞袞來
> 어떻게 하면 붕새처럼 9만 리 치솟을까 安得鵬搏九萬里
> 동해를 굽어보면 술잔만큼 보일테지 下看東海正如杯

이후에 이수광은 「만경대에 제한 오식의 시에 차운한다」며 두 수를 남긴다. 그런데 오식의 시보다 앞선 이는 고려시기의 안축이다. 그는 「허헌납許獻納의 시에 차운하여 청간역 만경대에 제하다」라는 시를 남겼고, 이후에 시인들은 계속 화운하여 시를 지었다. 최립崔岦은 오식의 시를 보고 「만경대에서 오대년吳大年이 선세공先世公의 시를 기록해서 보여 주기에 차운해서 짓다」를 남긴다. 대년大年은 오억령吳億齡, 1552~1618의 자이다.

> 만리창파 굽어보는 만고의 누대 萬里滄波萬古臺
> 석양빛에 보이는 건 오직 갈매기뿐 斜陽唯見白鷗來
> 동쪽의 멋진 시 지은 이 어디 있나 天東秀句人安在
> 한 번 읊조리니 한 잔 술 마신 듯 一詠如同酒一杯

만경대는 유람객들이 흥취를 만끽하던 공간이었다. 시와 산문과 그림이 창작되던 예술의 공간이었다. 그러나 백성들이 삶을 이어가던 공간이기도 했다. 윤휴尹鑴, 1617~1680는 백성들의 고단한 삶의 현장을 「풍악록楓岳錄」에 남긴다. 만경대 좌우에는 1백 호나 되어 보이는 어민들이 살고 있으며, 배는 끊임없이 오가고 숱한 갈매기들이 날아들고 있다. 한참을 구경하다가 저녁 식사를 마치고 달빛 어린 포구에 배를 띄우고 섬바위 위에 앉아 어부에게 뱃노래를 시켜놓고 듣는데, 가사가 모두 바람 걱정 물 걱정하는 내용들이다. 그에게 고기 잡는 장소를 물었더니 그가 말하기를, "앞바다에 가면 물마루[水脊]가 있는데 어부가 만약 바람을 타고 그 곳을 벗어나면 거기서부터는 무변대해여서 어디로 가야 할지 알 수가 없습니다. 혹

청간정에서 바라본 만경대

시 배를 댈 만한 섬이 있더라도 거기에는 갈대가 하늘을 찌르고 물새들이 떼를 지어 새끼를 치고 있어, 사람을 보면 제 새끼 잡아갈까봐서 뭇놈이 모여들어 쪼아대는 바람에 사람이 살아 돌아올 수가 없습니다. 또 식량과 물이 동나서 죽는 경우도 있기 때문에 뱃사람들은 그 곳을 저승으로 생각하고 있습니다. 그렇기 때문에 고기잡이배가 아침에 나갔으면 반드시 저녁에 돌아와야지, 만약 그날 돌아오지 않는 날이면 식구들이 죽은 것으로 생각합니다. 또 그렇게 죽어간 자들이 늘 있어 뱃사람으로서 정작 늙어 죽은 자는 오히려 적은 편입니다."라 한다. 윤휴가 다시 묻는다. "그렇다면 그대들이 왜 그것을 생업으로 삼고 있는가?"하니, 어민이 대답하기를, "바닷가에 사는 백성들은 먹고 사는 길이 이것뿐인데다 관청으로부터의 요구에 책임을 지고 응해야하기 때문에 비록 죽음이 앞에 닥쳐올 것을 알고서도 별 수 없이 해야만 하게 되어 있습니다."라고 한다. 늙어 죽은 자는 오히려 적은 편이라는 말에 가슴이 먹먹해진다. 관청의 요구에 응해야하기 때문에 죽음이 앞에 닥쳐올 것을 알고서도 별 수 없이 해야만 한다는 말에 분노가 인다. 만경대는 바다를 바라보며 흥취를 맘껏 발산하며 장쾌함을 노래하고 호연지기를 찾는 곳만이 아니다. 어부들의 고단한 삶에 동감하며 정치에 대해서도 생각해야하는 공간이다.

만경대는 어디에 있는가. 청간리 군부대 안 '만경대' 글씨가 새겨진 바위를 만경대라 부를 수도 있다. 그러나, 선인들이 시를 짓고 그림의 배경이 되며 어부들의 고단함을 느끼던 만경대는 바로 천진리에 있다.

속초

화랑이 노닐던 곳

영랑호

화암사 옆 성인대에 오른 적이 있었다. 그곳에서 바라보는 울산 바위는 장엄하였다. 그 뒤 백두대간은 늠름하였다. 동쪽으로 시선을 돌리니 푸른 바다 아래 두 눈동자가 비친다. 영랑호와 청초호가 속초의 눈처럼 보였다. 영랑호는 큰 못에 갈무리된 구슬[珠藏大澤] 같고, 청초호는 화장대에 펼쳐진 거울[鏡開畵奩] 같다고 평한 이유원李裕元, 1814~1888은 혹시 성인대에서 두 호수를 보고서 평한 것이 아닐까.

영랑호 유람은 영랑호라고 글씨를 새긴 바위부터 시작한다. 이해조李海朝, 1660~1711는 1709년에 양양부사로 재직하면서 지은 「현산삼십영峴山三十詠」 중 「영랑호」를 설명한다. 호숫가 바위 위에 '영랑호' 세 자가 새겨졌는데 우암 송시열의 글씨라면서, 설악의 여러 봉우리들이 물결 한가운데 거꾸로 비친다고 묘사했다.

1675년 1월 함경도 덕원으로 유배를 갔던 송시열이 그해 6월 경상도 장기로 유배지를 옮기면서 영랑호를 지나다 바위에 '영랑호永朗湖'라 새겼다. 우암의 제자인 김유金楺, 1653~1719는 「유풍악기游楓嶽記」에서 이 상황을 "바위에 '영랑호永朗湖' 세 글자가 새겨져 있는데 우암尤菴 선생의 필체라고 한다. '랑郎'을 '랑朗'으로 바꾸었으니 아마도 어떤 의도가 있으리라."하였다. 송시열의 눈에는 영랑호가 평

평하고 넓으며 밝아서 한 점 티끌도 오염되지 않은 모습이었다. 인
욕人欲이 모두 사라져 천리天理가 밝게 융화된 기상을 보았다.

글씨가 새겨진 바위를 찾는 것은 쉽지 않다. 영랑교 다리에서 영
랑호 카누 경기장 방향으로 가다가 첫 모퉁이에 있다. 길옆에 커다
랗게 누워있어서 쉽게 찾을 수 있다. 그러나 글씨를 찾는 것이 문제
다. 오랜 세월 속에 마멸되고 바위 뒷부분에 얕게 음각되어 있기 때
문이다. 이곳에 글씨를 새긴 이유는 이곳에서 바라보는 영랑호가
아름답기 때문일 것이다. 이세구李世龜, 1646~1700는 이곳에서 시를
지었던 것 같다.

영랑호

늙은 소나무 우거진 모래 언덕 동쪽　行盡長松沙岸東
맑고 깨끗한 물결 바람도 없네　澄清瀟灑更無風
맑은 호수 한 굽이 정말 그림 같은데　明湖一曲眞如畵
설악산 봉우리 거울 속에 박혔네　雪嶽千峰倒鏡中

호숫가에서 서쪽을 바라본 사람은 알리라. 영랑호는 맑은 물이 아름답지만 호수를 둘러싸고 있는 설악산 때문에 더 빼어나다는 것을. 특히 그중에서도 울산바위는 가운데 우뚝하다. 백두대간은 배경으로도 아름답지만 호수에 잠겨 일렁거리는 모습도 또한 승경이다. 이세구는 배경으로의 설악산과 호수에 드리워진 설악산을 함께 포착하였던 것이다.

　이곡李穀, 1298~1351의 발걸음도 영랑호에 닿았다. 날이 저물 때까지 배를 띄우고 안축安軸의 시를 본떠 시를 짓는다. 속초시는 이곡보다 먼저 영랑호를 찾은 안축을 기념하기 위해 영랑호에 안축시비를 세웠다. 시비를 찾아 나섰지만 쉽지 않다. 범바위 옆 자전거 대여하는 곳에서 호수 옆 둘레 길을 따라 동쪽으로 가자 비로소 보인다. 시비에는 「영랑포에 배를 띄우다」가 새겨져 있다. 마지막 연에 "옛 신선 다시 올 수 있다면, 여기에서 그를 따라 놀리라"했는데, 영랑의 무리가 이곳에 와서 놀았다고 하는 전설이 있기 때문에 언급한 것이다.

　『신증동국여지승람』은 영랑호를 이렇게 설명한다. "주위가 30여 리인데, 물가가 굽이쳐 돌고 암석이 기괴하다. 호수 동쪽 작은 봉우리가 절반쯤 호수 가운데로 들어왔다. 옛 정자 터가 있으니 이곳이 영랑 신선 무리가 놀며 구경하던 곳이다."『연려실기술』도 비슷하다. "암석이 기묘하고 괴이하며, 호수의 동쪽에 작은 봉우리가 있는데 반은 호수의 가운데로 들어왔다." 암석이 기괴하다는 것은 두 가지로 볼 수 있다. 작게는 범바위 일대의 거대한 바위들을 지칭한다. 멀리서 봤을 때는 감흥이 별로였으나 가까이 갈수록 정비례하여 놀라게 된다. 범바위에 올라가면 규모에 놀라고 아찔함에 또 놀란다. 마치 거대한 설치 미술품 같다. 거인의 세계에 온 것 같기도 하다. 범바위가 있는 산기슭은 호수의 중앙을 향해 뻗어 있다. 이곳에 정자가 있었다는 기록에 따라 영랑정을 지었으나 거대한 바위 옆이라 겸손하게 보일 정도다. 바위에 오르면 여기저기 이곳을 찾은 사람들이 이름을 새겼다. 특이하게 '남북통일南北統一'도 보인다. 요즘 분위기로 봐서 남북통일이 먼 미래의 일이 아닐 것 같다. 범바위는 올라가서 보는 것도 좋지만 연못가에서 바라보면 또 다른 웅장한 모습을 볼 수 있다.

  암석이 기괴하다는 표현의 넓은 의미는 영랑호 일대 여기저기에 있는 바위를 가리킨다. 설악산에서 흘러오는 시내가 호수로 들어오는 입구에 커다란 바위가 수문장처럼 영랑호를 지키고 있다. 화랑도 체험장을 지나가다가도 만날 수 있다. 하트처럼 생긴 바위가 기울어져 있기도 하다. 호수에서 조금 떨어진 곳에서도 있다. '영랑호'를 새긴 바위가 보이면 한 바퀴를 다 돈 것이다. 이유원이 영랑호를 구슬을 머금은 큰 호수라고 했는데 바위를 구슬이라고 본 것은 아닐까. 신익성申翊聖, 1588~1644은 영랑호는 더욱 맑고 시원하며, 솔숲과 암석이 인간 세상의 것이 아닌 듯하여 반나절만 돌아다니면 영랑을 만날 것만 같다면서 시를 한 수 짓는다.

넓고 맑은 호수에 흰 구름 흐르는데 澄湖千頃白雲流
높은 누대 꼭대기에 선객이 올랐어라 仙客高臺在上頭
청정한 자연은 속세 밖의 풍경이니 淸淨自然塵外界
되레 이 몸이 영랑의 무리인 듯하여라 却疑身是永郞儔

범바위에 올랐던 것 같다. 호수를 바라보니 호수 위로 구름이 비친다. 마침 바람이 불어 물결이 일자 구름이 흐르는 것 같다. 보고 있자니 부지불식간에 신선이 된듯하다. 설악산과 바다 사이에 영랑호가 있으니 마치 신선이 사는 세계인 것 같다. 전해오는 말이 영랑이 이곳에서 놀았다고 하는데 시인도 영랑과 함께 노니는 것처럼 황홀하다.

범바위

이제는 영랑호를 떠날 시간이다. 이세구의 심정과 같다. 「동유록東遊錄」에 자세하다.

7~8리를 가서 영랑호에 이르렀다. 큰 소나무 수천 그루가 해안에 촘촘히 서 있다. 모두 붉은 줄기에 가는 비늘 같은 껍질이 있고, 위로 10여 심(尋) 자라야 비로소 가지가 있는데, 무성하여 보기 좋다. 소나무 사이로 보이는 모래 색깔은 눈처럼 깨끗하여 먼지나 티끌이 없다. 큰 소나무의 서쪽에는 작은 봉우리가 솟아 호수에 닿아 있다. 말에서 내려 작은 봉우리에 올랐다. 호수 둘레는 20여 리이고, 물은 맑고 투명하여 그 밑바닥까지 훤히 보인다. 좌우의 여러 봉우리가 점점 이어져 빙 둘러 있고, 설악산의 뭇 봉우리에 한창 눈이 내려 기이하고 빼어난 모습으로 우뚝 솟아 있다. 호수 속에 거꾸로 비친 그림자는 선명하여 그림과 같다. 포구는 저 멀리 산기슭에 연접해 있고, 옥거울과 은쟁반이 찰랑거리며 은은하게 비친다. 맑고 빼어나고 소쇄함이 인간세계가 아닌 듯하여 사람의 마음과 정신을 상쾌하고 맑게 하니 거의 회포를 가누기가 어렵다. 술병을 열어 자작하고 걸어 호숫가로 들어갔다. 기이하고 좋은 암석이 서있거나 비스듬한 채로 반쯤 호수에 잠겨 있다. 느릿느릿 서성이며 뒤돌아보고 연연해하다가 차마 작별할 수 없어, 말을 거꾸로 타고 출발해 모래를 돌고 언덕에서 방향을 바꿔서 아무것도 안 보이게 된 이후에야 그쳤다. 나는 홍인우가 '모래 위에서 몸을 굴렸는데 미쳤다고 하는 사람이 있었다'라고 했던 말을 보고는, 그곳이 이 정도인 줄을 모르고 매양 너무 과장했다고 의심했다. 직접 이곳을 밟고서야 비로소 그 말을 깨닫게 되었다. 이번 유람에서 만약 영랑호까지 가보지 않고 곧장 돌아갔더라면 영동지역의 천 리 길이 거의 헛걸음이 되었을 것이다.

수천 그루 소나무는 사라졌다. 홍인우가 갑자기 말에서 내려 모래 위로 뛰어가 몸을 굴리며 눕자 동행하던 사람이 미쳤다고 할 정도의 눈처럼 흰 모래도 없어졌다. 밑바닥까지 훤히 보이던 호수로 돌아가려면 노력을 더 기울여야 한다. 소쇄하여 정신을 상쾌하고 맑게 하던 풍경은 여기저기 들어선 건물로 많이 퇴색되었다. 여전한 것은 백두대간의 봉우리가 빙 둘러 있고, 설악산의 봉우리가 호수에 비치는 것이다. 그리고 또 하나 더 있다. 동해안에 와서 만약 영랑호를 보지 않고 돌아가면 영동지역의 천 리 길이 헛걸음이 될 거라는 사실이다.

영랑호와 백두대간

용이 밭을 갈다

청초호

청초호의 역사는 속초의 역사다. 호수 둘레길을 걸으며 역사 속으로 들어간다. 『신증동국여지승람』은 쌍성호雙成湖라 표기하였다. 간성군 경계에 있으며 둘레가 수십 리고, 호수 경치가 영랑호보다 훌륭하다고 평한다. 예전에는 만호영을 설치하여 병선을 정박하였으나 지금은 폐지하였다고 알려준다. 『대동지지』는 청초호靑草湖라 기록하고 고려 때 만호를 두어 정박하는 병선을 관리하였다고 설명한다. 청초호는 경관도 뛰어났지만 군사적인 필요성 때문에 예전부터 주목받았다.

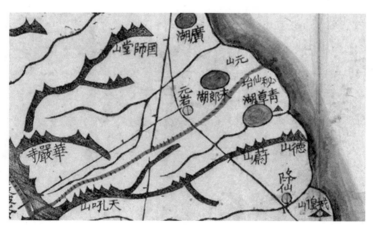

대동여지도 속 청초호

이후 청초호는 호수의 아름다운 경치로 유람객들을 매혹시켰다. 1751년에 이중환은 『택리지』에서 관동팔경의 하나로 꼽을 정도였다. 유휘문柳徽文, 1773~1827도 동참한다. 「북유록상北遊錄上」에서 "맑으며 잔물결 그득하고 넓으며 흰 호수가 빙 둘러싼 것이 십여 리다. 서쪽으로 기이한 봉우리가 둘러 있고 남북으로 작은 산이 둘러싸고 있다. 동쪽에 흰 명사鳴沙가 호수와 바다 사이에 있다. 밟으면 소리가 난다. 노란색과 흰색이 반인데 흰 모래는 부서진 옥 같고 노란 모래는 금 같아 다른 곳보다 두드러지게 빼어나다. 앞 사람이 팔경을 논할 때 어떤 때는 낙산사를, 어떤 때는 청초호를 드는 것을 보았는데, 청초호의 이름을 양양 사람들은 아는 이가 적다" 이유원李裕元, 1814~1888은 영랑호와 비교하면서 각기 다른 아름다움으로 평한다. 영랑호는 큰 못에 갈무리된 구슬[珠藏大澤]로, 청초호는 화장대에 펼쳐진 거울[鏡開畵奩]로 형상화하였다.

시인들은 시를 지어서 청초호를 찬미했다. 조선 초의 성현成俔은 「쌍성호」를 남기고, 「쌍성호에서 큰 바람을 만나다」란 시도 남긴다. "낙락장송 다 뽑히고 풀 어지러이 쓰러지고, 물가엔 자욱하게 모래 먼지가 흩날려서, 얼굴을 마구 쳐 대니 화살촉보다 날카롭고, 눈을 뜰 수도 없어라 누가 이렇게 가리는고"라고 혀를 내둘렀으니 거센 바람도 청초호의 특징 중 하나로 꼽을 수 있을 것이다.

청초호에 대한 시로 유명세를 탄 것은 유희경劉希慶, 1545~1636의 시일 것이다. 이덕무李德懋는 『청장관전서』에 「양양도중襄陽途中」을 인용한다.

산은 비 기운 머금고 물에선 안개 피어나는데 山含雨氣水含煙
청초호 가엔 흰 해오리 졸고 있네 靑草湖邊白鷺眼
길이 해당화 아래로 굽이져 돌아드니 路入海棠花下去
만발한 향기로운 눈 채찍에 떨어지네 滿池香雪落揮鞭

비 기운을 머금은 산과 물안개, 호숫가에 졸고 있는 백로에 한가
롭고 맑은 마음이 투영되어 있다. 해당화가 핀 길로 지나가는 말,
휘두르는 채찍에 해당화가 눈처럼 흩날린다. 밝은 표정에 감미로
운 풍미와 고상한 낭만이 비친다.

청초호

이해조李海朝, 1660~1711는 1709년에 양양부사로 재직하면서 「현산삼십영岾山三十詠」을 지었는데, 그 중 하나가 「초호용경草湖龍耕」이다. 제목에 설명을 덧붙인다. "쌍성호는 청초호라고 한다. 부의 북쪽 사십 리 간성 경계에 있다. 둘레가 수십 리다. 매년 겨울 얼은 후에 얼음이 갑자기 물결을 일으킨다. 북쪽 기슭에서 남쪽 기슭까지 마치 쟁기질로 물결을 갈라 엎은 것 같은 형상이어서 마을 사람들이 이르기를 용갈이라고 한다. 이것으로 한 해의 점을 쳤다고 한다."

눈 속에서 영지를 심으니 雪裏種瑤草
용을 부르는 걸 아네 知有呼龍仙
긴 호수 커다란 밭이 되어 長湖爲十畝
얼음 갈이 안개 밭 가는 것 같네 耕氷如耕烟
서릿발이 갑자기 햇살에 번쩍이니 霜鱗乍閃暎
구름 가는 쟁기 춤추는 듯하네 雲耟何蹁躚
스스로 밭 갈고 또 비가 오니 自耕又自雨
어찌 풍년이 아니라고 근심하는가 何憂不豊年

용경龍耕은 동지를 전후하여 못에 언 얼음의 갈라진 방향을 보고 그해의 풍흉을 알아보는 점으로, 조선시대에 널리 알려진 풍속 중의 하나다. '용갈이' 또는 '용의 밭갈이'라고도 한다. 못에 언 얼음이 마치 농기구로 밭을 갈아놓은 듯이 얼음장이 양쪽으로 넘겨져 있어, 사람들은 이것을 용의 짓이라 하여 이것을 보고 그해의 풍흉을 점친다. 갈아 젖힌 것이 남쪽에서 북쪽으로 향하여 있으면 풍년이 들고, 서쪽에서 동쪽으로 가운데로 향하여 있으면 흉년이 들며,

또 동서남북이 온통 갈아 젖혀져 있으면 풍년도 흉년도 아니라고 한다. 『동국세시기』를 보면 충청도 홍주洪州 합덕지合德池와 밀양密陽의 남지南池에도 용의 밭갈이로 다음해의 농사일을 징험한다는 기록이 있다. 이 밖에도 안악安岳의 석통지石筒池, 함창咸昌의 공검지共儉池 등에도 용경 풍속이 있었다.

화장대에 펼쳐진 거울같이 맑은 청초호, 호수와 바다 사이에 펼쳐진 소리를 내는 모래, 채찍에 떨어지는 해당화는 일제강점기에 항구가 개발되면서부터 사라지기 시작했다. 청초호를 큰 항구로 개발하기 위해 좁은 입구를 파내 수로를 만들고 축대를 쌓았다. 이때부터 속초는 청초호를 중심으로 성장하였고, 전쟁 이후에도 성장은 지속되었다.

지금 청초호의 1/3이 매립되어 유원지로 개발되었다. 훼손으로 자연 그대로의 모습을 찾을 길이 없다. 현재 청초호 상류는 철새도래지로, 철새공원이 조성되어 있으며, 호수 남쪽으로 식수공원이 조성되었다. 호수 둘레를 따라 산책과 운동을 즐길 수 있는 도로도 잘 정비되어 있다. 이제는 청초호는 산을 드리운 것이 아니라 빌딩을 드리우고, 해가 지면 네온사인을 드리운다.

양양

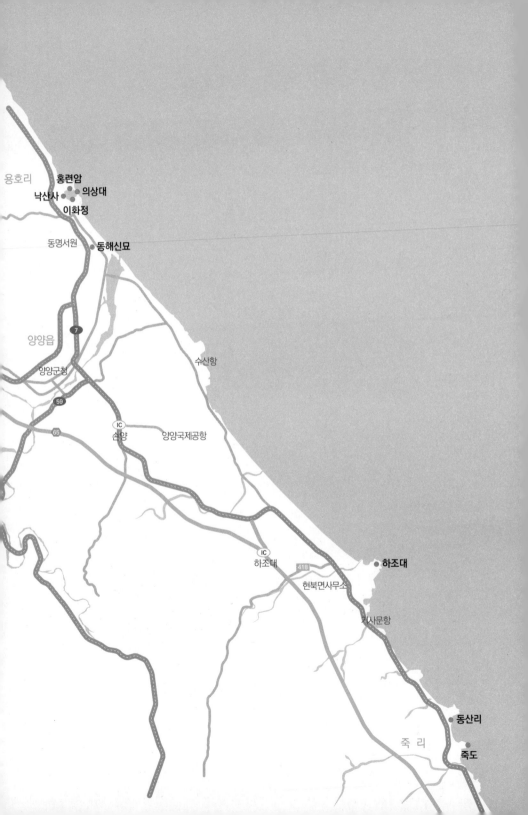

낙산사의 보물은 무엇일까

낙산사

일주문을 지나니 잠시 후 홍예문이 보인다. 강원도 유형문화재인 홍예문은 1466년(세조 12)에 왕이 낙산사에 행차한 것을 기념하기 위해 세웠으며, 문을 만드는데 사용한 26개의 화강석은 당시 강원도 내의 고을 수를 표시한 것이라 전해진다. 그런데 아무리 생각해도 이상하다. 홍예문이 성문으로 보이고 옆 담장은 성벽으로 보인다. 『대동지지』가 궁금증을 해소해 준다. 낙산사가 위치한 산의 이름은 오봉산이라고 하며, 오봉산고성五峯山古城을 이렇게 설명한다. "흙으로 쌓았으며, 홍예석문虹霓石門이 있다. 낙산사는 가운데에 있다." 관세음보살님이 상주하는 관음성지인 낙산사는 바로 성 안에 있으며 홍예문은 관음성지로 들어가는 성문인 것이다.

사천왕문을 통과하고 원통보전 앞에 섰다. 낙산사는 눈에 보이는 유물도 중요하지만 설화가 특히 중요하다. 낙산사에서는 신이한 설화를 들어야만 한다. 당나라에서 화엄학을 공부한 의상이 신라로 돌아온 뒤 낙산의 관음굴을 찾아 지극정성으로 기도하여 관음보살을 친견하고 낙산사를 창건했다는 설화가 『삼국유사』에 실려 있다.

의상이 재계한 지 7일 만에 방석을 물 위에 띄우자, 천룡팔부天龍八部의 시종이 그를 굴속으로 인도하였다. 들어가서 참례하자 공중에서 수정염주 한 벌을 주기에 이를 받아서 나왔다. 동해용이 또한 여의주 한 벌을 주었다. 다시 7일 동안 재계하고서 진용眞容을 뵈니,

홍예문

낙산사

"이 자리 위 꼭대기에 대나무가 쌍으로 돋아날 것이니, 그곳에 마땅히 불전을 지어야한다."라고 하였다. 말을 듣고 나오니 과연 땅에서 대나무가 솟아났다. 이에 금당을 짓고 소상塑像을 봉안하니, 원만한 모습과 아름다운 자질이 하늘에서 난 듯했다. 절을 낙산사라 하고 구슬을 성전에 모셔두고 떠났다.

익장益莊의 「낙산사기洛山寺記」는 조금 다른 설화를 들려준다. 낙산사 동쪽 몇 리쯤 바닷가에 있는 굴은 높이가 백 척 가량이고 크기는 곡식 만 섬을 실은 배라도 드나들 만하였다. 밑에는 항상 바닷물이 드나들어서 측량할 수 없는 구멍이 되었는데, 세상에서는 관음대사가 머무는 곳이라고 한다. 굴 앞의 50보쯤 되는 바다 가운데에 돌이 있고, 돌 위에는 자리 하나를 펼 만한데, 수면에 나왔다 잠겼다 하였다. 의상대사가 친히 성용聖龍을 뵙고자 하여 돌 위에서 자리를 펴고 예배했다. 14일이나 정성을 다했지만 볼 수가 없었으므로 바다에 몸을 던졌더니, 바다 속의 동해용이 붙들어 돌 위에 올려놓았다. 대성大聖이 굴속에서 팔을 내밀어 수정염주를 주면서, "내 몸은 직접 볼 수가 없다. 다만 굴 위의 두 대나무가 솟아난 곳이 나의 이마 위다. 거기에 불전을 짓고 상을 봉안하라."라고 했다. 용도 ·또한 여의주와 옥을 바쳤다. 법사가 여의주를 받고 그 말과 같이 가서보니, 대나무 두 그루가 솟아 있었다. 그곳에 불전을 짓고 용이 준 옥으로 상을 조성해서 봉안하였다.

신이한 설화 속에 낙산사가 창건된 것은 671년(신라 문무왕 11)이고, 858년 신라 헌안왕 2년 범일대사가 중창하였으나, 1231년 몽골의 침입으로 소실되었다. 1467년 세조 13년에 왕명으로 크게 중창하였고, 임진왜란과 병자호란 때 화재를 겪었다. 다시 중건했으나 1777년 정조 원년 화재를 당하여 다음해 다시 중건하였다. 한국전쟁 때 소실된 것을 1953년에 다시 지었지만, 2005년에 화재를 입게 되었다. 낙산사의 소실과 중건의 역사가 여기저기 훼손된 칠층석탑에 고스란히 아픔으로 새겨져 있다. 낙산사는 설화와 역사, 신이함과 아픔이 공존하는 공간이다.

낙산사의 대표적 문화재는 보물인 칠층석탑과 해수관음공중사리탑비 및 사리장엄구 일괄, 강원도 유형문화재인 홍예문, 담장 등이 있다. 대부분 이런 유물을 중심으로 낙산사를 설명하고 자랑한다. 이식李植, 1584~1647의 생각은 달랐다. 그는 "안견安堅의 수묵화와 임억령林億齡의 시, 천년 낙산사 뛰어난 두 작품으로 기이해졌네"라고 읊으며 시와 그림에 주목하였다. 이명후는 「유금강일록」에서 "후전後殿에 관음상을 모셨는데, 만든 모양이 매우 정묘하다. 선당 벽 위에 안견이 그린 산수도가 있다."라고 기록해 안견의 그림이 있었음을 증명해준다.

신익성申翊聖, 1588~1644은 「산과 바다 유람 중 마음에 드는 곳을 읊다」란 제목의 시를 지었는데, 네 번째는 임억령의 시에 대한 것이다.

낙산사 벽 위에 기이함 남긴 것 洛寺曾留壁上奇
단구(丹丘)의 초성(草聖) 석천(石川) 시인데 丹丘草聖石川詩
짐짓 큰 불로 잿더미 만들었으니 故將劫火成灰燼
조물주의 마음 또한 의심스럽네 造物機心亦可疑

단구丹丘는 신선이 사는 곳으로 영생을 얻을 수 있는 곳이니, 신익성은 임억령을 신선으로 보았다. 초서에 능했던 임억령은 자신의 시를 낙산사 벽에 일필휘지했는데, 화재로 인하여 작품이 훼손된 것에 대해 아쉬워하고 있다. 허균도 동참하였다. 그는 『성수시화』에서, 임억령은 사람됨이 고매하고 시 역시 사람됨과 같은데, 낙산사영洛山寺詠은 마치 용이 오르고 비가 내리는 형세로 시의 기세가 날아 꿈틀거려 기이한 경치와 자못 장려함을 다툴 만하다고 평하였다.

임억령의 시는 그가 강원도 관찰사에 부임하여 1554년 봄에 순시하던 중 낙산사에 들러 지은 시를 말한다. 「청허자淸虛子와 함께 바다를 보고 고체 36운으로 기이한 일을 적다」란 제목으로, 청허자는 서산대사다.

강남의 검은 머리 노인은　江南綠髮翁
본래 천상에서 귀양 온 몸　本自淸都謫
심부름꾼 수레 탔지만　雖乘使者車
왕교(王喬)의 신발 신었네　足有王喬舃
저녁에 투숙한 낙산사　暮投洛寺樓
멀리 금산(金山)과 견줄 만하네　迥與金山敵
큰 바다 절 아래서 부딪치니　大洋衝其下
천지가 좁음을 문득 깨달았네　頓覺天地窄
고래라 부르는 동물이 있어　有物名曰鯨
우뚝 이마 드러내고　嵯峨露鼻額
지느러미 푸른 하늘 가리니　鬐鬣蔽靑天
물고기들 모든 도망가네　水族皆辟易

파도 일으키니 온 세상 어둡고　揚波六合昏

물보라 뿜으니 천 리가 하얗네　噴雪千里白

싸움 끝나자 핏빛 파도 이어지고　鬪罷血連波

썩은 뼈 모래톱에 쌓이네　朽骨堆沙磧

갑자기 흰 용이 하늘로 올라가니　俄有白龍升

하늘 갈라지며 벼락이 치네　裂缺兼霹靂

뭉게뭉게 구름이 걷히고　蜿蜿沒鸝雲

발톱과 이빨 창과 칼을 벌여 놓은 듯　爪牙森劍戟

끝없는 바다로 들어가니　去入無窮鄕

용맹스러운 기세 나무와 돌 뽑을 듯　猛氣拔木石

은 기둥 뒤집혀 내리꽂히는 파도　銀柱倒揷濤

호탕하기는 은하수 터진 듯하네　蕩似天河坼

물고기와 새우 모두 내쫓기고　竝驅魚與蝦

양후(陽侯)는 한층 드세지네　陽侯又附益

산사의 중이 말하기를　山僧相謂曰

이처럼 큰 비 쏟아지면　如此大雨射

우뚝 솟은 우림군(羽林軍) 창이　攙攙羽林槍

떨어지며 창과 벽 뚫는 듯하다고　散落穿窓壁

큰바람 동남쪽 쓸어버리니　長風掃東南

하늘과 바다 온통 푸르고 맑네　澄澄上下碧

베개 베고 잠들다 새벽이 되어　高枕夜向晨

천계(天鷄) 두 날개로 홰를 치니　天鷄鼓兩翮

불타는 산 큰 골짜기 가로지르고　火山橫大壑

기운이 뻗쳐 하늘은 반이나 붉구나　氣射半天赤

양곡(暘谷)에 불 붙어 가마솥 되니　暘谷烘爲窯

솥에서 국 끓어 넘치는 것 같네　如羹沸釜鬲

솟구쳐 황도(黃道)에 떠올라　騰涌上黃道

사방 비추어 붉게 물들이네　照灼臨下赫

쓸쓸히 오동나무에 기대니 寥寥據枯梧
어둑어둑 석양이 되니 蒼蒼日之夕
휘영청 희디흰 연꽃이 皎皎白蓮花
용왕님 집에서 떠올라 浮出龍王宅
예맥의 옛터를 비추라 하니 坐令濊貊墟
수정궁 땅을 만들었네 化爲水精域
항아 부르면 대답할 듯 姮娥喚欲應
계수나무 꽃 꺾을 듯 桂華手堪摘
내 우주를 살펴보니 吾觀宇宙間
온갖 변화 한 판 바둑 萬變一局奕
취해 이화정에 누우니 醉來臥梨亭
지는 꽃 모자에 가득하네 落花盈我幘

총 52구의 장편 고풍의 한시는 자유분방한 시상의 전개와 방대한 스케일의 상상력을 보여준다. 시인 자신을 신선에 비유하면서 시작하더니, 낙산사의 형세를 간략하게 묘사한다. 본격적으로 고래를 등장시켜 바다에서 빚어내는 온갖 변화를 묘사하며 호방의 풍격을 보여준다. 천지를 뒤흔들며 격동하는 파도의 모습에서 호장豪壯한 기세를 느끼기에 부족함이 없다. 이식은 남들이 별로 주목하지 않았던 안견의 그림과 임억령의 시를 강조한 것은 탁월한 견해다. 특히 시에 주목한 이후에 후대 사람들은 낙산사에 들리면 임억령의 시를 읊조리며 의상대로, 홍련암으로 향했다.

박지원朴趾源, 1737~1805의 시각은 또 다르다. 그는 1800년 음력 8월에 양양부사로 부임하여 다음해 1월 강원감사에게 편지를 쓴다.

여러 임금의 옛 자취라고 한 것은 양양부에 있는 낙산사와 같은 곳을 이름이요, 신흥사가 아닙니다. 세조 병술년(1466)에 낙산사를 임시 숙소로 삼으신 일이 있는 데다, 성종의 친필이 열 겹이나 싸여 보물로 간직되어 있고, 숙종의 어제 현판은 비단에 싸인 채 걸려 있어 지금까지도 보배로운 글씨가 하늘을 돌며 빛을 발하는 은하수처럼 휘황찬란합니다. 명나라 성화(成化) 5년(1469)에 주조한 큰 종에는 당시의 유명한 신하들이 왕명을 받들어 기록한 글이 있어 절의 귀중한 보물이 되었으니, 이것들은 모두 낙산사의 오래된 보배인 것입니다.

박지원이 꼽는 것은 성종의 친필, 숙종의 어제시, 예종 원년인 1469년에 만들어진 범종이다. 송병선宋秉璿은 「동유기東遊記」에서 빈일루에 성종이 토지를 하사하는 글과 숙종의 어제시를 걸어놓았다고 증언해준다. 지금 실물은 전하지 않지만 국립중앙박물관에 남아 있는 유리건판사진을 통해 그 내용을 알 수 있다. 성화 6년에 내린 낙산사 사패 교지는 다음과 같다.

> 양양 낙산사는 세조대왕께서 예종대왕을 위해 특명으로 중수하셨고, 예종대왕께서는 전지와 노비를 하사하셨다. 지금 내가 노비를 더 하사하여 신에게 제사를 지내고 복을 빌 재물로 삼게 하노라. 하사한 토지 및 내수사가 사서 바친 토지로써 세금 이외의 잡다한 부역과 노비 각각의 집의 나라에 바치는 물건과 세금을 제외한 잡다한 부역은 모두 면제한다. 절에 있는 자염분(煮鹽盆)도 면제하도록 하여 모두 제사하는데 바치도록 하라.

강헌규姜獻奎, 1797~1860의 「유금강산록遊金剛山錄」을 통해서 숙종의 시를 확인할 수 있다. 그는 누대 위에 숙종이 지은 시판이 있다며 시를 인용한다.

남쪽 마을 낙가산 사뿐히 오르니   快登南里落迦峰
바람이 구름 걷어 달빛은 곱네   風捲纖雲月色濃

원통한 대성의 이치 알려 하거든　欲識圓通大聖理
이따금 꽃 물은 파랑새 만나야지　有時青鳥唧花逢

　박지원이 꼽은 마지막 보물은 범종이다. 세조가 금강산을 순례하고 낙산사에 왔는데 사리가 분신하는 이적이 있어 낙산사를 원찰로 삼아 학열學悅에게 중창하게 하였다. 이후 세조가 승하하고 예종이 즉위하여 종을 만들도록 하여 완성하였다. 예종 원년(1469)에 김수온金守溫이 짓고 정난종鄭蘭宗이 글씨를 썼다. 제작 과정은 물론 제작에 관여한 여러 장인들을 언급하였다. 글의 앞부분은 이렇다. "나는 여래의 가르침을 알진 못하지만, 반드시 (돌이나 금동으로) 부처를 만들고 불당을 장엄하게 만드는 것은 중생의 눈은 보아야 믿음이 생기기 때문이다. 절에 종이나 북을 만들어 두는 것은 중

김홍도의 낙산사 그림

생의 귀는 들어야 마음을 깨치기 때문이다." 이 범종은 2005년 화재에 녹아내리면서 보물 지정이 해제되었다.

낙산사는 칠층석탑과 해수관음공중사리탑비 및 사리장엄구 일괄, 홍예문, 담장 등의 보물로 널리 알려졌다. 이식과 박지원은 생각을 달리 한다. 김수온이 중생의 눈은 보아야 믿음이 생긴다고 했지만, 눈에 보이지 않는 것도 중요하다. 그림과 시는 또 다른 낙산의 보물이다. 이로 인해 낙산사가 더 풍성해진다.

해수관음상을 찾아 발걸음을 옮긴다. 길 중간에 해수관음공중사리탑이 기다린다. 사리탑은 홍련암 가는 길옆에 있는 비석과 사리장엄구를 포함해 보물 제1723호로 지정되었다. 조선 숙종 18년(1692) 관음굴의 불상을 개금할 때, 공중에서 한 알의 명주明珠가 내려오는 기적을 기려 조성되었다는 설화가 전해 내려온다. 1694년에는 사리탑을 세우게 된 유래를 적은 공중사리탑비가 세워졌다. 공중사리탑비는 조형미는 크게 뛰어나지 않지만 공중사리탑과 그 안에서 수습된 사리장엄구와 아울러 생각한다면 이 비의 가치는 배가된다.

공중사리탑을 지나 해수관음상 앞에 섰다. 여기선 관음보살 부처님에게 소원을 빌던 조신調信 설화를 기억해야 한다. 군수의 딸을 본 뒤 매혹되어 관음보살상 앞에서 사랑을 얻게 해 달라고 기도한 조신. 수년 동안 정성을 다하였으나 그녀가 이미 출가하여 자기의 소원을 이루지 못하게 된 것을 알고, 관음상 앞에 가서 원망하다가 지쳐서 잠이 들었다. 홀연히 여자가 나타나서 당신을 사랑했으나 부모의 명을 거역할 수 없어 억지로 남의 아내가 되었지만, 이제 함께 살기 위해서 왔다고 한다. 조신은 기뻐하며 고향으로 가서 살림을 시작하였다. 40년 동안 깊은 정을 나누고 살면서 자식 5남매를 거느리게 되었으나 가난하여 사방을 떠돌아다니며 10년 동안 걸식하였다. 명주 해현령에서 15세 된 큰 아들이 굶어 죽자 길가에 묻었고, 우곡현에 이르러서 길가에 초막을 짓고 살았다. 두 부부가 늙고 병들어서 움직일 수 없게 되자 10세 된 딸이 걸식하다가, 그만 동네 개에게 물려 드러눕게 되었다. 부부가 함께 통곡하다가, 50년 동안 고락을 같이했으나 이제는 늙고 병들어 빌어먹기도 어렵고 자식들도 헐벗고 굶주려 어찌할 수 없으니 헤어져서 살아갈 길을 찾자고 하였다. 부부는 아이를 둘씩 나누어 데리고 남북으로 정처 없이 헤어지려던 차에 꿈에서 깨어났다. 조신은 인생의 허무함을 느끼고 다시는 인간 세상에 뜻을 두지 않고 불도에만 전념했다는 이야기가 『삼국유사』에 전해진다. 일연스님은 다음 시로 마무리를 짓는다. 읽을수록 울림이 증폭된다.

잠시 즐거운 일 마음에 맞아 한가롭더니 　快適須臾意已閑
근심 속에 남모르게 젊은 얼굴 늙어졌네 　暗從愁裏老蒼顔
모름지기 누런 조 익기 기다리지 말고 　不須更待黃粱熟
괴로운 인생 꿈과 같음을 깨닫기를 　方悟勞生一夢間
몸을 닦는 것은 성의(誠意)에 달린 것 　治身藏否先誠意
홀아비는 미인, 도적은 창고를 꿈꾸니 　鰥夢蛾眉賊夢藏
어찌하여 가을날 밤 맑은 꿈만으로 　何以秋來淸夜夢
눈을 감았다고 청량한 세계에 이르랴 　時時合眼到淸凉

‘몸을 닦는 것은 성의誠意에 달린 것’ 한 구절 뇌이며 홍예문을 나선다.

배꽃 흐드러지게 피다
이화정

홍예문을 지나 경내에 들어서면 오른쪽으로 낙산배 시조목과 조형물이 발걸음을 멈추게 한다. 조형물 아래에 낙산배의 유래를 적어놓았다. 조선 성종 때 주요 과수로 지정된 재래종 품종이 낙산사 주변에 재배되어 낙산배를 진상했다는 기록이 있다고 한다. 조형물 옆 배나무는 1915년에 주지 스님이 의해 재배되어 낙산배 명성을 지켜온 시조목이라는 설명이 뒤따른다.

낙산배의 명성을 문헌에서도 찾아볼 수 있다. 채지홍蔡之洪, 1683~1741이 평생의 소원인 금강산을 유람하기 위해 강릉을 거쳐 동해안 해안가를 따라 오다가 낙산사에 들린 때는 1740년(영조 16)이었다. 「동정기東征記」의 기록이다.

> 담장 밖에 이화정(梨花亭)이 있다. 승려가 이르기를, "옛날에 배나무가 있었는데 배가 아주 많이 열렸답니다. 세조가 동쪽으로 순행할 때 승려가 따서 동궁에게 바쳤는데, 이로써 관례가 되었습니다. 계미년에 산불이 나 배나무가 재가 되었고, 새로 심어서 가지가 겨우 한 움큼밖에 되지 않는데도 공납은 매년 같았습니다. 지금도 폐하지 않고 공납하는데, 승려들은 공납이 힘들어서 나무를 가꾸지 않으려고 합니다."라고 말한다. 아! 한때의 공납이 백 년이 지난 뒤에 폐단을 끼치니, 이름 없이 바치는 것은 옛날 사람들이 마땅히 경계하던 일이다.

실록을 찾아보니 세조 12년인 1466년 윤 3월 13일에 낙산사에 거등하였다는 기록이 보인다. 그때 동궁에게 배를 진상했으니 낙산사에서 배를 재배한 것은 그 이전임이 분명하다. 그러나 명성으로 인하여 매년 공납해야하는 고통을 받았으니 낙산배로 인한 어두운 측면이다.

낙산배에 대한 기록은 정조 9년인 1785년 6월 21일에 다시 등장한다. 강원도관찰사 서정수徐鼎修는 장계에서, 국초에 양양 낙산사에서 배와 미역을 명례궁에 바치는 일이 있었으나, 배나무와 미역밭이 지금 남아 있는 것이 없고 먼 곳에서 교역하여 바치므로 승려들이 지탱해 나갈 수 없으니 감면해 달라고 하였고, 그대로 따랐다는 사실이 기록되어 있다. 『일성록』도 같은 날짜에 더 자세한 내용을 실었다.

낙산사와 배는 떼려야 뗄 수 없는 운명공동체였던 것이다. 윤증尹拯, 1629~1714은 「낙산사에서 판상 시에 차운하다」에서 "초여름 청

낙산배 시조목

명하고 화창한 사월에, 배꽃 흐드러진 낙산사 누각"이라고 화사하게 낙산사를 그려놓았다.

　낙산사에 있던 정자인 이화정梨花亭도 낙산배 때문에 이름을 얻었을 것이다. 이화정은 절 문간 밖에 있었다. 수많은 시인묵객들이 이곳에 올라 풍류를 즐겼는데, 수십 편의 시를 통해서 확인할 수 있다. 언제 세워졌는지 알 수 없다. 다만 송병선宋秉璿, 1836~1905이 1868년에 찾았을 때는 터만 남아 있다는 기록이 「동유기」에 남아 있고, 이후로 이화정과 관련된 글을 찾아볼 수 없는 것으로 보아 다시는 중건되지 않은 것 같다.

　이화정은 유흥의 공간이었다. 신익성申翊聖, 1588~1644은 「유금강소기」에서 양양부사가 낙산사 이화정에서 술을 대접하였고, 술이 반쯤 되자 의상대로 자리를 옮겼다고 실토한다. 조문명趙文命, 1680~1732은 「낙산사 이화정에서 달밤에 검무를 구경하다」란 시를 남겼다.

> 푸른 하늘 아래 노목은 푸르러 시원한데　蒼凉老木蔚藍天
> 확 트인 넓은 바다 앞에서 미인의 칼춤　海闊佳人倚劍前

　일출을 구경하기 제일 좋은 장소를 꼽으라면 대부분 의상대를 들겠지만, 이화정도 최적의 장소 중 하나였다. 안석경安錫儆, 1718~1774은 새벽에 이화정에 올라 일출을 보았는데, 큰 불 수레가 아득한 바다 위로 솟아오르는 것을 보았노라고 「동행기東行記」에 감동을 적어놓았다. 이헌경李獻慶, 1719-1791의 「낙산사 이화정에서 일출을 바라보다」뿐만 아니라 이화정에서 일출의 감동을 노래한 시를 쉽게 찾아볼 수 있다.

이화정의 백미는 일출보다 달구경이 아닐까? 이조년李兆年, 1269~1343의 "이화梨花에 월백月白하고 은한銀漢이 삼경三更인제"가 너무 강렬해서인지도 모르겠다. 허균許筠, 1569~1618은 "이화정 가에서 달뜨기를 기다리니, 옥 바퀴 돌고 돌아 하늘로 떠오르네"라고 읊조렸다. 여러 시와 산문 중에서 압권은 윤휴尹鑴, 1617~1680의 「풍악록」이다.

저녁이 되어 중 몇 사람과 함께 걸어서 이화정에 나갔더니 중천에 솟은 달이 바야흐로 빛을 발휘하기 시작한다. 빛은 바다 밑까지 비치고 만경창파는 은물결로 변하여 위아래가 모두 마치 푸른 유리 같다. 이윽고 바람이 해면을 스치자 파도가 넘실대고 달은 그 속에서 출몰하니 마치 삼켰다 뱉었다 당겼다 놓았다 하는 것 같고, 잠시 후 하늘을 보니 높고 높은 푸른 하늘에는 외로운 달만이 천천히 옮겨 간다. 고인이 이른바, '사방에 구름 걷히고 은하마저 없는 하늘[纖雲四卷天無河] 일 년 중에 오늘 밤 달이 제일 밝네[一年明月今宵多]'라 했던 것이 바로 오늘을 두고 한 말인 듯하다. 눈부시게 빛나는 아름다운 광채는 비록 일출을 볼 때만큼 장엄하지 못하나, 맑고 밝고 깨끗한 자태로 태양을 대신해서 비추는 것은 천하의 훌륭한 구경거리다. 천지 음양의 이치가 서로 양보라도 하듯이 하나가 차면 하나는 비는 것으로, 옛 분들이 말했던 '백옥반(白玉盤)·요대경(瑤臺鏡)' 같은 말로는 지금 이 광경을 비교 표현하기에 부족하다. 스님 비경 등이 오늘 밤 달빛은 일 년 중 보기 드문 달빛이란 말에 대해 나도 동감하였다.

늘 낮에 낙산사에 가곤했다. 의상대에서 홍련암에서 바다를 바라보며 넓은 바다, 푸른 물결, 하얀 파도만 보고도 황홀했었다. 어쩌다 작정을 하면 일출을 볼 수도 있을 것이고, 잊히지 않을 경험이 될 것이다. 여기에 더하여 배꽃 흐드러지게 핀 한밤에 달구경을 하면 낙산사의 진면목을 다 보았다고 자랑해도 될 것이다.

세 가지 미덕

의상대

의상대義湘臺는 두 가지 이미지로 기억된다. 점차 붉어지는 하늘, 떠오르는 태양을 배경으로 한 의상대다. 낙산사를 홍보하는 사진과 영상의 단골이다. 또 하나는 의상대 편액이 보이도록 정자 앞에서 촬영한 장면이다. 정자 옆 낙락장송과 푸른 동해가 잔잔한 배경으로 등장한다.

이러한 의상대의 이미지를 농축해서 강렬하게 보여주는 것 중의 하나가 정철鄭澈, 1536~1593의 「관동별곡」이다. 학창 시절 골머리를

김홍도 관음굴 그림 속의 의상대

썩이던 작품이지만 낙산사 의상대 일출의 감흥을 노래한 부분에선 절로 무릎을 치게 된다. 의상대에 가보지 않아도 가본 것 같다.

> 배꽃은 벌써 지고 소쩍새 슬피 울 때,
> 낙산사 동쪽 언덕으로 의상대에 올라 앉아,
> 해돋이를 보려고 밤중에 일어나니,
> 상서로운 구름이 뭉게뭉게 피어나는 듯,
> 여섯 마리 용이 해를 떠받치는 듯,
> 바다에서 솟아오를 때는 만국이 흔들리는 듯하더니,
> 하늘에 치솟아 뜨니 터럭도 헤아릴 만큼 밝도다.

조선의 대표적인 기행가사로 손꼽히는 이 작품은 선조 13년 (1580) 그의 나이 45세 때 강원관찰사의 임무를 맡았을 때 지었다. 관동의 아름다운 경치를 아름다운 한국어 문체로 풀어서 문학의 정수를 보여줬다는 평을 받는다.

『관동지』나 『강원도지』는 의상대를 관음굴의 남쪽으로 바다에 임하였는데 매우 가파르며 의상義相이 노닐던 곳이라 설명한다. 채지홍蔡之洪, 1683~1741은 「동정기東征記」에서 의상이 재계하고 앉아서 관음의 말을 듣던 곳이라 말한다. 의상대는 정철이 해돋이의 장관을 이곳에서 맞이했듯이 일출을 바라보는 명소로 널리 알려졌다. 신익성申翊聖, 1588~1644은 「유금강소기遊金剛小記」에서 이렇게 말한다. "내가 일출을 세 군데에서 보았는데, 그 중 해산정에 머문 것이 가장 길었으나 비가 자주 와서 세 차례만 보았을 뿐이다. 청간정, 낙산사에서는 모두 맑게 개였는데 낙산사에서 본 것이 더욱 대단하였다. 세상에서 낙산의 일출을 일컫는 것은 연유가 있다." 동해안을 따라 이곳저곳이 모두 일출의 명소라고 하지만 신익성은 낙산사의 일출을 손가락에 꼽았다. 그는 의상대 술자리에서 어린 기생이 부르는 정철의 관동별곡을 듣고 매우 맑고 아름다워 정신이 새로워졌다고 흥취를 덧붙였으니, 의상대는 일출을 감상하는 장소이면서 유흥의 공간이기도 했다.

김원행金元行, 1703~1772의 「낙산사에서 사람들과 일출을 바라보며 최간이의 시에 차운하다」는 시로 노래한 일출의 아름다움이다.

끝도 없는 푸른 물결 동으로 다 흐르는데　極目滄溟盡向東
상서로운 붉은 구름 법당 먼저 물들이고　霱雲先射梵宮紅
겹겹의 채색 호위 속 황금바퀴 솟구치더니　重重綵衛金輪湧
어느새 상서로운 빛이 온 누리를 채우네　已放祥光滿域中

의상대

화면은 푸른색에서 서서히 붉은색으로 물들어간다. 해안에서 제일 높은 법당이 물들기 시작하면서 일출이 시작된다. 시간이 지날수록 점점 낮은 곳도 물들어 간다. 황금바퀴 같은 해가 용솟음치듯 올라오면서 일출의 팽팽한 긴장은 끝난다. 어느새 주변은 붉은 색에서 밝은 햇살로 가득해졌다. 색으로 표현한 일출이다.

의상대의 일출을 묘사한 작품 중에 19세기 조선 여성문학사의 중심에 우뚝 선 김금원金錦園, 1817~?의 「호동서락기湖東西洛記」를 빼놓을 수 없다.

> 의경대(의상대)에 올라 일출을 보려고 했다. 닭이 몇 차례 울자 멀리 바다와 마주한 하늘을 보았다. 운애만이 아득하여 잠시 걷히기를 기다렸으나 모든 것이 고요한 채 조금도 변하지 않으니, 하늘을 가린 구름이 마귀노릇 하는 것 같아 한스러울 뿐이다. (생략) 조금 있자 홀연히 붉은 거울하나가 바다 속으로부터 불쑥 솟아오른다. 구름 끝이 아래로 늘어져 있는 곳에서 점차 올라오자 빛이 회오리쳐 끓으며 백옥 같은 쟁반에서 진주를 높이 들어 올리는 듯하고, 잔잔한 푸른 물결이 넘실거리는 저편에서 붉은 비단 일산처럼 가볍게 흔들린다. 얼마 지나지 않아 흐린 구름 기운을 뚫고 빠르게 둥근 바퀴가 그대로 솟아오르니, 나도 모르게 깜짝 놀라 미친 듯 기뻐하며 펄쩍펄쩍 뛰며 춤을 출 듯하다. 상서로운 햇무리가 아래로 해면을 비춰 한바탕 붉은 구름을 부풀리다가, 또 다시 평지로 쏟아지니 위아래가 온통 붉은 색으로 젖어 마침내 하늘과 땅을 한 덩이 불꽃으로 만든다. 참으로 보기 드문 장관이다.

의상대의 진면목은 일출만 있는 것이 아니다. 허목許穆, 1596~ 1682은 의상대에서의 경험을 짧게 기록했다. "저녁에 의상대에서 놀고 밤이 되어 월출을 구경하였다. 8월 18일이다. 해상에는 항상 비가 잦아 구름이 감돌며 금세 걷혔다 다시 끼곤 한다. 달이 떠오르자 빛이 환히 비춰 바라볼 만하다." 의상대의 월출이 또 하나의 볼거리라는 것을 일러준다.

이인상李麟祥, 1710~1760의 「의상대에서 달뜨기를 기다리다」도 월출의 미학을 보여준다.

은하수 바라보니 밤 이슬기운과 통하고 已望絳河通沆瀣
은빛 대궐 구분 못하니 봉래에 가깝네 不分銀闕近蓬萊
넓은 바다 고요한 밤에 가을 달 보니 滄溟靜夜看秋月
고승인 의상은 의상대에 계신 듯 義相高僧有石臺
절벽으로 치닫는 어룡은 물결 잡아당기고 赴壑魚龍潛攝浪
하늘 가득 서리는 티끌을 맑게 없애네 滿天霜露淨消埃
아득한 세상 모두 맑고 엄숙한데 茫茫八極渾清肅
맷돌이 얼음 수레바퀴 보내자 일렁이며 오네 碾送氷輪漱灎來

은빛 대궐[銀闕]은 천상에 있다는 백옥경白玉京이다. 신선 또는 천제가 사는 곳이다. 얼음 수레바퀴[氷輪]는 달을 뜻한다. 달 뜬 의상대의 청량한 아름다움을 이 시는 보여준다.

또 하나 의상대에서 감상해야 할 것은 '관해觀海' 곧 '바다를 바라보기'다. 김종정金鍾正, 1722~1787은 「동정일기東征日錄」에서 끝없는 바다를 바라보고 망연자실한 상태에 빠졌다. 잠시 후 정신을 차린 후 '공자는 동산에 올라서 노나라가 작다는 것을 알았고, 태산에 올라서는 천하가 작다고 느꼈다'는 것을 떠올린다. 『맹자』는 이어서 말한다. "바다를 본 사람에게는 물에 대해 이야기하기 어렵고, 성인의 문하에서 노니는 사람에게 말하기 어렵다.[觀於海者難爲水 遊於聖

人之門者難爲言" 넓은 바다를 본 사람은 시냇가에서만 논 사람들 앞에서 물에 관하여 말하기가 어렵고, 성인의 문하에서 직접 배운 사람은 학문의 경지를 시골 서생들 앞에서 형언하기가 어렵다는 말이다. '관해난수觀海難水'라고 축약하여 말하기도 한다. 바다를 본 사람은 물을 말하기 어려워 한다는 뜻이다. 바다의 많은 물을 보면 더 이상 물이 무엇이라고 말할 수 없다. 큰 것을 깨달은 사람은 아주 작고 사소한 일도 함부로 이야기할 수 없다. 우물 안 개구리는 우물 안이 온 세상인 줄 안다. 그래서 쉽게 물을 말하고 세상을 말한다. 그러나 바다를 본 개구리는 할 말을 잊는다. 큰 것을 깨달은 사람은 무엇이든 함부로 말하기 어려운 법이다.

김종정은 한 발 더 나간다. 사마천의 문장과 두보의 시도 공자가 태산에 올라가 천하가 작다고 여긴 것과 자웅을 겨룰 만 하다고 보았다. 글을 하는 글쟁이의 입장으로 돌아온 것이다. 사마천과 두보의 글과 시가 마치 바다처럼 보이자 김종정은 자신의 서툰 글 솜씨를 부족하게 여기며 반성하였다. 김종정은 나다.

붉은 연꽃 위 관음보살을 친견하다

홍련암

의상대에서 홍련암으로 향하던 발이 자꾸 멈추게 된다. 의상대가 궁금해서 도저히 견딜 수 없다. 처음엔 우뚝한 의상대와 소나무만 보이다가 점차 바다가 넓어지며 완벽하게 김홍도의 그림이 된다. 이 제야 홀가분해진다. 바다와 가깝던 길은 계단을 따라 산기슭을 올라 간다. 홍련암이 보이기 시작하면서 발걸음이 바빠지지만 잠시 걸음 을 멈추어야 한다. 홍련암중건공덕비 옆 비석을 보고가야 한다.

대나무를 배경으로 바다를 향해 서 있는 해수관음공중사리탑비 海水觀音空中舍利塔碑는 숙종 20년인 1694년에 세워졌다. 비문을 지 은 이는 당시 강원도방어사 겸 춘천도호부사였던 이현석李玄錫, 1647~1703이다. 낙산사가 신라 때 의상 등이 친견하였던 관음도량 임을 먼저 밝힌 후, 1619년에 관음상을 봉안한 전각을 중건하였고, 1683년에 관음상을 다시 색칠하니 하늘로부터 구슬 하나가 떨어져 이를 봉안한 탑을 만들어 세웠다는 사실을 담고 있다. 비문의 끝은 명銘으로 끝난다.

부처는 본래 말이 없어 佛本無言
구슬로 현묘함 드러냈네 現珠著玄
구슬 또한 빛을 숨기니 珠亦藏光
글을 빌어 뜻을 펴고 借文以宣

글 사라질까 두려워 文之懼泯

돌에 새겨 길이 전하네 鑱石壽傳

구슬이여! 돌이여! 珠耶石耶

무엇이 환(幻)이고 진(眞)이냐 誰幻誰眞

문자여! 도(道)여! 辭乎道乎

무엇이 주인이고 손님이냐 奚主奚賓

여기서 얻은 것 있으니 於焉得之

상망(象罔)의 신묘함이네 象罔有神

『장자』에 황제가 여행하다가 잃어버린 검은 구슬을 되찾는 이야기가 실려 있다. 황제는 구슬을 찾기 위해 지식이 많은 지知, 눈이 밝은 이주離朱, 말솜씨가 뛰어난 끽후喫詬를 보냈지만 모두 실패한다. 마지막으로 형상도 없고 멍청하기로 이름난 상망象罔이 구슬을 찾는다. 상망은 지식·감각·언어의 방식에 의존하지 않았다. 선입견을 가지지 않고 무심無心한 상태에서 보이는 대로 보고 들리는 대로 들었다. 이현석은 『장자』의 글을 인용하여 지식이나 밝은 눈, 말솜씨만으로는 도를 찾을 수 없다는 것을 말한다. 돌에 새긴 글을 통해 지식을 의미하는 글[文]과 문자[辭]로 세상에 숨겨진 구슬인 도를 찾을 수 없고, 상망과 같은 무심의 경지에 도달해야 비로소 도를 깨칠 수 있다고 알려준다. 해수관음공중사리탑비는 무심無心히 바라봐야한다는 것을, 무심히 살아야한다는 것을 가르쳐준다.

홍련암에 가기 전에 오던 길을 무심히 보는데 길 밑 바위에 새겨진 글씨가 선명하다. 정언환鄭彦煥, 정언섭鄭彦燮, 정언형鄭彦衡, 정언회鄭彦恢가 나란히 새겨져 있고 바로 밑에 송달현宋達顯이 보인다.

정언섭鄭彦燮, 1686~1748은 1729년 동래부사 등을 지냈다. 이어 호조·예조의 참판을 지내고 1741년 동지부사로 청나라에 다녀왔다. 글씨에도 능하였다. 정언형鄭彦衡은 나이를 초월해 서신왕래를 통해 도의로써 교유하였으며, 서석린徐錫麟·이헌묵李憲黙 등과 향약과 읍지 수정을 함께 하였다. 사후에 효행을 인정받아 동몽교관에 추증되었다. 정언회鄭彦恢는 숙종 43년인 1717년에 식년시에 급제하였다. 송달현宋達顯은 양덕과 흡곡 군수를 지냈다. 인격이 고매하고 덕행이 출중하여 화목을 생활지침으로 삼고 시서문학에 정통하였다.

홍련암 옆 바위 여기저기에도 이름이 새겨져 있다. 박필정朴弼正, 서종벽徐宗璧, 송윤철宋允哲, 박치돈朴致墩의 이름이 보인다. 박필정朴弼正, 1685~?은 숙종·경종·영조 등 3대의 20여 년 동안 요직에 있으면서 신임을 받았고 정사 논의에는 강직한 발언을 하였다. 또한 문서의 번복을 꺼림에 임금도 박필정의 성의를 알고 듣고 따르는 때가 많았다. 서종벽徐宗璧, 1696~?은 삼척부사·사옹원첨정을 역임하였다. 어가를 따라 온양의 행재소에 이르렀다가 온양군수에 임명되었으며, 뒤에 목사까지 지냈다. 이밖에도 행적을 알 수 없는 수많은 사람들이 이곳에 들렸다가 이름을 새겼다. 홍련암이 명소라는 것을 글씨들이 입증해준다.

홍련암은 우리나라 3대 관음성지로 잘 알려져 있다. 창건설화에 의하면 홍련암은 의상대사가 관음보살의 진신을 친견한 장소이며, 관음보살을 친견하기 위해 석굴 안에서 기도하던 장소이기도 하다. 의상대사는 관음보살을 친견하기 위하여 양양으로 왔다가 이

곳에서 푸른 새를 만난다. 새가 석굴 속으로 들어가자 굴 앞에서 밤
낮으로 7일 동안 기도를 했고, 7일 후 바다 위에 붉은 연꽃이 솟아
나더니, 그 위에 관음보살이 나타나 친견했다. 암자를 세우고 홍련
암이라고 이름 짓고, 푸른 새가 사라진 굴을 관음굴이라 불렀다고
한다. 『삼국유사』는 굴속에서 공중을 향하여 예배를 드리니 수정
염주 한 꾸러미를 내어주고, 동해의 용도 여의보주 한 알을 바쳐서
대사가 받들고 나와 7일을 재계하고 나서 관음보살을 보았다고 적
고 있다.

홍련암

신이한 설화의 배경인 홍련암과 관음굴은 중국까지 알려졌다. 『고려사절요』에 따르면 1095년에 송나라 스님 혜진이 보타락산普陁落山 성굴聖窟; 관음굴을 보고자 하여 왔다며, 가서 보기를 청하는 대목이 보일 정도였다. 『태조실록』은 낙산洛山의 관음굴에 기도했더니, 밤 꿈에 중이 고하기를, "반드시 귀한 아들을 낳을 것이니 마땅히 이름은 선래善來라고 하십시오"하였고, 얼마 안 가서 아이를 배어 아들을 낳고 이름을 선래善來라고 했다는 기록이 있다.

설화에 등장하는 홍련암은 낙산사에 온 사람은 반드시 들려야하는 코스가 되었다. 채지홍蔡之洪, 1683~1741은 「동정기」에서 "대를 지나 구불구불 북쪽으로 10여 걸음 가서 보니 건물 밑 부분이 양쪽 절벽에 비껴 걸터앉은 모습이다. 거친 파도가 치솟아 밤낮으로 건물 밑에서 성난 소리를 내는 곳이 관음굴이다. 또한 의상이 파랑새로 변해 이 굴에 들어온 관음을 보고 난 뒤에 관음상을 만들어 존모하는 마음을 붙였다고 한다. 거짓됨이 비록 심하긴 하나 매우 아름다워 구경할 만하다. 건물 남쪽 처마 끝에다 이름을 줄지어 쓰고 각각 율시 한 수씩 지었다."라고 기록하였다. 채지홍보다 더 실감 있게 표현한 김금원金錦園, 1817~?은 「호동서락기湖東西洛記」에 감동을 이렇게 적어놓았다.

관음사는 바다 위에 있는데 한쪽은 언덕 귀퉁이에 의지해 있고 한쪽은 기둥을 바다 쪽에 세워 허공에 얹어 절을 지었다. 법당은 굉장한데 불상은 흰 비단으로 감싸 놨다. 마루 가운데 나무 판때기에서 바닷물이 들어오고 나가는 것을 내려다보니 석굴 속에 울리는 소리는 마치 갠 하늘의 우레 소리가 산악을 뒤흔드는 것 같다. 협창을 열고 멀리 바라보니 물빛이 하늘과 맞닿아 있는데 산과 내의 경물이 모두 그림 속에 있는 듯하다.

흰 갈매기들이 하늘을 선회하며 내려앉는 것도 역시 하나의 기이한 경관이다.

평일에도 홍련암은 붐빈다. 각기 간절한 기원을 갖고 온다. 먼저 암자 밖에 있는 두꺼비를 경건하게 만지며 소원을 빈다. 암자 안은 만원이라 차례를 기다려야 한다. 들어가더라도 절하며 염원하기에 바쁘다. 마루에 설치된 유리를 통해 관음굴을 보는 것도 행운이다. 바깥을 볼 여유가 없다. 그렇다고 절만 하며 소원을 빌고 가는 것은 예의가 아니다. 관음굴로 들어왔다 나가는 파도도 보고, 귀 기울여 파도소리도 들어야 한다. 창문 밖으로 바다를 응시하면서 잠시 생각에 잠겨야 한다. 그리고, 무심히 가야한다.

만물을 윤택하게 하는 것은 물보다 성한 것이 없다

동해신묘

읍에서 10리 떨어진 곳에 소나무가 울창하고, 그 가운데 동해신묘東海神廟가 있다. 바다는 수많은 냇물의 조종祖宗이 되어, 삼키고 내뱉고 숨 쉬는 것이 하늘과 함께 차고 기울어 기능이 매우 넓다. 그러므로 제사를 지내 무겁게 보답하되 다른 신과 더욱 차이가 있어야 한다. 그런데 무너진 사당을 보수하지 않고 지키는 장정에게 부쳐 먹을 밭도 주지 않으니 탄식할 일이다.

1898년에 금강산을 유람하고 느낀 점을 기술한 허훈許薰, 1836~1907의 「동유록東遊錄」은 4월 14일 여행을 떠나면서 시작하여 7월 1일 집으로 돌아오면서 끝난다. 일기형식으로 경험한 사실과 주요 여정지의 특기사항들을 함께 기록하고 있어, 금강산 여행의 전반적인 상황을 이해하는데 많은 도움을 준다. 그의 발길이 동해신묘에 닿았을 때 퇴락한 모습에 탄식을 금치 못하였다. 허훈의 여행기가 주는 동해신묘에 대한 뜻밖의 정보다.

1644년에 작성한 윤선거尹宣擧, 1610~1669의 「파동기행巴東紀行」에도 동해신묘가 잠깐 보인다. "저녁에 동해신묘를 지나갔다. 묘당은 소나무 숲 가운데 있다. 경계가 깨끗하여 볼만하다." 1868년에 송병선宋秉璿, 1836~1905도 유람하다가 동해신묘를 보았다. 동해신묘가 오른쪽 소나무 숲 사이에 있다고 증언해주었으니, 송병선의 발길 이후에 묘당이 허물어지기 시작했던 것 같다.

나라에서 동해신에게 제사를 지낸 곳인 동해신묘가 언제 양양읍 조산리에 위치하게 되었는지에 대해 의견이 분분하다. 조선 초기인 태종 14년(1414) 8월 21일에 예조에서 산천에 지내는 제사에 대한 규정을 상정한다. 이때 동해묘는 중사中祀로 제정되었음을 『태종실록』이 보여준다. 『세종실록지리』는 동해신사당東海神祠堂이 양양부 동쪽에 있는데, 봄과 가을에 향축香祝을 내려 중사中祀로 제사 지낸다고 기록하고 있다.

조선시대 국가에서 거행하는 제사는 규모에 따라 대사大祀, 중사中祀, 소사小祀로 구분된다. 성종 초에 『국조오례의』와 같은 체계가 완비되었는데, 사직·종묘 등에 대한 제사는 대사로, 풍운뇌우風雲雷雨, 악해독嶽海瀆 등에 대한 제사는 중사로 분류하였다. 동해의 신에 대한 제사는 악해독嶽海瀆에 포함되기 때문에 중사에 해당된다.

동해신묘

이해조李海朝, 1660~1711는 양양부사로 있던 1709년에 양양 지역 뛰어난 경치 30군데를 읊은 현산삼십영峴山三十詠에 「동해신묘제사海廟香火」를 포함시킨다. 동해신묘는 부의 동쪽 해변 소나무 숲 사이에 있으며 봄가을에 제를 올린다는 설명을 덧붙였다.

울창한 송림 시원하고 고요한데 松林閒森爽
신을 모신 신궁 엄숙하고 밝네 神宅儼明宮
향 피우니 하늘하늘 구름 되고 爐香裊汀雲
깃발은 바닷바람에 날리네 旗脚颺海風
백성 늘어서서 제사 올리니 蜿蜿享百靈
여러 해 풍년들 효험 있구나 穰穰驗屢豊
부끄러운 관리는 명심하고서 愧乏吏部銘
바다 신에게 치성 드리네 致崇如祝融

소나무 숲에 자리한 묘당에서 제사 지내는 모습이 구체적이다. 향을 피워 제사를 지내자 동해신이 감응했는지 깃발이 날린다. 제사는 관청에서 관장하지만 단지 관리들만 참여하여 제사를 지내는 것이 아니었다. 주변 백성들도 모두 참석한 큰 행사였다. 늘어서서 제사를 올리는 모습에서 확인할 수 있다. 백성들은 제마다의 염원을 빌었을 것이다. 요즘은 민관이 새해맞이축제와 해수욕장 개장에 맞춰 기원제를 지내고 있다.

정조 24년(1800) 4월 7일에 강원도 암행어사 권준의 장계에 동해신묘가 등장한다.

양양 낙산진(洛山津)에 있는 동해신묘는 제향을 드리는 예법이 나라의 법전에 실려 있습니다. 이곳을 어느 정도로 중시했던가를 알 만합니다. 근년 이후 제관이 된 자가 전혀 정성을 드리지 않아 제물이 불결하고 오가는 행상들이 걸핏하면 복을 빌어 영락없는 음사(淫祠)로 변했습니다. (중략) 요즘 풍파가 험악해져 사람들이 간혹 많이 빠져 죽고 잡히는 고기도 매우 양이 적습니다. 해변 사람들이 다 그 때문에 일어나는 일이라고 말합니다. 그것은 억지로 끌어다 붙인 말로서 족히 믿을 것이 못 되지만, 신명을 존경하고 제사 예법을 중시하는 도리로 볼 때 그대로 방치할 수 없습니다. 감사에게 분부하시어 그 사당을 중수하여 정결하게 만들고, 제향에 올리는 제물도 다 정성을 드리게 하며, 미신으로 믿어 기도하는 일을 일체 금지시키고, 사당 앞의 인가도 빨리 철거하도록 명하여주옵소서.

정조는 보수한 뒤에 감사가 결과를 장계로 보고하면, 권준을 헌관으로 차임하여 제물을 올려, 양양 백성들이 옛날처럼 풍요를 누리도록 빌게 하겠다고 명을 내린다. 정조 24년에 어사 권준의 상주와 강원도관찰사 남공철의 주장으로 재차 중수된 사실이 「양양동해신묘비명襄陽東海神廟碑銘」에 고스란히 남아있다. 비문에는 바다와 왕이 동급이라며, 만물을 윤택하게 하는 것에 물보다 더함이 없다는 대목이 보인다. 담장이 쇠락하고 민가가 제당 가까이 들어차 있어 닭과 개소리가 들리지 않게끔 하여, 제사를 엄숙하고 공경하게 할 필요가 있다는 구절도 있다. 서울에서 향과 축을 보내어 제사를 모시니, 백성들은 동해신 보기를 부모와 같이 한다면서 모두 태평하기를 기원하면서 끝을 맺는다.

동해신묘에 철퇴가 가해진 것은 순종 2년인 1908년이다. 명을 받은 양양군수가 훼철하면서 제사가 중단되었다가 1993년부터 양양군에 의해 복원사업이 추진되었고, 2000년 1월 22일에 '강원도 기념물 제73호'로 지정되었다.

동해신묘비

동해신묘는 남대천이 동해를 만나는 곳에서 가까운 소나무 숲에 있다. 동해신을 쉽게 만날 수 있는 장소다. 묘당은 주변의 소나무가 호위하여 엄숙한 분위기다. 묘당 옆 소나무 사이에 훼손된 비석이 그간의 역사를 말해준다. 자신의 생각과 다르다고 폭력을 가했던 야만의 역사를, 부러진 비석을 붙이느라 칠한 시멘트가 보여준다. 폭력으로 훼철시켰던 그들도 동해바다를 삶의 터전으로 삼아왔을 것이다. 남대천과 바다를 보면서 무슨 생각을 했을까?

기이함의 미학
하조대

가는 곳곳 아름다운 경관이라　處處饒佳景
천천히 가다보니 저물녘이네　徐行日暮歸
푸른 소나무 길 사이에 섰고　蒼松夾路立
흰 갈매기 가까이 날아다니며　白鳥近人飛
어부의 집 모래언덕 의지하고　漁戶依沙岸
큰 파도 나그네 옷에 뿌리네　鯨波濺客衣
바람 불어 운무가 사라지니　長風掃雲霧
바다 위 달 맑은 빛 비추네　海月吐淸輝

백헌白軒 이경석李景奭, 1595~1671이 상운리에서 하조대로 향하다가
읊은 시다. 아마도 바다를 따라 걸었으리라. 나그네는 아름다운 경
관에 취해 자신도 모르게 주변과 하나가 되었다. 갈매기가 사람을
두려워하지 않고 가까이 난다는 것은 자연의 일부가 된 모습이다.
하조대로 가는 길은 무한경쟁 속에서 상대방을 밟고 이겨야 한다
는 강박증에서 해방시켜주는 길이다. 총총 걸음으로 뛰다시피 하
다가 자신도 모르게 천천히 걷는 공간이다. 파도가 일으키는 물방
울이 바람에 실려와 옷을 적시지만 개의치 않는다. 어느덧 날은 저
물더니 바다 위로 달이 떠오르자 물결은 하얗게 빛난다.
　80년대 중반에 하조대해수욕장에 온 적이 있었다. 하조대란 이름
과 넓은 해변만이 기억 저편에 남아 있었다. 다시 겨울에 찾으니 파

도가 하얗게 부서지며 달려온다. 남쪽에 위치한 전망대에 오르자 해수욕장 전체가 한눈에 들어온다. 일렬종대로 끊임없이 달리는 하얀 파도에 찌든 때가 씻기는 듯하다.

하조대로 향하는 길 옆으로 잠시 바다가 보이더니 야트막한 산으로 길은 올라간다. 넓지 않은 주차장을 소나무가 둘러싸고 있다. 계단을 오르니 오른쪽은 군부대 유격장이다. 철조망 가운데에 설치된 문을 지나니 양 옆에 소나무가 도열해 있다. 길 옆 커다란 바위에 '하조대河趙臺'가 새겨져 있다. 조선의 개국공신인 하륜河崙, 1347~1416과 조준趙浚, 1346~1405이 머물며 이곳에서 혁명을 도모하던 곳이라 두 사람의 성을 따서 이름을 붙였다고 한다. 다른 전설도 전해온다. 서로 앙숙으로 지내던 하씨 집안의 총각과 조씨 집안의 처녀가 이룰 수 없는 사랑을 했다. 집안의 반대에 부딪혔고 그들은 저 세상에서 사랑의 결실을 맺자며 절벽 아래로 몸을 던졌다고 한다.

하조대 정자는 정조 때 재건됐다가 1939년에 육모정자로 다시 지었다. 6.25 때 무너졌다가 1955년에 다시 건립됐고 1998년에 해체 복원했다. 정자 안에는 택당澤堂 이식李植, 1584~1647의 시와 백헌白軒 이경석李景奭, 1595~1671 시가 걸려 있다. 정자 입구 바위에 새겨진 '하조대' 글씨는 이세근李世瑾, 1664~1736이 썼다.

하조대는 육지가 바다로 힘차게 뻗어 나오다가 바다를 만나면서 깜짝 놀라 절벽을 만들곤 우뚝 섰다. 하조대 발 아래로 파도가 끊임없이 하얗게 부서지고 소리는 주위를 울린다. 고개를 들면 망망대해다. 조병현趙秉鉉, 1791~1849은 「금강관서金剛觀叙」에서 하조대의 풍광을 이렇게 묘사한다. "하조대는 높고 탁 트였다. 삼면이 바다로 둘러싸였고 바위들은 파도에 소리를 내니 무척이나 장관이다." 장관을 좀 더 구체적으로 묘사한 것은 윤증尹拯, 1629~1714의 「하조대에서 읊다」이다.

파도 위에 불쑥 솟은 기이한 봉우리여 奇峰突兀入波心
솔 사이 십 리 길을 비 맞으며 왔네 十里松間冒雨尋
나그네 하륜과 조준을 어찌 알 것인가 遊子何知河與趙
바위에 기대 공연히 고향 노래 부르네 倚巖空復費莊吟

하조대를 찾은 사람들의 눈에 처음으로 들어오는 것은 바다 위에 우뚝 선 바위와 그 위에 자라는 늠름한 소나무다. 강렬한 첫인상을 어떤 이는 장쾌함으로, 웅장함으로, 경이로움으로 표현한다. 윤증은 기이함의 미학으로 묘사했다. 김창흡도 「설악일기」에서 기이함에 감탄하였다. "양양을 향해 가다가 하조대를 보았다. 바다와 하

하조대

늘 경계에서 시원하게 트였다. (넓게 드러났다.) 언덕 옆 시암詩巖은 기궤하기 그지없고 앞 바위 봉우리가 우뚝 서서 인사하는 모양이어서 더욱 기이하다."

『설문해자說文解字』는 기奇를 '기이하다'로 설명하는데, 기이함은 '평상성과 보편성을 뛰어넘다'는 긍정적인 함의와, '상리常理에서 벗어나다'는 부정적 개념을 동시에 지닌다. 즉 평범하고 상투적인 것에서 벗어난 독특한 아름다움이라는 긍정적인 의미와, 전범에서 벗어나 있는 비정상적인 상태라는 부정적인 의미를 공유한다. 유협劉勰, 465~521이 『문심조룡文心雕龍』에서 기奇를 정正에 반대되는 의미로 언급하는 것도 같은 의미다. 일상적인 모습이 아니고 고정적인 틀에서 벗어난 하조대를 평하는데 '기奇' 이외의 것으로 대체하기 어렵다. 이식李植이 노래한 "엄청난 물결과 맞싸우며 천 길 우뚝 솟은 누대[巋巋千尋爭巨浪]", 김홍욱金弘郁, 1602~1654이 찬탄한 "거칠고도 흰 바위 기세 울쑥불쑥하구나[荒巖白石勢嵯峨]"도 하조대의 기이함을 주목한 표현이다.

『관동지』가 하조대를 설명하는 방식은 위의 내용들을 모두 아우르고 있다.

> 부 남쪽 30리 자그마한 기슭에 비스듬히 바다로 들어가는 곳 가운데에 매우 가파르게 대를 이루고 있다. 대의 좌우에는 암벽이 있어 매우 기이하고 고아하다. 이 암벽에 파도가 부딪쳐 흔적을 남기고, 눈처럼 날려 흩어진다. 세속에 전하기를, '국초에 하륜과 조준이 놀며 즐긴 곳이다.'하여 하조대라 한다.

대부분의 시인묵객들은 하조대에 올라 기이함에 놀라며 탄성을 질렀으나, 정시한丁時翰, 1625~1707은 문득 깨달음을 얻었다. 그는 우뚝한 바위 절벽에 주목한 것이 아니라 드넓은 바다를 보고 탄식하였다. "천지에 바다는 가장 큰 것이어서 가뭄과 장마도 바다를 채우거나 줄일 수 없는 것은 크기 때문이다. 내 마음의 본체는 본래 천지와 크기가 같은데 조그만 얻음과 잃음이 있으면 곧 기뻐하고 슬퍼하는 것은 왜인가? 사사로운 뜻이 가려서 양을 채울 수 없기 때문이다."

선인들의 시각을 빌린다면 하조대를 감상하는 방법은 두 가지다. 먼저 기기묘묘한 바위 절벽과 하얗게 부서지는 파도, 주위를 울리는 파도 소리를 들으며 일상에서 벗어난 '기奇'의 미학을 마음껏 보고 듣고 느끼는 것이다. 여기서 그치면 온전한 하조대 감상법이 아니다. 드넓은 바다를 보며 나의 마음을 가리고 있는 사사로운 욕심을 제거하는 것은 또 다른 하조대 감상법이다.

고구려의 혈산현, 신라의 동산현
동산리

죽도 선경 속에 노닐다가 『세종실록지리지』를 꺼냈다. 양양도호
부편을 읽다가 다음 대목에서 진도가 나가질 않는다. 어디를 말하
는지 가늠하기 어렵다.

> 동산현(洞山縣)은 본래 고구려의 혈산현(穴山縣)인데, 신라 때에 지금
> 이름으로 고쳐서 명주(溟州)의 속현으로 만들었다. 고려 현종 9년에 익령
> 현(翼嶺縣; 양양군의 통일신라시대 이름) 경계 안으로 옮겨 소속시켰고,
> 조선에서도 그대로 따랐다.

『신증동국여지승람』은 『세종실록지리지』의 설명 밑에 '부 남쪽
45리에 있다'는 것을 추가한다. 이밖에 관란정觀瀾亭은 동산현 동쪽
2리에 있으며, 인구역麟丘驛은 동산현 2리에 있다는 정보도 알려준
다. 19세기 전반에 강원감영에서 편찬한 강원도 지리지인 『관동지』
는 동산창洞山倉이 부 남쪽 50리에 있으며, 동산현의 창사倉舍로 6칸
이라고 설명한다. 관란정觀瀾亭은 부 남쪽 50리 동산현 동쪽에 있었
으나, 지금은 없어졌다는 것도 알려준다.

동산현의 경계는 짐작이 가지만 관청이 있던 곳은 관란정, 인구
역, 동산창의 위치로 어림짐작할 뿐이다. 고려 말에 이곡李穀은 이곳
에서 하룻밤을 묵었다. "10일에 동산현에서 유숙하였는데, 그곳에
관란정이 있다. 11일에 연곡현에서 묵었다." 「동유기」 중 일부다.

성종 14년인 1483년, 49세인 김시습은 한양에서 강원도로 향한다. 춘천 청평사로 가기 전에 화천 사창리의 산수에 매혹되어 잠시 머물렀다. 사창리의 오세동자터는 조선시대에 널리 알려졌다. 이후 춘천 청평사 세향원에서 생활을 하면서 학매學梅를 가르치기도 했다. 율곡은 김시습의 행적에 대해 "강릉과 양양 등지로 돌아다니며 놀기를 좋아하고, 설악·한계·청평 등의 산에 많이 머물렀다."고 기록한다. 허목의 「청사열전」에서 "양주의 수락산, 수춘壽春: 춘천의 사탄향史呑鄕: 사창리, 동해 가의 설악산과 한계산, 월성月城의 금오산은 모두 김시습이 즐겨 머물렀던 곳이다."란 대목도 찾을 수 있다. 김시습의 자취를 알려주는 자료다.

설악산에서 나와 강릉을 경유한 김시습은 양양으로 향한다. 바다를 따라 가다가 이곳 동산현에 들려 「동산역 마을의 들판에서 시를 짓는다」를 남긴다.

동산현감들의 선정비

물결 맑아 섬은 멀리 보이고 波明島嶼遠
먼 마을 안개와 노을 속에 있네 村迴接煙霞
앞마을 어느 곳에 술이 있는가 前村何處酒
풍경 좋으니 흥 더욱 넘쳐나네 風景溢情多

20대에 강릉에서 잠시 노닐던 김시습은 50대에 강릉에 왔다가 봉변을 당한다. 왜인지 이유를 알 수 없다. 다만 「강릉 감옥 벽에다 시를 쓴다」란 시가 그가 처했던 상황을 알려준다. "아, 슬프다. 기린이 나옴은 제 시절 아니었고, 그때 서교에서 잡은 것은 엽사의 과실이었네. 공자가 애도하여 쓰다듬지 않았더라면, 영원히 너를 사슴이라 일컬었으리라" 기린은 상서로운 동물로, 성인이 태어날 때 전조로 나타난다는 전설상의 동물이다. 자비롭고 덕이 높은 짐승이라 생명을 해치는 법이 없어서 살아있는 풀을 밟지도 않으며 벌레를 밟는 일도 없다고 믿었다. 김시습은 기린을 자신에게 비유했다. 시대를 잘못 타고 난 그에게 돌아오는 것은 절망과 기린 같은 처지였다.

바다를 끼고 양양으로 향하다가 동산현에 이르렀다. 동산현의 풍경은 강릉에서의 봉변을 깨끗이 잊게 만들었다. 풍경이 좋으니 흥이 더욱 넘쳐난다는 표현은 주변의 경관으로 우울한 기분이 치유됐음을 보여준다. 이후 김시습은 동산현에서 출발하여 바다를 따라 가다가 양양 낙진촌樂眞村에서 봇짐을 내린다. 「낙진촌거사경樂眞村居四景」에서 일상을 엿볼 수 있다. 양양 바닷가에서 마을 사람들과 어울리며 천명을 즐기려고 했으나 눈을 들면 마음속 깊이 사무치는 감정을 어찌 할 수 없었다.[擧目其如感慨何] 인생을 헤아려보니 살 날이 많이 남지 않았다.[百年身世已無多] 이후 낙진촌을 떠나 양양

현북면 법수치리 산 속에 터를 잡는다.

동해안을 유람하는 나그네들은 동산현 객사에서 쉬기도 하고 머물기도 하면서 시를 남기곤 했다. 아마도 객사에 시를 새긴 편액이 걸려있었던 것 같다. 윤증尹拯, 1629~1714은 「동산관洞山館에 걸린 편액 시에 차운하다」란 시를 남긴다.

황홀한 신선 이야기 시름 젖게 하는데 神仙恍惚使人愁
푸른 동산 앞 바다 외딴 섬에 있는 碧洞山前一海洲
단구(丹臼)와 석조(石槽) 누가 관리하나 丹臼石槽誰復管
옛사람 놀던 곳에 뒷사람 유람하네 古人遊處後人遊

동산현에 머무르면서 죽도에 있는 신선 절구 이야기를 듣게 되었던 것 같다. 속세의 나그네는 늘 신선이 되어 선경에서 노닐 수 없다는 사실에 울적해지곤 했다. 신선은 될 수 없지만 그곳에서 노닐며 아쉬움을 달래곤 했다. 이 시는 동산현 객관과 죽도가 가까운 곳에 있다는 것을 알려준다.

동산리에서 시변리 경계를 지나 죽도 방향으로 가다가 왼쪽을 보면 선정비 6기가 나란히 서 있다. 예전부터 비석거리로 알려진 곳이다. 선정비 뒤 바위에 유래가 적혀있다. 이곳은 예전에 동산현이었으며 현감을 기리기 위해 선정비를 세웠다고 알려준다. 앞에 보이는 죽도의 연사대鍊砂臺는 신선이 노닐던 곳이라는 해설도 보인다. 신선이 노닐던 죽도 부근은 이제 젊은 서핑족들의 파라다이스가 되었다. 추운 겨울에도 시간 가는 줄 모르고 마냥 즐겁게 노닌다. 옛날 신선들이 죽도에서 도끼 썩는 줄 몰랐었던 것처럼.

신선이 사는 곳

죽도

고려 말인 1349년, 이곡李穀, 1298~1351은 8월 14일부터 9월 21일까지 38일간 동해안을 유람하고 「동유기東遊記」를 남긴다. 비 때문에 양양에서 이틀 머물고, 강릉에 도착하기 전에 중간에서 이틀 묵는다. "10일에 동산현洞山縣에서 유숙하였는데, 그곳에 관란정觀瀾亭이 있다. 11일에 연곡현連谷縣에서 묵었다."

관란정은 어디에 있었을까. 『신증동국여지승람』에서 관란정은 '동산현 동쪽 2리에 있다'는 해설과 함께, '죽도竹島'를 설명하는 기사 속에서도 관란정의 모습이 보인다.

부 남쪽 45리 관란정 앞에 있으며, 푸른 대나무가 온 섬에 가득하다. 섬 밑 바닷가에 구유같이 오목한 돌이 있는데 닳고 갈려서 교묘하게 되었고, 오목한 속에 자그마한 둥근 돌이 있다. 전설에는, '둥근 돌이 그 속에서 이리저리 구르므로 닳아서 오목하게 된 것이며, 다 닳으면 세상이 바뀌어진다.'고 한다.

이뿐만이 아니라 관란정을 노래한 시를 인용했는데 모두 당대의 뛰어난 문사들이다. 이곡李穀, 안축安軸, 강회백姜淮伯, 이륙李陸의 시가 나란하다. 신익성申翊聖, 1588~1644은 1631년에 이곳을 지나다가 정자에 올랐다. "정자에는 제영시가 벽에 가득한데 모두 벼슬하러 온 사람들의 시이다. 세월을 따져보니 5, 60년이나 된 것도 있는데,

이미 누구인지 알 수 없었다. 아! 세상의 이름난 벼슬아치는 누구나 헛된 성명을 훔쳐 한때 드날리건만, 죽고 난 뒤에 이름이 일컬어지지 않음이 이와 같으니, 슬프다."

정자와 누대 그림 같지 않은 곳 없지만 亭臺無處不如畵
특히 관란정은 푸른 하늘에 기대어 있네 特地觀瀾倚碧虛
십 리 긴 강이 바다로 흘러 들어가는데 十里長川流入海
두세 채 어부의 집이 숲 너머에 앉아있네 兩三漁屋隔林居

신익성 이후 관란정을 노래한 시를 찾을 수 없다. 고려 말에 보이기 시작한 관란정은 17세기 중반 이후에 퇴락한 것 같다.

죽도

죽도는 언제부터인지 육지와 연결되었다. 입구에 들어서니 한 아름 되는 벚나무 사이로 성황당이 보인다. 바다를 의지해 살아가는 주민들은 풍어와 안녕을 기원하며 간절히 이곳에서 제사를 지냈다. 주민들의 고단한 삶과 기쁨, 죽음에 대한 공포와 슬픔을 여기에 기대어 이겨냈을 것이다. 계단 주변은 소나무 사이로 대나무가 촘촘하다. 이 때문에 죽도라 이름을 얻었다. 대나무 사이로 커다란 바위에 주절암駐節巖이라 새긴 글자가 보인다. '주절駐節'은 '부절符節을 멈춘다'는 뜻으로 머물거나 쉰다는 뜻이다. 부절은 관리에게 어떠한 권한을 수여할 때 주는 표식을 말한다. 그렇다면 주절암은 공무를 수행하던 관리가 잠시 머물며 쉬는 바위라는 의미다. 가던 걸음을 멈추게 할 정도로 죽도가 아름답다는 표식인데 누가 새겼는지 알 수 없다.

정상엔 사방을 조망할 수 있는 철제 전망대가 우뚝하다. 북으론 하조대, 남으론 주문진이 반짝이는 물결 옆으로 삐죽이 나왔다. 죽도정竹島亭에 앉아 잠시 쉬다가 해안으로 내려가면 기기묘묘한 바위 형태에 입이 벌어진다.

지표의 암석이 제자리에서 붕괴 또는 분해되는 현상인 풍화 때문이다. 풍화에 의해 기반암 표면에 판 모양으로 갈라진 판상절리板狀節理, 기반암 위에 바위 덩어리가 얹혀 있는 토르tor, 암석 표면에 파인 구멍인 풍화혈風化穴 등이 다양하게 보인다. 화강암으로 이루어진 산지에서 이러한 지형을 쉽게 관찰할 수 있으며, 해안에 노출된 기반암에서도 풍화로 형성된 풍화혈이 흔히 볼 수 있다.

풍화에 의한 기묘한 바위 형태는 특이한 공간으로 인식되었고, 이곳을 찾은 이들은 이곳을 신선이 사는 선경仙境으로 여겼다. 풍화가 심한 이곳저곳에 신선과 관련된 이름을 부쳐주었다. 연사대煉砂臺가 가장 상징적인 이름이다. 연사煉砂는 제련하여 단사를 만드는 곳이다. 갈홍葛洪의 『포박자』에 "모든 초목은 태우면 재가 되지만 단사는 태우면 수은이 된다. 태우는 과정을 여러 번 거치면 도로 단사가 되는데, 이를 먹으면 장수할 수 있다."라 한 것처럼 단사는 장생불사를 목적으로 하는 신선사상과 깊은 관련이 있다. 청허대淸虛臺도 보인다. 청허淸虛는 노장의 학설인 청정허무淸淨虛無를 말하는 것 같다. 『장자』에 "빈방에 햇살이 비치니 거기에 좋은 징조가 깃든다.虛室生白, 吉祥止止."라는 구절이 있는데, 청허淸虛하여 욕심이 없으면 도심이 절로 생겨나는 것을 비유한 말이다. 욕심이 없는 청허한 상태가 되면 갈매기도 경계심을 풀고 함께 노닐 수 있다. 갈매기와 희롱하며 함께 노닌다는 농구암弄鷗岩은 이렇게 만들어지지 않았을까. 방선암訪仙岩은 신선을 찾아 떠나는 곳이다. 죽도 여기저기에 새겨진 글씨에서 신선을 동경하는 인간의 간절함을 읽을 수 있다.

　『신증동국여지승람』은 죽도를 설명하면서 '섬 밑 바닷가에 구유 같이 오목한 돌이 있는데 닳고 갈려서 교묘하게 되었고, 오목한 속에 자그마한 둥근 돌이 있다.'고 했는데, 풍화혈을 구유 같이 오목한 돌이라 보았다. 상상력을 더해 신선이 여기서 단사를 만들었다고 여겼다. 윤증尹拯, 1629~1714은 「죽도의 돌구유를 읊다」에서 이렇게 노래했다.

관란정 아래서 가벼운 배를 불러 타고　觀瀾亭下喚輕舠
푸른 죽도 앞에 와서 작은 구유 보았네　蒼竹島前看小槽

이해조李海朝, 1660~1711는 양양 지역의 뛰어난 경승 30군데를 읊었는데, 그 중 「죽도의 신선 절구[竹島仙臼]」는 이곳의 이미지를 극대화시켰다.

깊고 깊은 푸른 죽도　深深蒼竹島
아름다운 옥절구 소리　英英玉杵臼
어찌 급히 빨리 가는가　磨轉何太速
찰나가 천 겁처럼 되었네　千刦彈指久
좋은 약 다시 찧지 않으니　玄霜不再搗
운영(雲英)을 볼 수 있을까　雲英能見否
내 바위에 술통 만들어　我欲作窪樽
오래 포도주 담아두려네　長盛蒲萄酒

당나라 때 배항裴航에게 선녀인 운교부인이 시를 지어 주기를 "경장瓊漿을 한 번 마시면 온갖 감정이 생기고, 현상玄霜을 다 찧고 나면 운영雲英을 만나리라. 남교藍橋가 바로 신선이 사는 곳인데, 어찌 고생하며 옥경玉京을 오르려 하나."라 하였다. 후에 배항이 남교를 지나다가 목이 말라 한 노파의 집에 들어가 물을 달라고 하자, 노파가 처녀 운영을 시켜 물을 갖다 주었다. 배항이 물을 마시고는, 앞서 운교부인의 예언을 생각하여 운영에게 장가들기를 청하자, 노파가 말하기를 "옥으로 만든 절굿공이와 절구통을 얻어 오면 들어주겠다."하였다. 배항이 절굿공이와 절구통을 얻어서 마침내 운영에게 장가들어 신선이 되었다고 한다. 와준窪樽은 바위에 생긴 술동이로, 바위가 움푹 패여 그곳에 술을 부어놓고 떠 마실 만하다는 데서 생긴 이름이다. 당나라 때 이적지李適之가 현산峴

신선 절구통

山에 올라가 한말 술을 부어놓을 만한 바위 구덩이를 발견하고, 그
자리에 와준정窪樽亭을 세우고 놀았다고 한다. 이적지가 오른 현산
峴山은 양양의 옛 이름이기도 하다. 양양부사인 이해조는 중국의
고사를 빌려와 시를 지은 것이다. 절구 안에 있는 둥근 돌이 다 닳
으면 세상이 바뀌어진다는 전설을 떠올리는 이해조의 눈에 죽도
는 신선이 사는 선경仙境이다. 실제로 연사대煉砂臺 부근에 신선 절
구[仙臼]가 있다. 둥그런 모양을 만들기 위해 몇 백 년의 시간이 필
요했는지 가늠하기 어렵다. 절묘하게도 완벽한 원형이다. 절구 안
에는 기다란 절굿공이가 놓여 있다. 장생불사의 약을 빻았던 절굿
공이와 절구통이다.

강릉

향호

주문진해변

주문진읍
사무소

주문진버스
종합터미널

7

65

6

IC
북강릉

애일당

사천진항

쌍한정

홍장암

호해정

경포대   경포호

경포호

해운정   허난설헌생가

강릉시청

65

한송정

풍호

안인진해변

7

허리대

안인진리

등명낙가사

깨끗하고 아늑한 정취가 경포호보다 낫구나

향호

향호香湖! 이름을 부르는 순간 입 안에서 향기가 나는 것 같다. 『관동지』는 향호에 대해 "부(강릉) 북쪽 50리에 있다. 호수 둘레는 10여 리나 되고, 깊이는 잴 수 없다. 비기에 보면 나라 안 10개의 모래톱 가운데 네 신선과 침향수沈香樹의 발자취가 있는데, 이 호수도 그 10개 가운데 하나이므로 이름이 붙여졌다."라고 설명한다. 예전에 마을 안 향동에 있던 천년 묵은 향나무가 홍수에 떠내려 와서 호수에 잠겼다고 한다. 마을사람들에 의하면 호수에 잠긴 향나무를 찾으면 큰 부자가 되고, 나라에 경사스런 일이 있으면 호수 위에 떠서광이 비친다는 전설이 있다고 한다.

새로 단장한 호수 주변은 걷기에 적당하다. 중간 중간에 설치된 데크 옆에서 갈대가 사각사각 소리를 낸다. 길은 호수 속으로 들어갔다가 나오기도 하고 흙길로 연결되기도 한다. 잔잔한 호수 위로 보이는 낮은 산은 먹을 잔뜩 묻힌 후 '일一'자를 일필휘지한 것 같다. 그 뒤로 옅은 색의 백두대간이 아스라하다.

김창흡金昌翕, 1653~1722이 1705년에 이곳을 찾았을 때는 저녁 무렵이었다. 조그만 배를 향호에 띄우고 한 잔 하였다. 저녁이 되자 더욱 아름다웠노라고 「설악일기雪岳日記」에 적는다. 이후 「동유소기東遊小記」에서는 향호에 대한 자신의 심미관을 피력한다. "향호는 맑고 깨끗하여 사랑스러우니, 우계牛溪의 평에 부끄럽지 않다. 누정이 위치한 곳이 조금 낮은 곳인 듯하다. 만약 문장에 비유한다면 경포는 대가大家이며 이곳은 명가名家이니, 왕유 맹호연과 이백 두보의 관계와 같다." 우계牛溪의 평이란 성혼成渾, 1535~1598이 향호에 대해 평가했던 것을 말한다.

집 곁의 몇 리 밖에서 경치 좋은 곳을 찾았는데, 이름을 향포(香浦)라 한다. 두 산이 에워싸고 앞에 호수가 있으며 백사장과 낙락장송이 우거져 별유천지(別有天地)이니, 참으로 선경이라 할 만하다. 깨끗하고 아늑한 정취가 자못 경포호보다 낫다. 이 호수는 둘레가 10리이고 경포호는 둘레가 30리라 한다.

향호

성혼은 깨끗하고 아늑한 정취가 경포호보다 낫다고 보았으나, 김
창흡은 정자가 위치한 곳이 낮아서 조금 아쉬웠다.

길은 마을 입구에 있는 취적정取適亭 앞을 지나간다. 정자를 처음
지은 이는 이영부李永敷, 1644~1708다. 『강원도지』는 효익공孝翼公 이
준민李俊民의 현손으로, 현종 기유년(1669년)에 시마시에 급제하여
사복시정寺僕寺正을 했으며, 송시열宋時烈의 문인으로 숙종 정사년
(1677)에 상소를 올려 당시 폐단을 강하게 간하였으나, 당시 뜻과
크게 어긋나서 향호에 물러나 살면서 정자를 짓고 고기와 새를 벗
삼아 세상을 피해 유유자적했다고 기록한다.

『조선왕조실록』을 펼치니 숙종 3년인 1677년 4월 8일에 일어난
사건의 주인공이 이영부다.

> 광주(廣州)사는 생원 이영부(李永敷)가 상소하여, 작년의 연분(年分)
> 이 균등하게 되지 못하여 민원이 떼로 일어나고 있는 것과, 과거가 공정
> 하지 못해서 인재 등용이 난잡해진 폐단을 극력 말하고, 또한 예(禮)를
> 의논하다 죄를 입은 원통한 사람 및 최신(崔愼) 등은 대패(大霈)의 은덕
> 을 입지 못한 것을 극력 말하여 상세히 수천 마디 말을 했다. 승정원에
> 서 아뢰기를 "이영부의 상소는 전편의 주된 뜻이, 송시열 및 그 당여들
> 이 송시열을 구원하다가 죄에 걸린 사람들을 두루 들며 놓아 주기를 청
> 한 것에 지나지 않는데, 조정을 추악하게 욕한 것이 한이 없으니 마음을
> 쓴 것이 음흉하고 참혹하며 말을 만든 것이 흉악하고 교묘하여, 차마 바
> 로 볼 수 없는 것이 있었습니다."하니, 임금이 하교하기를, "마땅히 시급
> 하게 벌을 내려야 하겠지만, 이미 응지(應旨)를 핑계했으니 지금은 그냥
> 놓아두라."하였다.

이 일이 있은 후 이영부는 향호로 내려와서 살게 되었다. 이에 김
간金幹, 1646~1732은 향호로 돌아가는 이영부를 보내는 글을 짓는다.

송시열宋時烈, 1607~1689은 「이영부의 취적정 운에 차운하다」를 짓는다.

이러한 풍광 얻기 쉽지 않은데 如許江山不易圖
그대의 집터 정말 신령스러운 곳이네 君家能卜此靈區
침향(沈香)과 신선은 천년의 자취이고 沈香仙子千年跡
세상 피하는 생활 한 구비 호수로다 避世生涯一曲湖
힘써 미친 물결 막으니 참으로 선비고 力捍狂瀾眞介士
몸소 들에 와서 밭 가니 곧 농부네 身耕荒野卽農夫
한 가닥 맑은 뜻을 뉘라서 알 것인가 一般淸意誰知道
모래사장 여기저기 갈매기만 알 뿐 惟有沙鷗點點孤

취적정에 오르니 이영부의 시가 걸려 있다. "달 밝고 물결 잔잔한 밤에, 한가로이 취적정에 올라, 창랑곡 한 곡조 부르니, 모든 세상 일 욕심이 없네" 향호에서 어떻게 살고 있는지, 심리상태가 어떠한지를 담담하게 보여준다. 잔잔한 향호와 같은 삶이다.

정자 뒤쪽 낙락장송 사이에 서낭당이 있다. 이곳에서 서낭제를 지낸다. 원래는 하늘에 제향하는 제의였지만 전승 과정에서 변화하여 서낭제 형태로 전승되고 있다. 서낭당 옆에 비석 세 기가 나란하다. 신종계愼終契, 목임계睦任契, 성균관유도회 주문진유림기적비다. 이 지역에 유학의 전통이 최운우崔雲遇, 1532~1605 이후로도 면면히 계승되어 왔음을 보여준다. 조선시대 강릉 지역을 중심으로 성리학적 이념을 실천했던 강릉의 대표적인 열두 명의 학자들을 향현사鄕賢祠에 배향하고 있는데, 최운우는 그 중의 한 사람이다. 최운우는 이영부 이전에 향호에서 유유자적하였다.

그는 1554년(명종 9) 이황을 찾아가 학문을 물었으며, 이이와는 24살 때부터 교류하며 도의지교道義之教로 사귀었다. 이밖에도 당대의 유학자인 성혼·정탁·정유일·양사언 등과 교유하였다. 성품이 너그럽고 순후하여 마을 사람들이 존경하고 복종하였다. 일찍이 우리나라의 서남에는 서원이 많이 세워졌으나 강릉에는 하나도 없다고 하여 1556년(명종 11)에 함헌咸軒과 함께 오봉서원 건립에 앞장서는 등 풍속 교화와 문풍 진작에 남다른 노력을 했다.

36세 때인 1567년(명종 22)에 이이가 보낸 글에 나타나듯이 실천궁행實踐躬行을 근본으로 하는 성리학에 심취해 있었다. 일찍이 이이가 중요한 지위에 있을 때 시무時務를 올렸는데, 이이는 그의 도움을 얻지 못한 것을 한탄하였다고 한 것으로 보아 그의 학문적 깊이를 알 수 있다. 후일 송시열이 묘표墓表를 지어 최운우의 높은 뜻을 추모하기도 했다.

1600년(선조 33) 「연곡향약」을 시행하게 되었을 때, 강릉부 전체를 관장하는 도약정都約正으로 향약 운영에서 주도적인 역할을 하였다. 「연곡향약」은 율곡의 「해주일향약속海州一鄕約束」과 동일한 내용을 담고 있다. 최운우의 「연곡향약」 시행은 기묘사류들이 성리학 보급을 통한 자신들의 입지를 강화시키기 위해 「여씨향약」 보급에 힘쓴 것과도 무관하지 않은 것으로 보인다.

1589년에 성혼成渾은 최운우에게 편지를 보낸다. "천리 밖 선향仙鄕에서 누릴 편안함과 즐거움을 생각하나 부러워하고 흠모하는 마음조차도 감히 내지 못합니다. 호수와 산이 깨끗하고 고우며 향포香浦에서는 시원한 바람이 불어오고 소나무가 우거진 언덕에 초가

집을 깨끗이 청소하고 앉아 있을 것이니, 이 가운데에서 책을 보고 즐거워하는 취미를 이루 다 말할 수 없을 것입니다. 동쪽으로 날아가는 구름을 바라보니, 부질없이 꿈만 수고롭습니다." 최운우를 흠모하는 마음이 가득 담긴 편지다. 향포香浦는 향호를 끼고 있는 마을이다. 성혼은 「최시중崔時中의 향포서실香浦書室에 부치다」를 짓기도 했다. 시중時中은 최운우의 자이다.

> 향포 마을에서 조용히 살아가니 占得幽居香浦村
> 무궁화 울타리의 초가집 도원과 같네 槿籬茅屋似桃源
> 책 읽는 소리 속에 꽃그늘 돌아가는데 讀書聲裏花陰轉
> 한가로이 경전 펴 자손들 가르치네 閑把遺經教子孫

향호 주변을 걷다보니 향호에서 나는 향기는 향나무의 향기가 아니다. 갈대의 향기가 조금 섞여있는 것 같다. 주변의 소나무가 바람 속에 전해주는 솔향기도 포함된 것 같다. 거기에 최운우와 이영부의 인품에서 나는 향기가 더해진 것이 아닐까. 향호에서는 조선시대에 이곳에 살았던 선비를 생각하며 걸어야 한다.

교문암에서 혁명을 떠올리다
애일당

"강릉부는 옛 명주溟州 땅이다. 산수가 아름다워 조선에서 제일 인데, 산천이 정기를 모아가지고 있어 뛰어난 사람이 가끔 나온 다. (중략) 요즘 이율곡 또한 여느 사람과 다르다. 작은 형님과 난 설헌도 강릉에서 정기를 타고 태어났다고 할만하다." 허균許筠, 1569~1618은 『학산초담鶴山樵談』에서 이렇게 당당하게 말하였다. 아마도 누이인 난설헌 다음에 자신의 이름을 넣고 싶었으리라. 아니 넣지 않았어도 글을 읽는 사람들은 허균을 강릉의 정기를 타고 난 사람으로 생각하였을 것이다.

허균은 1569년에 강릉에서 태어나 서울에서 성장하였다. 그가 강릉에 다시 나타난 것은 임진왜란 때문이었다. 24세의 허균은 어머니와 만삭의 아내를 데리고 강릉을 거쳐 함경도로 피난을 갔다. 아내가 아이를 낳고 병을 얻어 죽자, 아이마저 젖을 먹지 못해 죽고 말았다. 우여곡절 끝에 함경도에서 배를 타고 강릉 사천으로 돌아왔다. 맞아주는 것은 외할아버지 김광철이 지은 애일당愛日堂이었다. 외조부께서 세상을 떠난 지 33년이 되자 뜰에는 덩굴과 잡목들이 무성해졌다. 담은 무너지고 집은 내려앉으려 했으며, 지붕은 금이 가고 벽은 벗겨졌다. 창문도 썩어 문드러졌다. 어머니는 애일당을 보자 대성통곡을 하였다. 허균은 깨끗이 청소하고 이곳에 머물렀다. 「애일당기愛日堂記」에 주변 형세가 자세하다.

강릉부에서 30리 정도 되는 곳에 사촌(沙村)이 있다. 동쪽으로 큰 바다를 마주하고, 북쪽으로 오대산·청학산·보현산 등 여러 산을 바라보고 있다. 큰 개울 한 줄기가 백병산에서 나와 촌락 가운데로 흘러든다. 이 개울을 빙 둘러서 거주하는 사람들이 위아래로 수 십 리에 걸쳐 수 백 집이 된다. 모두 양쪽 언덕에 기대고 개울을 바라보며 문을 내었다. 개울 동쪽의 산은 오대산의 북대(北臺)부터 용처럼 꿈틀거리면서 내려오다가 바닷가에 이르러 우뚝 솟아 사화산(沙火山)의 수(戍)가 되었다.

오대산 북대에서 출발한 산줄기가 동해를 향해 내달리다가 바다에 도달하기 직전에 솟아오르며 만든 산이 바로 사화산沙火山이다. 사화산은 예전부터 군사적으로 중요한 공간이었다. 『신증동국여지승람』은 '사화산 봉수'에 대해 남쪽으로 소동산所同山에 응하고, 북쪽으로 주문산注文山에 응한다고 기록하였다. 사화산에 봉수대가 있었던 것이다. 그런데 『신증동국여지승람』은 고적古蹟에서 '사화수沙火戍'를 소개하고 있는 것으로 보아, 이전에는 수戍가 있었음을 보여준다. 수戍는 주둔군의 전방 초소다. 외적의 침입에 대한 방어를 보다 효과적으로 수행하기 위하여 수戍를 설치하는데, 수戍는 적군의 동태를 탐지하여 그 정보를 본진에 보고하고, 적의 소규모 침입을 직접 격퇴하는 기능을 가지고 있다. 본진에서 교대로 파견된 병력이 상주하였을 것으로 추정되는 초소다.

오대산 줄기가 내려오다가 사화산 직전에 한 번 더 고개를 들며 산을 만들었으니 애일당이 자리한 교산蛟山이다. 허균의 외할아버지는 바다에 가까운 땅을 택해 애일당을 지었다. 새벽에 일어나 창을 젖히면 해돋이를 볼 수 있었다. 황문黃門 오희맹吳希孟이 큰 액자를 썼고 태사太史 공용경龔用卿이 시를 지어 읊었더니, 일시에 여러 명인들이 잇달아 화답하지 않는 이가 없었다. 이로 말미암아 애일 당은 강릉에 이름을 떨치게 되었다. 허균은 그 집에서 어머니를 모시고 머물렀다. 애일당 뒷산 이름인 교산蛟山으로 자신의 호로 삼았다. 애일당 터에는 건물 대신 '누실명陋室銘'을 새긴 시비가 소나무와 대나무 숲 속에 있다.

애일당에 있다가 답답하면 서쪽으로 10리 떨어진 곳에 있는 반곡서원盤谷書院에 갔다. 장인이 거처하던 곳으로 두 산이 합쳐지는 곳에 있다. 흐르는 시내가 가운데를 돌아나가고, 위쪽에 깊은 계곡이 있다. 울창하고 깊으며 맑은 여울과 고운 바위가 아래 위에서 서로 비춘다. 계곡에 들어서면 한 마장도 못 가서 비탈에 바위가 있다. 시내의 동쪽에서 물이 들이쳐 폭포를 이루는데 흩날리는 물거품이 자욱하고 소리는 은은하여 우레 같다. 단풍나무 · 삼나무 · 소나무 · 상수리나무가 하늘을 찌르고 해를 가린다. 빽빽하고 깊숙하며 맑고 상쾌한 것이 은자가 노닐며 지내기에 적당한 곳이다.

임진왜란을 피해 강릉에 머물던 1593년에 25세의 허균은 주로 당시의 문인들과 당대 중국 문인들의 시를 공시론적으로 논한 『학산초담』을 지었다. 애일당에 있을 때 낙산사에 가기도 했다. 여러 스님들과 주고받은 시가 여러 편이다. 낙산사에 머무르며 예전에 지었던 시를 기록하기도 했다. 『교산억기시』의 서문이다.

"나라가 안정되어 아무 걱정이 없고 평안한 때에 『북리집(北里集)』 · 『섬궁뢰창록(蟾宮酹唱錄)』이 있었는데 난리 통에 소실되었고, 관동에 와서 『감호집(鑑湖集)』을 지었는데 친구들이 돌려보다 잃어버리고, 『금문잡고(金門雜稿)』는 아이들이 보다가 망가뜨려 버렸다. 수염을 꼬부려가며 애를 무진 쓴 것들이 거의 다 유실된 셈이다. 나에게 있어서는 어찌 아까운 생각이 없을 수 있으랴. 접때 낙가사(洛迦寺)에 있으면서 우연히 기억난 것이 있었는데 이미 열에 일여덟은 잊어버린 나머지였다. 세월이 오래가면 기억난 것마저도 차츰 잊게 될 것이므로, 책자에 써서 심심함을 없애기 위한 것으로 삼으며 이름을 억기시라 했다. 기억나는 대로 따라 썼기 때문에 날짜 순서대로 써 서차하지 않았다. 보는 자는 헤아려주심과 동시에 이로써 장항아리나 덮지 말아주었으면 다행일 따름이다."

젊은 시절 허균의 시에 대한 열정을 보여준다. 작품 하나하나는 '수염을 꼬부려가며 애를 무진 쓴' 작품이었다. 얼마나 많이 열과 성을 쏟았는지, 창작물이 얼마나 많았는지를 보여준다. 장항아리나 덮지 말아주었으면 좋겠다는 겸손은, 장항아리를 덮을 만한 보잘 것 없는 원고라는 『성소부부고惺所覆瓿藁』에 다시 쓰였다.

허균시비

벼슬길에 오른 그는 벼슬살이 내내 탄핵과 파직 등 정치적 시련을 겪었다. 31세 되던 해인 1599년 황해도 도사를 제수 받았다가, 그해 12월 기생을 많이 데리고 다닌다는 이유로 사헌부의 탄핵을 받고 파직되었다. 35세엔 사복시정에 있으면서 춘추관 편수관을 겸직하다가 벼슬이 떨어졌다. 강릉으로 돌아오는 길에 금강산에 들렸다가 사천 애일당에 들렸다.

사촌(沙村)에 이르자 얼굴 문득 풀리니 行至沙村忽解顏
교산은 주인 오길 기다린 것 같네 蛟山如待主人還
홍정(紅亭)에 오르니 하늘에 닿은 바다 紅亭獨上天連海
멀리 아득한 봉래산에 내가 있네 我在蓬萊縹緲間

사촌沙村은 지금의 사천이다. 사천에 오자 긴장했던 얼굴이 풀린다는 것은 그에게 사천은 어머니의 품과 같다는 것을 보여준다. 애일당 뒷산이 오길 기다리는 것과 같다는 것에서 허균에게 사천이 위안을 주는 공간임을 알려준다. 홍정紅亭에 올라 바다를 보곤 봉래산을 떠올리며 그곳에 내가 있다고 한 것은 현실을 초월하고 싶은 허균의 속내가 투영된 것이리라.

1561년(명종 16) 어느 가을날, 시내가 무너지는 홍수가 나자 사화산 수戍 아래 바닷가 큰 바위 밑에 있던 이무기가 바윗돌을 깨뜨리고 사라졌다. 두 동강 난 바위는 문처럼 뚫려 있어서 교문암蛟門岩이라고 부르게 되었다. 뒷날 허균을 연구한 사람들은 교문암을 보면서 그의 뛰어난 학문과 사상이 용처럼 승천하지 못하고 그의 호처럼 이무기로 남았다면서 아쉬워한다. 나는 조금 다른 생각을 한다.

교문암

대부분 허균을 시대의 이단아, 자유와 파격을 사랑했던 사상가, 시대를 풍미했던 개혁가로 평가한다. 또한 천재적 문학가이자 이상세계를 꿈꾼 혁명가로 본다. 그가 이러한 평가를 받도록 영향을 준 것이 교문암 아닐까? 깨어진 바위를 보고 허균은 질식할 것 같던 조선을 깨뜨리겠다고 영감을 얻은 것이 아닐까? 교문암을 보면서 나는 기존 질서에 순응하지 않고 균열을 일으키는 사람의 모습을 떠올린다. 허균의 혁명을 본다.

박공달과 박수량이 노닐던 곳

쌍한정

"교문암에서 조금 남쪽으로 언덕 하나가 있는데 가운데를 차지하고 있는 것을 쌍한정雙閑亭이라 한다. 고을 사람인 박공달朴公達, 1470~1552과 박수량朴遂良, 1475~1546이 노닐던 곳이라 그렇게 이름 지었다. 산수의 형세가 울창하고 깊숙하며, 기운이 힘차게 일어나 용솟음치는 까닭에 특이한 인물이 많이 났다." 허균의 「애일당기愛日堂記」에 나오는 대목이다.

1519년(중종 14) 기묘사화 때 화를 당한 사람들의 사적을 엮은 『기묘록보유』에 박공달에 대한 전기가 자세하다. 대대로 강릉에서 살았으며, 을묘년에 생원시에 합격하였다. 현량과에 천거되어 홍문관저작과 병조좌랑을 역임하였는데, 천거할 때 성품이 순후하고 삼가며 효성과 우애가 독실하다고 평가한다. 기묘사화가 일어나자 벼슬을 버리고 강릉으로 돌아와 삼가三可 박수량朴遂良과 함께 술벗이 되어 항상 쌍한정에 모여서 매일 자신을 잊을 정도로 한껏 마셨다. 두 집 사이에 냇물이 있어서 혹 건너지 못하면 각자 언덕 위에 올라 마주 앉아서 술잔을 들었고, 흥이 다하면 그만두었다.

『기묘록보유』 하권에 「박수량전」이 실려 있다. 박수량의 본관은 강릉이다. 무인년에 초야에 은거하는 선비로 뽑혀 별과別科로 벼슬하였다. 천거할 때 천성이 순후하고 지조가 구차스럽지 않으며, 소박하고 말이 적어 꾸밈이 없으며 효행이 있고 뜻이 독실하다고 평가하였다. 용궁현감이었을 때 송사가 번다하고 백성이 많다고 일컬어지는 지역이었으나, 공이 일 처리를 물 흐르듯 하니 밀린 송사가 없었다. 이어 사섬시주부 등을 지내다가 기묘사화로 파직되어 고향으로 돌아왔다. 스스로 호를 삼가정三可亭이라 하고, 박공달과 쌍한정에서 매일 시와 술과 담론을 즐겼다. 허균은 『성소부부고』에서 김수량의 다른 모습을 알려준다. 김정金淨이 금강산을 유람하는 길에 그의 집에 들렀는데, 일꾼들 사이에서 손수 새끼를 꼬고 있었으므로 그가 주인인 줄을 몰랐고, 풀을 깔고서 술을 마셨는데 질동이에 담은 술과 나물 안주였다고 한다.

쌍한정은 사천천 하구 후리둔지 남쪽 기슭에 비각과 함께 있다. 먼저 비각 안에 있는 비석을 주목해야 한다. '효자박수량지려孝子朴遂良之閭'와 '효자임영처사박수량지려孝子臨瀛處士朴遂良之閭'라 새겨져 있다. 효자인 박수량에게 내려진 붉은 칠을 한 정문旌門을 알리는 비석이다. 박수량을 이해하는 키워드가 효도라는 것을 알려준다. 『해동잡록』은 연산군 때 단상법(3년상을 1년으로 줄이는 법)이 엄했으나, 박수량은 어머니 상을 당하여 여막에서 삼년상을 치렀고, 중종 때 나라에서 정문을 내린 사실을 소개하고 있다. 『조선왕조실록』에 실린 중종 3년 때 기사와 연관있다.

> 예조가 아뢰기를, "강원도 관찰사가 아뢰기를, '박수량(朴遂良)·고숭효(高崇孝)가 연산군의 단상(短喪) 때에 당시의 제도를 돌아보지 않고 상복을 입고 상기(喪期)를 다 마쳤다.'고 하였습니다. 다시 진위를 따져 사실을 밝혀서 아뢰게 하소서."하였다.

쌍한정

비각 옆 건물은 쌍한정이다. 효자 박수량의 다른 면을 보여주는 증거물이다. 박수량과 박공달이 관직에서 물러나 자연을 벗하며 함께 소요하던 공간이다. 도로가 바로 옆으로 높이 지나가면서 옛 정취는 사라진지 오래고, 박수량의 손자인 박이인朴里仁이 노닐며 '촌옹박리인일유암村翁朴里仁日遊巖'을 새겼던 일유암日遊巖도 훼손되었다고 해서 공간의 의미가 퇴색된 것은 아니다.

박수량의 식견은 중종 13년인 1518년 5월 27일자 『조선왕조실록』에 기록되어 있다. 박수량과 관련된 기사만 발췌하여 읽어본다.

신용개(申用漑)가 묻기를, "나라를 다스리는 데는 교화가 으뜸인데 교화의 근본은 무엇인가?"하니, 박수량이 아뢰기를, "신의 생각으로는 밝은 정치를 행하기가 어려운 일이 아닌 줄로 압니다. 신이 초야에 있을 적에 생각해보니, 옛날 신농씨가 여러 가지 풀들의 맛을 보았는데, 그때 단 맛이 있던 것은 지금도 그 맛을 가지고 있습니다. 그리고 그때 쓴 맛이 있던 것은 지금도 쓴 맛이 있으며, 까마귀가 반포(反哺)할 줄 아는 것과 까치가 집을 잘 짓는 것은 지금도 다름이 없습니다. 사람의 성품만이 어찌 달라질 리가 있겠습니까? 지금 사람이 바로 옛날 사람입니다. 옛말에 '임금이 어질면 어질지 않은 사람이 없게 된다.' 하였습니다. 위에 있는 사람이 진실로 덕으로써 인도한다면 저절로 고무되고 흥기될 것입니다. 그러므로 요순 삼대의 치세는 인(仁)에 불과합니다." 하였다.

신용개가 묻기를, "오직 인에만 편중하면 되는 것인가?" 하니, 박수량이 아뢰기를, "인을 근본으로 삼으면 의는 그 가운데 있고, 임금의 도는 오직 하늘을 본받을 뿐인 것입니다. 그리고 천도는 봄 여름을 인으로 삼고, 가을 겨울을 의로 삼는 것입니다. 인에만 치우쳐도 안 되고 의에만 치우쳐도 안 됩니다. 신이 또 평생에 상께 아뢰고자 한 일이 있습니다." 하였다.

신용개가 아뢰라 하자 박수량이 아뢰기를, "우리나라는 백성의 빈부 차이가 너무도 심합니다. 부자는 땅이 한량없이 연해 있고 가난한 자는 송곳을 세울 곳도 없습니다. 비록 정전법(井田法)이 훌륭하다 하더라도 지금은 시행할 수가 없으니, 균전법(均田法)을 시행하면 백성이 실질적인 혜택을 입을 것입니다." 하였다.

신용개가 이르기를, "균전법은 과연 훌륭한 것이므로 전에도 의논이 있었지마는, 지금 부자의 땅을 떼어서 가난한 자에게 준다 해도 부자의 자손이 가난하게 되었을 때 이것을 도로 뺏을 수도 없으니 이 점이 큰 폐이다." 하니, 박수량이 아뢰기를, "어진 정사는 반드시 경계를 바로잡는 일부터 시작해야 합니다. 한 읍 안에 수백 결씩 땅을 가지고 있는 자가 있으니, 이대로 5~6년만 지나면 한 읍의 땅은 모두 5~6인의 수중으로 들어갈 것입니다. 이것이 어찌 옳은 일이겠습니까? 지금 이 땅들을 고르게 분배하면 이야말로 선왕이 남긴 정전법의 뜻이 될 것입니다." 하였다.

신용개가 아뢰기를, "박수량의 말을 지금 비록 시행할 수는 없어도 이 또한 지극히 옳은 말입니다." 하니, 상이 이르기를, "균전이 과연 훌륭하기는 하지마는 시행하기 어려운 형편이다." 하였다.

단순히 책만 읽은 백면서생이 아니라 백성들을 위해 어떻게 정치를 해야 하는지 뚜렷한 주관을 갖고 있음을 보여주는 문답이다. 나라를 다스리는데 인仁과 의義를 적절하게 균형을 맞추어야 한다는 것은 당연하다고 할지라도, 토지에 대한 식견에 놀라지 않을 수 없다. 토지가 소수에 집중되어 빈부의 차이가 심화된 폐해를 시정하기 위한 대책은 오랫동안 모색한 결과였다. 박수량이 몸으로 체험하지 않았으면 내놓을 수 없는 대책이다. 최선의 방법은 정전법井田法이지만 대안으로 균전법均田法을 제시한다. 균전법은 토지의 소유, 분배 및 조세징수제도의 한 형태다. 토지를 국유화하고 모든 농민에게 균일하게 농지를 분배하자는 것이 주된 내용이다. 조선 후기의 실학자와 지식인들은 농촌사회의 피폐를 근본적으로 구제하기 위한 대안으로 등장한 균전법을 박수량이 먼저 주장했으니, 그의 진보적인 경세관을 알 수 있다. 이후 박수량은 1518년(중종 13) 용궁현감으로 나가게 되지만, 1519년 기묘사화 때 고향으로 돌아오게 된다.

중종반정으로 왕위에 오른 중종은 쫓겨난 신진사류를 등용하여 파괴된 유교적 정치질서를 회복하려 했다. 두각을 나타낸 이가 조광조였다. 조광조는 성리학으로 정치와 교화의 근본을 삼아 고대 중국의 왕도정치를 이상으로 하는 정치를 실현하려 했고, 박수량도 현량과로 뽑혀 자신의 이상을 용궁에서 실천하였다. 그러나 조광조의 급진적이고 이상주의적 왕도 정치로 인해 곧 정적들이 생기고 왕도 거리를 두게 된다. 남곤, 심정, 홍경주 등의 훈구파가 조광조, 김정 등의 신진파를 죽이거나 귀양 보내는 사화가 일어나면서 박수량은 이상을 채 펴지도 못하고 고향으로 돌아와 쌍한정에서 소요해야만 했다.

뒷날 이근원李根元, 1840~1918은 금강산을 갔다 오는 도중에 쌍한정에 들린 사실을 「동유일기」에 기록하였다.

가해평(駕海坪)을 넘어 사천에 도착하여 창석정(滄石亭)에 올랐다. 미노리에 도착하니 삼가(三可) 박수량(朴遂良) 효자 정려가 있다. 연산군 시대, 단상령(短喪令)을 받지 않고 여막을 지어 삼년상을 치른 사람이다.

박수량은 삼가三可를 자신의 호로 삼았다. '세 가지가 좋다'는 의미다. 박수량은 "내가 배움도 없으면서 진사에 급제했으니 욕됨이 없어 좋고, 땅도 없으면서 날마다 두 끼를 먹으니 굶주림이 없어 좋고, 덕망도 없으면서 산수에 머무니 속됨이 없어 좋다"라고 했다. 그러나 삼가三可의 뜻만 보고 자연과 벗하며 즐겼을 거라 섣불리 판단하면 박수량의 진면목을 보지 못한 것이다. 토지제도의 폐해와 대안을 제시하고, 현장에서 적용하던 그가 바로 귀향했을 때 심정을 피상적으로만 이해해서는 안 될 것이다. 좌절과 분노가 당연히 있었을 것이다. 쌍한정이라는 정자의 이름과 삼가三可라는 호와, 박공달과 매일 시와 술과 담론으로 즐겼다는 일화로 인해 그의 분노를 쉽게 간과한다. 「제멋대로 읊다」에서 자신의 마음 한 구석을 조심스레 보여준다.

벙어리 귀머거리 된 지 오래고　口耳聾啞久
오로지 두 눈만 남아 있네　猶餘兩眼存
어지럽고 시끄러운 세상만사　紛紛世上事
볼 수는 있어도 말할 수 없네　能見不能言

조정에서 단호하게 자신의 의사를 피력했지만 상황은 변해버렸다. 한 마디 말로 자신의 목숨이 위태로울 수도 있는 광기의 세상이 되었다. 이럴 때는 입과 귀를 닫는 수밖에 없다. 매일 술로 달랠 수밖에 없다. 현실에 만족하여 날마다 술을 마신 것이 아니었다. 정자 이름에 한가롭다는 '한閒'자를 넣었지만 타의에 의해 강제된 한가로움이었다. 그러나 비록 술을 마시며 한가롭게 시를 짓고 담론을 즐기더라도 눈은 똑바로 뜨고 현실을 직시하겠노라는 다짐이 시퍼렇다.

윤증尹拯, 1629~1714은 이곳을 지나다가 「쌍한정에서 읊다」를 남기며 예를 표한다.

푸르른 소나무 시내 따라 서 있는데 蒼松落落帶晴川
처사가 살던 곳은 한 주먹 돌만 남았네 處士遺墟石一拳
애석하게 그 전통은 바닷가에 버려지고 可惜靑氈抛海上
오래된 비 앞에서 길손 고개 숙일 뿐 行人但式古碑前

박수량의 묘소는 사천면 미노리 삼가봉을 뒤로한 야트막한 야산에서 쌍한정을 바라보고 있다. 죽어서라도 넓은 토지가 한두 사람의 권세가의 손에 들어가는 것을 감시하겠다는 의지가 드러나는 것 같다. 유언을 그리 했는지 모른다.

묘지 앞에 있는 묘표는 1814년(순조 14)에 세워졌으며, 비문은 영조 때 홍문관 대제학을 지낸 이재李縡가 썼다. 비문의 마지막 부분에서 눈길이 머문다. "선생은 감흥이 생기면 반드시 시를 읊었는데, 시에는 속세의 기운이 없었다. 그러므로 시를 논평하는 자가, '천마가 공중을 다니는 것처럼 억지를 부리지 않았다.'라고 하였다. 내가 평소에 선생의 풍모와 절개를 사모하였는데, 향인의 청으로 비명에 시를 지어서 비석의 뒷면에 새기게 하였다. 시는 다음과 같다. 영원히 푸르른 송백의 마음 같아, 한겨울 눈과 서리도 꺾지 못하였네. 내 한번 사양의 거문고 연주하고프나, 혼을 불러도 돌아오지 않고 바다 구름만 짙게 끼었네."

욕망이 사라진 곳
호해정

66세 노인은 인제에서 출발하여 미시령을 넘었다. 속초에서 바다를 따라 내려오는데 경포호가 발길을 잡는다. 특히 호해정湖海亭이 마음에 들었다. 노년을 보낼 만했다. 1718년 아들 양겸養謙에게 편지를 썼다.

"경포호 가운데 있는 조도(鳥島),
경포의 안개와 연기가 만나는 경치는 더욱 기이하구나!
거기다가 사람들이 머물기를 권하니,
정성스런 마음을 거절할 수 없구나"

노인은 호해정에 머물면서 학문과 시문을 강론하였다. 틈틈이 경포호에 배를 띄우고 흥에 겨우면 시를 읊었다. 「호정잡영湖亭雜吟」에 지금은 사라진 호해정 앞 경포호가 넘실거린다.

마름 따자 속이 빈 껍데기　採菱或空殼
물고기 없어 텅 빈 그물　收網亦無魚
예부터 잃고 얻음 잊은지라　由來忘得失
풍류 즐기며 호숫가에 사네　風韻在湖居
옛날 홍장이 머문 이 호수　紅粧舊臨水
바위엔 아직 풍류 남았네　片石尙風流
늙은이 온갖 상념 사라져　老夫灰萬念
흥겨움 없어도 배에 머무네　無興駐扁舟

세속적 욕망이 사라진 노인의 편안한 얼굴이 보인다. 시비를 잊고 망연히 배에 앉은 모습도 보인다. 기쁨과 슬픔의 경계도 넘은 듯하다. 무심無心하다. 그렇게 한동안 김창흡金昌翕, 1653~1722은 호숫가 호해정에서 유유자적하였다.

오대산이 강릉 땅에 있었기 때문에, 가보고 싶은 마음이 더욱 심해졌다. 서울로 돌아갈 때 반드시 오르고 싶었다. 그해 윤8월 5일 아침에 호해정에서 출발하였다. 오대산으로 유람을 떠난 후 다시 돌아오지 못하였다. 정자만이 홀로 텅 빈 채로 30여 년이 흘렀다. 선생을 사모하던 사람들이 정자에 올라 둘러볼 때마다 크게 탄식하자, 주인 신정복辛正復, 1704~?은 삼연 선생의 뜻을 받들어 제자들을 모아 이곳에서 강론하였다.

1750년에 화재로 소실되어 폐허가 되었다. 주인은 김창흡의 유적이 사라지는 것을 염려하여 정자를 새로 짓는다. 기문을 민우수閔遇洙, 1694~1756에게 부탁하자 「호해정기」를 짓는다.

곧바로 맹자의 말을 인용한다. "바다를 본 자는 웬만한 것을 물로 여기지 않는다.[觀於海者難爲水]" 주자의 풀이로 글을 잇는다. "본 것이 이미 크면 작은 것은 볼 만한 것이 못 된다.[所見旣大則其小不足觀也]" 무슨 의미일까. 바다를 본 사람은 물을 말하기 어려워한다고 해석할 수 있다. 큰 것을 깨달은 사람은 아무리 사소한 것이라도 함부로 이야기하기 어렵다는 이야기다. 바다를 본 사람은 시냇가에서만 논 사람들 앞에서 물에 관하여 말하기가 어렵다고도 볼 수 있을 것이다.

민우수는 비록 그렇다고 할지라도 천하의 물은 호수·강·실개천·도랑부터 저수지·못·산골 물·시내에 이르기까지 그 수가 또한 많으며, 모두 각각 뛰어난 승경을 독차지하여 볼 만하지 않은 것이 없으니, 어찌 한 번 바다를 본 것으로 자신의 소견을 대단하게 여겨 마침내 천하의 물을 폐기할 수 있겠는가라고 항변한다.

물을 관찰하는 자는 반드시 천하의 물을 다 관찰하고 난 뒤라야 물의 이치를 모두 터득하여 갖추어지지 않는 것이 없게 되고, 말을 듣는 자는 반드시 천하의 말을 다 들은 뒤라야 말의 이치를 모두 터득하여 분명하지 않는 것이 없게 된다. 만약 큰 것만 취하고 작은 것을 홀시한다면 큰 것은 미진함이 있게 되는 것이 아니겠는가.

경포대는 큰 바다 부근에서 자체로 하나의 구역을 형성하여 바다와 접하지 않은데도 승경이 빼어나고 훌륭하여 이에 짝할 만한 게 없다고 한다. 동해가 참으로 장관이기는 하지만, 경포대가 없다면 동해의 승경은 완전히 갖추어지지 못하는 셈이다. 호해정은 경포대에서 10리 떨어진 곳에 있는데, 경포대에서 보면 호해정이 있는 줄을 알지 못하고, 호해정에서 보면 경포대가 있는 줄을 알지 못한다. 사람들이 경포호를 내호內湖와 외호外湖로 구분하는데 각각 그 승경을 독차지하고 있는 것이다. 그렇다면 동해를 보는 자가 장관이 동해에만 그친다고 여겨 경포대와 호해정의 승경을 아예 알지 못한다면 이것은 성인의 문하에 노닌 자가 그저 성인의 말만 듣고 천하에 또한 사람들의 법이 될 만한 정언精言과 묘론妙論이 있다는 것을 전혀 알지 못하는 것과 같다고 주장한다.

1767년에 김귀주金龜柱, 1740~1786가 호해정 앞에 배를 대었다. 호해정에 올라 돌아보니 서쪽, 남쪽, 북쪽이 모두 산이다. 산이면서도 부드러우며, 호수는 평평하여 거울과 같다. 둘레는 10여 리쯤 되는데, 남쪽 언덕은 더욱 낮게 이어지며 바다 어귀를 에워쌌으며, 모래둑 일대는 멀리 바닷물과 떨어져 있다. 밝고 환하며 탁 트여 가슴속이

김홍도의 호해정 그림

시원할 정도였다.

1778년엔 정조의 어명으로 김홍도가 김응환과 함께 금강산과 관동팔경을 유람하며 그림을 그렸는데 이곳에 들려 화폭에 호해정을 담았다. 호해정과 매립되기 전의 경포호의 물결, 그리고 그 위에 떠 있는 배가 흔들거린다.

송환기가 찾았을 때는 1781년 8월이었다. 저물녘에 경포호에 배를 띄웠다. 물결이 잔잔하여 배가 평온하니 매우 즐길 만했다. 북쪽 언덕에 호해정이 있는데 소나무와 단풍나무 사이에서 은은히 비친다. 매우 깨끗하다. 노를 저어 배를 돌려 대려고 하는데 어둑한 빛이 밀려와 배에 탄 사람들이 모두 서둘러 가자고 해서 올라가 구경하지 못하고 지나치니 매우 아쉬웠다.

홍장암에서 인월사를 지나 좁을 길을 따라 가니 호해정이 언덕 위에 자리 잡고 있다. 좁은 계단을 올라가니 굵은 배롱나무가 입구

를 지킨다. 정자의 전면에는 초서체 '호해정'과 측면에 해서체 '호
해정' 편액이 걸려있다. 정자 뒤로 호위하는 듯 노송들이 늠름하다.
처마 밑에서 앞을 바라보니 상전벽해다. 눈을 감고 김창흡의 시를
읊조리니 호수에 물이 그득하게 보인다.

물결에 어리비친 옛 모습 보니 波心匯影尙殘城
어찌 옛날 감회가 없을 수 있나 何限臨湖感古情
다툼에 기댈 곳 없어 시루봉에 서니 蠻觸無憑甑山立
갈매기 오리와 벗하고 풀은 정자 덮었네 鷗鳧有伴草亭成
하루 종일 안개구름에 시 지을 만하고 烟雲曉夕詩將化
하늘과 못이 드리우니 역리가 조화롭네 天澤亭低易亦行
물고기를 잊으니 물고기는 물가에 있고 已是忘魚魚在渚
낚시 배는 비어있고 달빛만 가득 釣舡虛受月美明

호해정

술을 금하고 여색을 멀리하라

홍장암

　산책로가 호수로 유혹한다. 다양한 조각품이 손짓한다. 경포해변 쪽으로 걸으니 강원도 안찰사 박신과 기생 홍장의 사랑 이야기가 전해지는 홍장암과, 두 사람의 사랑 이야기를 담은 조각품이 줄지어 있다. 두 사람의 러브스토리는 너무 유명하여 서거정의 『동인시화』에도 실릴 정도고, 경포대를 노래할 때 주요한 소재가 되었다. 경포호에 배를 띄운 유람객은 홍장암에 들린 일을 유람기에 기록하였다. 조선후기에 정약용도 박신과 홍장의 이야기를 『목민심서』에 인용할 정도였다. 그런데 두 사람의 러브스토리에 대한 시각이 기존의 시각과 달랐다. 정철鄭澈, 1536~1593은 「관동별곡」에서 "과연 고려 우왕 때 박신과 홍장의 사랑이 호사스런 풍류이기도 하구나"하면서 호사스런 풍류로 보았다. 이후 대부분의 사대부들의 입장도 그러했다. 송광연宋光淵, 1638~1695은 「임영산수기臨瀛山水記」에서 조운흘의 풍류로 보았고, 허훈許薰, 1836~1907은 「동유록」에서 옛날의 풍류로 인식하였다.

　정약용의 『목민심서』는 관리의 부임부터 해임까지 전 기간을 통해 반드시 준수하고 집행해야 할 실무상 문제들을 각 조항으로 정하고, 자신의 견해를 피력해놓은 책이다. 그 중 제2편은 '자신을 가다듬는 일'인 율기律己다. 율기는 6조로 구체화시켰는데 칙궁飭躬: 수령의 몸가짐, 청심淸心: 청렴한 마음가짐, 제가齊家 : 집안을 다스림, 병객屛客: 청탁을 물리침, 절용節用:씀씀이를 절약함, 낙시樂施: 베풀기를 좋아함가 포함되어 있다. 칙궁飾躬은 지켜야할 항목 여러 개로 구성되어 있는데 그중 하나가 "술을 금하고 여색을 멀리하며 가무歌舞를 물리치며 공손하고 단엄하기를 대제大祭 받들 듯하며, 유흥에 빠져 정사를 어지럽히고 시간을 헛되이 보내는 일이 없어야 한다."이다. 이 항목에서 박신과 홍장의 이야기를 예에 삽입하였다.

박신(朴信)이 젊어서부터 명성이 있었는데 강원도 안렴사가 되었을 때 강릉 기생 홍장(紅粧)을 사랑하여 정이 자못 두터웠다. 임기가 차서 돌아가게 되자 부윤 조운흘이 거짓으로, "홍장은 이미 죽었습니다."하니 박신은 슬퍼하여 어쩔 줄 몰랐다. 강릉부에 경포대가 있는데 부윤이 안렴사를 청하여 나가 놀면서 몰래 홍장에게 곱게 단장하고 고운 의복 차림을 하도록 하며, 따로 놀잇배 한 척을 마련하고 또 눈썹과 수염이 허연 늙은 관인 한 사람을 골라 의관을 크고 훌륭하게 차리도록 한 다음, 홍장과 함께 배에 태우게 하였다. 또 배에는 채색 액자를 걸고 그 위에 시를 지어 쓰기를,

신라 성대(聖代)의 안상(安詳)이 新羅聖代老安詳
천년 풍류를 아직도 못 잊어 千載風流尙未忘
사신이 경포대에 노닌단 말 듣고 聞說使華游鏡浦
난주(蘭舟)에 다시 홍장 싣고 왔네 蘭舟聊復載紅粧

하였다. 천천히 노를 두드리며 포구로 들어와서 바닷가를 배회하는데 풍악 소리가 맑고 그윽하여 마치 공중에 떠있는 듯하였다. 부윤이, "이곳에 신선이 있어 왕래하는데 바라다만 볼 뿐 가까이 가서는 안 됩니다."하니, 박신은 눈물이 눈에 가득하였다. 갑자기 배가 순풍을 타고 눈 깜빡하는 사이에 바로 앞에 다다르니, 박신이 놀라, "신선이 분명하구나."하고 자세히 보니, 바로 기생 홍장이었다. 한자리에 있던 사람들이 손뼉을 치면서 크게 웃었다.

정약용은 마지막에 자신의 생각을 피력한다. 박신은 본디 색에 빠진 사람이지만, 조운흘이 꾸며서 상관을 놀려준 것도 잘못이라

홍장암

고. 홍장암 옆 의자에 앉아 정약용의 엄정함을 다시 생각해본다. 이전에는 아무 생각 없이 두 사람의 러브스토리를 낭만적인 시각으로 읽었다. 조선시대에는 그러한 시각도 허용이 될지 모르지만 지금은 정약용의 시각이 타당성을 얻는다.

홍장암은 경포팔경 가운데 하나인 '홍장암의 밤비'에 해당하는 바위다. 경포대의 아름다움은 낮에도 유명하지만 밤에도 뛰어나다는 것을 보여준다. 달빛이 환한 밤에 경포대에 앉으면 하늘에 뜬 달, 바다에 뜬 달, 호수에 뜬 달, 술잔에 뜬 달, 그리고 마주한 임의 눈동자에 비친 달까지 무려 다섯 개의 달을 볼 수 있다는 이야기도 밤의 아름다움이다.

홍장암에 '홍장암紅粧巖'이 새겨져 있다. 송병선宋秉璿, 1836~1905은 「동유기東遊記」에서 문정공 송시열의 글씨를 새겼다면서 조금 다른 버전의 이야기를 들려준다. 지방 장관의 눈에 들었는데, 그가 다른 곳으로 간 후 다른 사람에게 정을 주지 않겠다고 다짐하고 이 바위에서 물로 뛰어 내려서 홍장암이라 불렀다고 한다. 처음의 이야기에서 홍장의 절개를 강조하는 화소가 첨가되었다.

다섯 개의 달이 뜨다
경포대

강릉은 경포대로 인식된다. 봄에는 벚꽃을 보러, 여름에는 경포 해수욕장에서 낭만을 즐기기 위해 찾는다. 자전거를 타고 경포호를 일주하기도 하고, 습지를 거닐며 연꽃을 구경하기도 한다.

1349년에 이곡李穀, 1298~1351은 금강산을 유람한 후 강릉에 들렀다. "배를 나란히 하고 강 복판에서 가무를 즐기다가 해가 서쪽으로 넘어가기 전에 경포대에 올랐다. 경포대에 예전에는 건물이 없었는데, 근래에 풍류를 좋아하는 자가 그 위에 정자를 지었다고 한

김홍도의 경포대 그림

다. 또 옛날 신선의 유적이라는 돌 아궁이가 있는데, 아마도 차를 달일 때 썼던 도구일 것이다. 경포의 경치는 삼일포와 비교해서 우열을 가릴 수가 없지만, 분명하게 멀리까지 보이는 점에서는 삼일포보다 낫다."라고 「동유기東遊記」에 남긴다. 경포대는 호수 옆에 있는 주변보다 높은 언덕을 가리키다가 정자가 세워지면서 고려시대에 정자의 이름이 되었다는 것을 이곡의 글이 알려준다.

정자는 방해정 뒷산에 세워졌다가 중종 3년인 1508년에 강릉부사 한급이 지금의 자리로 옮겨졌고, 여러 차례의 중수 끝에 현재의 모습을 갖추었다. 예전에는 따뜻한 방과 서늘한 방이 있었는데 오래 묵지 못하게 철거했다고 하니 뛰어난 풍광이 민폐가 될 수 있다는 것을 보여준다. 정자의 위치와 모습도 변했지만 호수도 변했다. 『신증동국여지승람』은 호수의 둘레가 20리고, 물은 깊지도 얕지도 않아 사람 어깨가 잠길 만하다고 기록하였다. 호수가 많이 매립되어 작아졌음을 알 수 있다.

허균許筠, 1569~1618은 『학산초담』에서 이렇게 말한다. 강릉에서 구경할 만한 곳은 경포대가 으뜸이어서 구경하는 사신들이 많은데도 널리 알려진 시가 없는 것은 묘사할 절경이 너무나 많아서라고. 경포대가 강릉에서 으뜸이어서 묘사할 절경이 너무 많다는데 무엇을 가리키는 것일까?

널리 알려진 경포팔경을 말하는 것이 아닐까? 팔경 중 첫 번째는 '녹두일출綠豆日出'이다. 녹두정綠豆亭의 해돋이다. 녹두정은 한송정의 다른 이름이다. 일출뿐만이 아니다. 신익성申翊聖, 1588~1644은 「유금강소기遊金剛小記」에서 한송정을 "푸른 소나무와 흰 모래가 있어 참으로 깨끗한 곳[淨土]이다."라 평가했는데, '깨끗하여 먼지 하나 용납 않는' 것은 녹두정의 또 다른 자랑이다.

두 번째는 '죽도명월竹島明月'이다. 호수 동쪽에 있는 죽도 위로 달이 뜨면 경포는 다른 세상이 된다. 예로부터 경포대는 다섯 개의 달을 볼 수 있는 곳으로 유명하다. 달빛이 환한 밤에 하늘에 뜬 달, 바다에 뜬 달, 호수에 뜬 달, 술잔에 뜬 달, 그리고 마주한 임의 눈동자에 비친 달까지 무려 다섯 개의 달을 볼 수 있다. 호수에 달빛이 비치면, 그 모양이 꼭 탑처럼 보인다고 해서 달빛을 월탑이라 불렀다는 이야기도 있을 정도로 경포대에서 바라다보는 달빛은 신비롭고

경포대

도 매혹적이다. 실제 경포대는 달맞이를 하는 장소로도 유명하다. 경포대는 낮에 아름답지만 밤에도 뛰어나다는 것을 보여준다. 신익성의 글을 다시 인용한다. "경포대에 올라갔다. 저녁놀이 거꾸로 비치니 바다가 울긋불긋한 채색비단 같다. 잠시 후 벽옥 같은 달이 하늘에 뜨자 비단 같던 호수와 바다가 뒤바뀌어 수정 세계가 된다. 취한 몸을 이끌고 누대 아래로 내려가 작은 배에 기생과 악공을 태우고 물 한가운데에서 술을 마시며 놀았다. 밤이 깊어지자 차가운 기운이 생겨 이슬이 촉촉하게 내리니 신선이 노니는 것 같다." 수정세계에서 배를 타고 노니 신선이 노니는 것 같았다는 고백은 달밤 경포대의 아름다움을 말한 것이다. 그런데 자세히 보면 신익성은 저녁노을이 점점 농도를 더해가 울긋불긋 채식비단을 깔아놓은 듯한 시간부터 있었다.

그렇다면 '증봉낙조甑峰落照'가 먼저고 달구경이 나중이다. 증봉甑峰은 시루봉을 말한다. 호수 서북쪽에 있는 시루봉이 노을로 붉게 물들기 시작하면 경포호는 긴장하기 시작한다. 순식간에 호수도 물들기 시작하기 때문이다. 낙조 속 시루봉과 경포호는 붉은 바탕 속에 주변의 경관들과 어우러지며 신선이 사는 선계로 순식간에 변한다. 그 순간 나그네는 선경 속에 사는 신선이 된다. 짧은 순간에 예민한 시인은 시루봉의 저녁노을을 포착하고, 경포팔경 중하나로 '증봉낙조'를 선정하였다.

'초당취연草堂炊煙'은 시루봉이 노을로 붉게 물드는 시간과 거의 동시간대인 저물녘이다. 서북쪽 시루봉에 물들 때 정반대인 동남쪽 초당마을은 굴뚝에서 연기가 피어오른다. 특히나 저녁 무렵의 흰 연기는 장관이다. 밥을 지을 때 굴뚝에서 피어오르는 흰 연기는 굶기를 밥 먹듯 할 때 포만함과 따스함을 의미한다. 이만한 풍경이 어디 있겠는가. 그래서 선인들은 초당취연草堂炊煙을 경포팔경 중의 하나로 주저 없이 꼽았을 것이다. 저물녘에 연기가 피어오르던 초당은 배부른 저녁이 있는 낙원이었다. 선경 너머로 낙원이 있는 셈이다.

'한송모종寒松暮鍾'은 한송사에서 해질 무렵 치는 종소리다. 김극기金克己, 1379~1463는 강릉의 팔영 중 문수당을 꼽고 시로 읊었다. "고개 위 문수당은, 채색 들보가 공중에 솟았네. 조수는 묘한 소리를 울리고, 산 달은 자애 어린 빛이 흐르네. 구름은 돌다락 가에 불어 나오고, 물은 소나무 길가를 씻네. 앉아서 보니 숲 너머 새가 꽃을 머금고 날아오네." 문수당은 문수사로도 알려졌는데, 보현사 창건 설화에 등장하는 문수사가 문수당이다. 문수사는 일명 한송사로 바닷가에 있다고 『범우고梵宇攷』는 기록하고 있다. 다시 한송사로 이름이 바뀌었음을 알려준다. 범종소리는 모든 중생의 각성을 촉구하는 부처님의 음성이다. 범종소리는 지옥의 고통을 쉬게 하고 모든 번뇌를 소멸시키며, 꿈속에서 살아가는 이들의 정신을 일깨우는 지혜의 소리다. 그러므로 범종소리는 귀로 듣는 소리가 아니다. 마음으로 들어야 한다. 저녁에 한송사에서 은은하게 들려오는 범종소리에 들뜬 마음을 잠시 가라앉혀야 한다. 나의 삶을 반성해야할 시간이다. 경포대 주변의 아름다움에 넋을 잃고 향락적으로 흐르는 것을 제어해주는 소리가 한송사에서 들려오는 종소리다. 정도에 벗어난 지나친 유흥을 경계하는 소리다. 본격적으로 경포대의 아름다움이 시작되는 저물녘에 종소리가 들리는 것도 절묘하다. 그러고 보니 경포팔경의 대부분은 석양이 지면서 시작된다.

'강문어화江門漁火'는 경포호와 바다를 잇는 곳에 위치한 강문의 아름다움이다. 고기배의 불빛이 바다와 호수에 비치는 아름다운 밤의 모습이다. 경포대에 앉아 바라보면 반짝이는 불빛과 호수에 흐르는 빛이 아름다울 것이다. 가까이 다가가서 봐도 그러할 것이다. 어부들도 그럴까? 고단한 밤에 생활전선에 뛰어들어 노를 짓고 그물을 당기는 어부들은 바람의 향배에 신경 쓰며 파도가 거칠어질까 걱정이 태산일 터. 강문 고깃배의 불빛은 나 위주의 생각만 해서는 안 됨을 깨우쳐준다. 아름다움이 아니라 고단함, 혹은 슬픔일 수도 있겠다. 강문해변에 세워진 진또배기에 빌고 빌었던 어부의 간절함은 풍어와 일신상의 안녕이 대부분일 것이다.

'홍장야우紅粧夜雨'는 '강문야화'와 같은 밤이면서 다른 풍경이다. 홍장암에 내리는 밤비를 낭만적인 시각으로 보면 아름답다. 밤에 강문에서 고기잡이하는 현장은 땀 냄새 나는 현장이다. 비 내리는 홍장암은 삶의 현장과 괴리가 있는 안찰사 박신과 기생 홍장의 사랑 이야기가 얽혀있는 낭만적 장소다. 정약용은 홍장암의 전설을 예로 들면서 술을 금하고 여색을 멀리하라고 단호하게 이야기 한다. 유흥에 빠져 정사를 어지럽히고 시간을 헛되이 보내는 일이 없어야 한다고 목민관에게 경계한다. 그러나 경포호에 비오는 밤에는 고단한 현실에서 잠시 비껴 앉아 술 한 잔하며 두 사람의 사랑이야기에 귀를 기울이는 정도는 봐줘야하지 않을까.

'환선취적喚仙吹笛'은 환선정에서 부는 피리 소리다. 건너편 환선

정에서 부는 피리소리가 경포대까지 들려온다. 아마도 다음 시와
같은 분위기일 것 같다.

봉래산 한 번 들어가면 삼천 년을 사는데 蓬壺一入三千年
은빛 바다 푸른 물결 아득하기만 하네 銀海茫茫水淸淺
난새 타고 피리 불며 홀로 날아왔으나 鸞笙今日獨飛來
벽도화 아래 사람을 만날 수 없네 碧桃花下無人見

옛날 최전崔澱이 약관의 나이로 경포대에 올라 지은 시다. 이 시
는 고금에 없는 절창이 되어 무수한 사람들의 입에 오르내렸고, 시
에 조금도 속인俗人의 기상이 없으니 바로 신선의 말이라는 평가를
받았다. 신익성은 비단 같던 호수와 바다가 달이 뜨자 수정 세계로
뒤바뀐 경포호에서 뱃놀이를 하였다. 기생과 악공을 태우고 물 한
가운데에서 술을 마시며 노니 신선이 노니는 것 같았다고 했는데
위 시를 체험한 것 같다.

다시 고려시대로 돌아간다. 박숙정朴淑貞이 안축安軸, 1287~ 1348을
만난 때는 1326년이었다. 경포대는 신라 때 영랑 등 네 화랑이 놀
던 곳으로 비바람이 치면 유람하는 자들이 괴로워해서 작은 정자
를 지었으니 글을 써달라고 안축에게 부탁을 하자, 그는 직접 유람
한 후 1331년 2월에 글을 짓는다. 그의 글은 경포대의 역사뿐만 아
니라 우리가 간과한 아름다움에 대해 알려준다.

형상이 기이한 것은 밖으로 드러나 눈으로 완상할 수 있고, 이치가 오묘
한 것은 은미한 곳에 숨어 있어서 마음으로 터득한다. 눈으로 기이한 형
상을 완상하는 것은 어리석은 사람이나 지혜로운 사람이나 모두 같아서

한쪽만을 보는 것이고, 마음으로 오묘한 이치를 터득하는 것은 군자만이 그렇게 하여 온전함을 즐긴다. (중략) 경포대에 오르니 담담하게 조용하고 넓어서 눈을 놀라게 하는 기괴한 사물은 없다. 다만 멀고 가까운데 있는 산과 물뿐이다. 앉아서 사방을 둘러보니 먼 바다는 드넓고 안개 속에 물결이 출렁거린다. 가까운 경포호는 맑고 깨끗하며 바람에 잔물결이 찰랑거린다. 먼 산은 첩첩 골짜기에 구름과 안개가 어렴풋하고, 가까운 산은 봉우리가 십 리 뻗었는데 초목이 푸르다. 항상 갈매기와 물새가 자맥질하며 왔다 갔다 하면서 대 앞에서 한가롭다. 봄가을의 안개와 달, 아침 저녁의 흐리고 갬이 때에 따라 기상이 변화무쌍하다. 이것이 경포대의 대체적인 경관이다. 내가 오랫동안 앉아 조용히 사색해서 나도 모르게 아득히 정신이 모이자 지극한 맛이 조용하고 담박한 가운데에 있게 되고, 표일한 생각이 기이한 형상 밖에서 일어난다. 마음으로는 알지만 입으로는 형용할 수 없다.

경관을 바라보는 두 시선이 있다. 눈으로 형상을 보는 것. 누구나 할 수 있는 것이며 이런 경우 기이한 경관을 좋다고 여긴다. 다른 시선은 마음으로 보는 것. 산수에 내재되어 있는 오묘한 이치를 마음으로 인식하는 것이니 아무나 할 수 있는 것이 아니다. 경물에 내재된 이치를 깨닫는 순간 지극한 맛이 조용하고 담박한 가운데에 있게 되고, 표일한 생각이 기이한 형상 밖에서 일어난다. 경관과 내가 하나가 되는 상태를 말하는 것 같다. 이런 상태가 되어야 온전함을 즐길 수 있다. 경포대에 올라 단순히 경포팔경의 풍광만 본다면 경포대의 진면목을 아직 다 보지 못한 셈이다.

아침 해 간담을 비치네
해운정

경치 좋은 곳에서 술잔 드니 　勝地逢盃酒
이곳서 노니는 것 싫지 않네 　斯遊也不嫌
어찌 알았으랴 천리 밖에서 　那知千里外
어진 주인과 손님 만날 줄 　得値二難兼
바다에 안개 서서히 걷히고 　海色初收霧
솔바람 솔솔 더위 삭히니 　松風不受炎
어찌해서 한유(韓愈)의 　何須韓吏部
찻잔 든 손 부러워하겠나 　茗盌捧纖纖

오죽헌에서 출발한 이이李珥, 1536~1584의 발길이 해운정에 닿았다.
마침 주인이 손님과 술상을 가운데 놓고 담소를 나누고 있다. 합석을
하여 시간 가는 줄 모르고 이야기를 나누었다. 술잔이 몇 순배 돌았을
까. 해운정 앞 경포호에서 안개가 걷히기 시작한다. 마침 바다 바람이
이곳까지 불어온다. 해운정 뒤에 우뚝 선 소나무가 소리를 낸다. 부채
가 필요 없다. 훌륭한 주인과 손님, 담소를 나누다가 술로 목을 축이
는데 시원한 바람이 부니 차를 사랑했다는 한유가 부럽지 않다.

　시 제목은 「해운소정海雲小亭」이다. 정자에 걸린 '해운정' 현판은
송시열宋時烈의 글씨다. 율곡은 왜 해운소정이란 제목으로 시를 지
었을까? 중종 때인 1537년에 명나라 사신으로 조선에 온 공용경龔
用卿이 써준 글씨는 '경호어촌鏡湖漁村'이고, 함께 사신 온 오희맹吳希

孟이 써준 것은 '해운소정海雲小亭'이다. 율곡이 이곳을 찾았을 때는 오희맹의 '해운소정'이 현판으로 걸려 있었을 것이다. 글씨는 정자 안에 걸려 있다. 글씨뿐만 아니라 해운정에 앉아 술을 마시다가 흥취를 노래한 시들이 정자 안에 가득하다. 명나라 사신인 공용경龔用卿, 송시열宋時烈, 박광우朴光佑, 김창흡金昌翕, 권숙權潚, 심순택沈舜澤, 이헌위李憲瑋, 한정유韓廷維, 윤봉구尹鳳九, 채지홍蔡之洪, 이민서李敏叙, 일완日暖, 낙중樂仲, 조경망趙景望, 김진상金鎭商, 송규렴宋奎濂, 송익필宋翼弼 등의 시가 빽빽하게 걸려있다.

해운정은 심언광沈彦光, 1487~1540이 1530년(중종 25)에 강원도관찰사로 있을 때 지은 별당 건축물이다. 겉은 소박하고 안쪽은 세련된 조각으로 장식한 건물로서, 강릉 지방에서 오죽헌 다음으로 오래된 건물이다.

해운정

해운정 주인 심언광은 1507년(중종 2)에 진사가 되고 1513년(중종 8)에 식년문과에 급제한 뒤 여러 벼슬을 역임하였다. 이조판서, 우참찬, 공조판서에 등용되었다. 1537년(중종 32)에 김안로金安老의 파직에 연루되어 삭직되었다가, 1684년(숙종 10)에 직첩이 환급되었다. 1761년(영조 37)에는 문공文恭이란 시호를 받았다.

허균은 『학산초담』에서 "중종조의 어촌漁村 심언광沈彥光과 최간재崔艮齋의 문장이 세상에 유명하다"고 언급한 후, 『성소부부고』에서 "우리 강릉에는 본디 본조本朝의 명인 석사名人碩士가 많이 배출되었다. 국가에 대해 공이 많아 현신賢臣이 된 사람으로는 최치운崔致雲 부자요, 학문과 조행操行으로 사림에서 칭송된 이는 박공달朴公達·박수량朴遂良이요, 문장으로 세상에 이름을 날린 이는 심언광沈彥光·최연崔演 등이니, 모두 사가史家의 저술에 기재되어 지금까지도 사람들이 그들의 이야기를 하고 있다."고 재차 부연 설명한다. 허균이 봤을 때 심언광은 뛰어난 문장가였다. 그러나 당시에는 제대로 평가를 받지 못한 것 같다. 아쉬움을 『학산초담』에서 적어놓았다. 어촌의 시는 웅혼하고 도타우며 풍부하고 화려[渾厚富艶]하기가 정사룡鄭士龍, 1494~1573에 못지않은데, 권응인權應仁이 중종 이래 대가를 평하며 뽑은 시 중에 어촌이 들지 않았으니 무슨 까닭인지 모르겠다고 불만을 나타냈다. 북쪽 지방의 정자에 지은 시를 보다가 공의 시를 읽고 눈을 씻고 장단을 치지 않은 적이 없었다며 수성역輪城驛에서 지은 시를 들었다. 이와 같은 작품들이 어찌 정사룡호음 무리만 못하단 말이냐며 아쉬워하였다. 이 시는 『어촌집』에 「경성 주진촌에서 느낌이 있어[鏡城朱村驛感懷]」란 제목으로 실려 있다.

고향 떠나 가을 지나 변방 성에 머무니 去國經秋滯塞城
낯선 풍경 모두 고향을 그리게 하네 異方雲物摠關情
넓은 강 건너고 싶으나 뱃사공 없고 洪河欲濟無舟子
겨울나무 말라가도 겨우살이 매달렸네 寒木將枯有寄生
곧지 않은 길로 일신 도모함이 우습고 自笑謀身非直道
헛된 명성 때문에 세상 속인 거 부끄럽네 還慙欺世坐虛名
새벽에 문 열고 푸른 바다 마주하니 曉來拓戶臨靑海
아침 해 밝고 밝아 간담을 비치네 旭日昭昭照膽明

심언광의 생애에서 김안로는 악연으로 얽힌 인물이다. 김안로는
기묘사화를 통해 정계에 부상하였다가 곧 그 세력을 경계하는 인
물들로 말미암아 조정을 떠났는데, 그를 다시 조정에 불러들인 장
본인이 바로 심언광이다. 처음에는 사이가 좋았으나 사이가 틀어
져 심언광이 1537년 함경도 관찰사로 쫓겨났을 때 지은 시이다.

허균은 『성수시화』에서 "넓은 강 건너고 싶으나 뱃사공 없고, 겨
울나무 말라가도 겨우살이 매달렸네"를 인용하면서 김안로와의 만
남에 대해 후회하는 마음이 싹텄다고 보았다. 이익李瀷도 『성호사
설』에서 위 시를 인용하면서 군자가 벼슬길에 들어서서 자리를 옮
기는데 자세히 살피지 않고, 한번 소인의 농락을 당하면서도 미련
을 버리지 않는다면, 깊은 구렁텅이에 빠지게 됨은 잠깐 사이의 일
이다. 이로 본다면 심언광의 후회는 늦고 말았다고 평하였다. 세 번
째 연인 "곧지 않은 길로 일신 도모함이 우습고, 헛된 명성 때문에
세상 속인 거 부끄럽네"는 심언광의 솔직함을 잘 보여준다. 자신이
처신을 잘못해서 이런 처지가 되었음을 인정하는 대목에서 그의
성품을 알 수 있다.

송환기宋煥箕, 1728~1807의 「동유일기東遊日記」를 보니 1781년 8월에 해운정을 찾아 뱃놀이 한 것이 자세하다. 해운정 앞은 매립되기 전에 호수였다. 거울 같은 맑은 물에 바람까지 없어서 뱃놀이하기에 좋았지만 송환기는 병이 나서 뱃놀이를 하지 못하고 경포대에 있었다. 마침 해운정의 주인인 심박沈愽과 심환沈煥, 심엽沈燁 등 여러 사람들이 송환기를 찾아왔다. 저녁 무렵 병세가 조금 호전되어 해운정으로 자리를 옮겼다. 수백 년이 지났지만 자손들이 아직도 지켜가고 있다. 사방의 벽에 시판이 빈틈없이 걸려 있다. 송환기 조상의 시 두 수도 걸려 있는 것이 아닌가. 그 중 한 시의 소서小序를 보니 정자의 옛 자취가 자세하게 기록되어 있다. 저물녘에 배를 띄웠다. 물결이 잔잔하여 즐길 만했다. 중간쯤에 조암鳥巖이 보인다. 높이가 한 길 정도로 기이한 절경이다. 권정랑이 함께 배를 탔는데, '강과 바다를 유람하는 것이 장쾌하지 않은 것은 아니지만 풍파가 두려울 만하다.'고 했지만, 이 호수는 깊이가 목숨을 잃을 정도에 이르지 않아 비록 바람이 분다 해도 실로 염려할 것이 없다. 뱃놀이를 온종일 즐기지 못한 것이 한스러웠다.

벼슬살이를 하다가 1538년에 강릉으로 귀거래한 심언광은 다음 해 숨을 거두었다. 운정삼거리에서 시루봉으로 향한다. 농로는 넓은 논을 피해 낮은 산을 따라 구부러진다. 넓은 논이 다 출렁이는 호수였을 것이다. 산과 나란하던 길이 논 가운데로 향한다. 건너편 야산에 촘촘한 묘역이 소나무 사이로 보인다. 오래된 신도비는 비각 안에 있고 새로 세운 신도비가 하늘을 찌를 기세다. 늠름한 문인석이 심언광의 묘역을 지키고 있다.

예절의 가르침이 어찌 자유를 구속하겠는가
허난설헌생가

"서얼 출신이라고 어진 인재를 버려두고, 어머니가 개가했다고 그의 재능을 쓰지 않는다는 것을 듣지 못했다. …… 하늘이 낳아 주셨는데 그걸 버리니, 이건 하늘을 거역하는 짓이다." 허균은 「유재론遺才論」에서 이렇게 역설한다. 신분에 의해 인간을 차별하는 것은 천리를 거역하는 것이란 생각은 신분제 질서 속에서 특권을 누리던 기득권층을 뜨끔하게 하였다. 그가 걸어야할 길이 결코 순탄치 않을 것임을 짐작할 수 있다.

"천하에 두려워해야 할 존재는 오직 백성뿐이다"라는 말로 시작되는 「호민론豪民論」도 당시 집권층의 등골을 오싹하게 하고도 남았다. "자신의 자취를 푸줏간 속에 숨기고 몰래 딴 마음을 품고서 세상을 흘겨보다가, 어떤 큰일이라도 일어나면 자기의 소원을 실행해 보려는 사람들이 호민豪民이다. 호민은 몹시 두려워해야 할 존재이다." 백성의 힘을 강조하는 그의 주장은 당시 사회에서 너무 불온한 사상이었다.

'불여세합不與世合'은 허균의 이해하는 키워드 중의 하나다. 현실과 타협하지 않고 세상을 자신에게 맞게 바꾸려 했다. 『논어』에 등장하는 영무자甯武子의 삶과 허균은 궤를 같이 한다. "영무자는 나라에 도가 있으면 지혜로웠고, 나라에 도가 없으면 어리석었다. 그의 지혜로움은 따를 수 있지만, 그의 어리석음은 따를 수 없다[衛武子 邦有道則知 邦無道則愚 其知可及也 其愚不可及也]"도가 있는 것은 정치가 올바른 것이고, 도가 없는 것은 정치가 잘못된 것이다. 세상에는 지혜로운 사람과 어리석은 사람이 있다. 지혜로운 사람은 자신을 세상에 잘 맞추는 사람이고, 어리석은 사람은 자신에게 세상을 맞추려는 사람이라는 견해에 고개가 끄떡여진다. 역사를 바꿔온 것은 세상에 자기를 잘 맞추는 변화무쌍한 지혜로운 사람이 아니다. 잘못된 세상을 자신이 생각하는 이상적인 기준에 맞추어 변화시키려는 어리석은 사람이다.

세상을 자신에게 맞추려는 어리석은 허균의 관직 생활은 탄핵과 파직 등 파란의 연속이었다. 31세 되던 해인 1599년 황해도 도사를 제수 받았다가, 그해 12월 기생을 많이 데리고 다닌다는 이유로 사헌부의 탄핵을 받고 파직되었다. 39세 때인 1607년에는 삼척부사로 내려갔다가 부처를 섬긴다고 벼슬을 잃기도 했다. 광해군 10년인 1618년 8월 24일, 허균은 역모 혐의를 벗지 못한 채 극형으로 파란만장한 삶을 마감했다.

허균의 생가로 향하는 발걸음이 무겁다. 그의 삶과 죽음이 결코 가볍지 않을뿐더러 소심한 일상인의 삶을 사는 내가 적나라하게 드러나기 때문이다. 고택 앞에 초당草堂 허엽許曄, 1517~1580, 악록岳麓 허성許筬, 1548~1612, 하곡荷谷 허봉許篈, 1551~1588, 난설헌蘭雪軒 허초희許楚姬, 1563~1589와 허균의 시비가 세워져 있다. 울분과 슬픔이 그 사이로 흐르는 것 같다. 허균의 시비에 경포호를 노래한 「호정湖亭」이 새겨져 있다.

허난설헌생가에 세워진 시비

연기 안개 푸르고 호수 빛 넘실대는데 煙嵐交翠蕩湖光
국화 꽃 밟고서 대숲 방에 들어가네 細踏秋花入竹房
머리 희고 팔 년 만에 다시 오니 頭白八年重到此
그림배에 홍장(紅粧) 실을 뜻 없네 畵船無意載紅粧

1603년 8월에 벼슬에서 물러나 강릉으로 오던 길에 금강산을 유람하며 지은 시를 모아 「풍악기행」을 엮었는데, 마지막 시가 「호정湖亭」이다. 경포호에 있는 홍장암은 강원도 안찰사 박신朴信과 기생 홍장紅粧의 사랑 이야기가 전해진다. 박신이 강릉 기생 홍장을 사랑하여 정이 자못 두터웠는데, 임기가 차서 돌아가게 되자 부윤府尹이 거짓으로, "홍장은 이미 죽었습니다."하니 박신은 슬퍼하여 어쩔 줄 몰랐다. 그 후 부윤이 안렴사를 청하여 경포대에서 놀면서 몰래 홍장에게 곱게 단장하고 고운 의복 차림을 하고 놀잇배에 타게

했고, 박신은 나중에서야 홍장을 알아보게 되었다고 한다. '그림배에 홍장紅粧 실을 뜻 없네'는 박신과 홍장의 이야기를 떠올리며 지은 것이다. "남녀 간의 정욕은 하늘이 주신 것이요, 인륜과 기강을 분별하는 것은 성인의 가르침이다. 하늘이 성인보다 높으니, 나는 차라리 성인의 가르침을 어길지언정, 하늘이 내려주신 본성을 감히 어길 수 없다."라고 힘주어 말했지만 금강산을 유람하고 나서 잠시 생각이 바뀐 것은 아닐까?

허균에게 고향 강릉은 푸근한 어머니의 품 같았다. 벼슬길에서 입은 상처를 고향에서 치유하곤 했다. 「대관령」에서는 "닷새 동안 아스라한 잔도를 타고서야, 오늘 아침 대관령을 벗어나자, 내 집 어느새 눈에 보이니, 먼 나그네 갑자기 얼굴 풀리네."라고 안심하였다. 타향에 있어서도 늘 고향 생각이었다. 「명주를 추억하여 희서戲書의 운을 쓰다」에서는 "언제나 생각나네 동해 나의 고을, 풍속도 순박한데 해마다 풍년이네. 봄바람 곳곳마다 꽃은 다퉈 피어나고, 좋은 계절 집마다 술이 향기롭네."라며 그리워했다.

한시를 통해 고향을 그리워하는 마음을 보여줬다면, 산문으로는 고향의 역사를 기록했다. 1596년엔 강릉부사였던 정구鄭逑와 함께 『강릉지』를 엮었다. 『성소부부고』에선 1603년에 강릉 사람들이 해마다 5월 초하룻날에 대령신大嶺神을 맞이한 뒤 5일에 온갖 놀이를 베풀어 신을 즐겁게 해주는 풍속인 강릉 단오제를 기록하였다.

석양 속에 생가 터 옆 기념관에 들렀다가 소나무 숲 속 길을 따라 걸었다. 오래된 소나무 숲이 끝나자 허난설헌의 「죽지사」가 보인다. "우리 집은 강릉 땅 갯가에 있어, 문 앞 흐르는 물에 비단옷 빨았지요. 아침이면 한가롭게 목란 배 매어 놓고, 짝지어 나는 원앙새 부럽게 보았지요." 마지막 구절이 계속 마음에 남는다. 그녀의 범상치 않은 삶 때문이다. 기념관 옆에 세워진 동상과 「아들 딸 여의고서」란 시가 다시 눈앞을 가린다. 경포호를 한참 바라보다가 다시 소나무 숲길을 걸었다. 중간에 '호서장서각터' 안내판이 서있다.

「호서장서각기湖墅藏書閣記」에 의하면 호서장서각은 허균이 경포호 주변에 설립했던 사설도서관이다. 호수 가에 별장 누각 하나를 비우고 책을 수장하고서 고을의 여러 선비들이 빌려 읽게 하려는 의도에서 만들었다. 글 끝에 자신의 꿈을 적는다. "장차 인끈을 내던지고 동녘 지방으로 돌아가서 만 권 서책 속에서 좀 벌레 되어 남은 생애를 마치고자 한다." 그러나 시대는 그가 좀 벌레가 되도록 내버려 두지 않았다.

생가로 다시 돌아왔다. 낙락장송이 병풍처럼 에워싼 기와집은 단아한 사대부의 집이다. 이곳저곳에 허균과 허난설헌의 작품을 전시해놓았다. 집 앞 안내판은 생가인지 확실하지 않다고 하지만 이 공간에서 시대를 바꾸려고 했던 어리석은 이의 뜨거운 마음을 충분히 느낄 수 있다. 저승에 가서는 자유롭고 편안하게 살고 있을까? 파직되었다는 소식을 듣고서 지은 시가 계속 귀에 들린다.

예교가 어찌 자유를 구속하겠는가 禮敎寧拘放
인생의 부침을 다만 정에 맡기노라 浮沈只任情
그대는 그대의 법을 따르라 君須用君法
나는 나의 삶을 살겠다 吾自達吾生

신선이 노닐던 곳에 솔바람 소리만

한송정

김극기金克己, 1379~1463가 강릉의 팔경을 시로 읊으면서 우리나라 팔경문학이 시작되었다. 강릉팔경의 하나가 한송정寒松亭이다. 강릉을 소개하는 인문지리지는 언제나 한송정을 언급하면서, 시인묵객들이 읊은 시를 첨부하였다. 강릉 사람 허균許筠, 1569~1618은 『학산초담』에서 강릉에서 구경할 만한 곳은 경포대가 으뜸이고 한송정이 다음이라고 할 정도로 한송정은 강릉의 대표적인 명소다.

한송정의 무엇이 선인들의 마음을 이끌었을까? 안축의 가사 작품인 「관동별곡」에서 한송정의 미학을 발견할 수 있다.

경포대, 한송정, 밝은 달과 맑은 바람 鏡浦臺寒松亭明月淸風
해당화 핀 길, 연꽃 뜬 못, 봄가을 좋은 철에 海棠路菡萏池春秋佳節
아, 노닐며 완상하는 광경 어떠한가! 爲遊賞景何如爲尼伊古

'경포대, 한송정, 밝은 달과 맑은 바람'에서 한송정에 해당하는 것은 맑은 바람이다. '해당화 핀 길, 연꽃 뜬 못, 봄가을 좋은 철에'서 해당화 핀 길이 한송정의 아름다움이다. 안축의 심미안에 포착된 한송정의 아름다움은 맑은 바람과 해당화다.

김극기의 시는 한송정의 아름다움을 모두 담고 있다고 할 수 있을 정도다.

외로운 정자 바다 임해 봉래산 같으니 孤亭枕海學蓬萊
경계 깨끗하여 먼지 하나 용납 않네 境淨不許栖片埃
길에 가득한 흰모래 자국마다 눈이고 滿逕白沙步步雪
솔바람 소리는 구슬 패물 흔드는 듯 松聲清珮搖瓊瑰
여기가 네 신선이 유람하던 곳 云是四仙縱賞地
지금도 남은 자취 참으로 기이하네 至今遺迹眞奇哉
주대(酒臺)는 기울어 풀 속에 잠겼고 酒臺欹傾沒碧草
다조(茶竈)는 뒹굴어 이끼 끼었네 茶竈今落荒蒼笞
양쪽 언덕 해당화 부질없이 늘어서서 雙岸野棠空飣餖
누굴 위해 피고 누굴 위해 지는가 向誰凋謝向誰開
지금 좋은 경치 찾아 흥을 쏟아내며 我今探歷放幽興
종일토록 삼아배 기울이네 終日爛傾三雅盃
앉아서 심기가 고요하여 모두 잊으니 坐知機盡已忘物
갈매기 사람 곁에 날아와 내려오네 鷗鳥傍人飛下來

흰모래, 솔바람 소리, 해당화, 갈매기가 눈에 들어온다. 흰색과 푸른색, 그리고 빨간색이 조화롭다. 눈을 감자 흰모래 위로 바닷바람이 불어와 소나무에서 청량한 소리를 낸다. 갈매기 소리도 들린다. 시각과 청각이 어우러진 이곳은 '깨끗하여 먼지 하나 용납 않는' 곳이다. 신익성申翊聖, 1588~1644이 「유금강소기遊金剛小記」에서 한송정을 "푸른 소나무와 흰 모래가 있어 참으로 깨끗한 곳[淨土]이다."라 평가한 것은 김극기의 시각과 일치한다.

김이만金履萬, 1683~1758은 한송정 정자가 퇴락하거나 없어져서 아쉬워하는 사람들에게 가르침을 준다. 예부터 한송정의 아름다움을 기록한 사람은 한송정의 규모가 크고 아름다운 것에 있지 않았고, 주변 형승의 아름다움에 주목했으니 건물이 이미 퇴락했더라도 아름다움은 진실로 본래 모습으로 있다고.

한송정을 소개하는 글들은 정자 곁에 있는 차샘[茶泉]·돌아궁이[石竈]·돌절구[石臼]를 든다. 함께 네 신선이 놀던 곳이란 설명도 빼놓지 않는다. 우리나라의 차 유적지 가운데 가장 오래된 곳 중 하나여서 시 속에 항상 등장한다. 안축은 "차 달이던 샘물만이 남아, 예전 그대로 돌 밑에 있네."라 하였고, 이인로는 "신선들 놀이 아득한 옛날 일, 푸르고 푸르게 오직 소나무만 있네. 그래도 샘 밑에 달 남겨, 그때 그 모습 생각하게 하네."라 읊조렸다. 허목許穆, 1595 1682은 「한송정기」에서 유적을 자세하게 묘사하였다.

정자에서 내려와 술랑정(述郎井)을 구경하였는데, 우물은 작은 돌을 쌓아 만들었고 반석을 떠다가 그 위를 덮었다. 이끼가 짙고 물이 맑아 샘물이 바위 구멍에서 나오는 것 같다. 샘물은 맛이 좋아 장령봉(長嶺峯)의 우통수(于筒水)와 함께 신정(神井)이라고 일컬어진다. 그 아래 돌을 깎아 만든 판은 길이는 6척, 너비는 길이의 3분의 2이다. 깊이는 □척으로 돌우물을 만들었는데 위는 소반과 같고, 밑에는 구멍이 있어 밖으로 향한다. 그 옆에 조각해 놓은 기이한 돌 모양은 서린 교룡이 머리를 쳐들고 있다. 물이 양쪽으로 나와 절반을 검게 물들인다. 물이 가득 차면 돌이 푸르스름한 것이 더욱 신기하다. 또 옆에 소반 같은 돌을 두고 세 개의 우물을 파 놓았다. 모두 기괴하고 특이한 모양이다. 이것들을 석조(石竈)·석지(石池)라고 부른다.

석지石池에 대한 묘사는 구체적이어서 실감난다. 돌에 새긴 용이 있었다는 증언은 아직 들어보지 못한 귀중한 정보다. 이제현李齊賢은 「묘련사석지조기妙蓮寺石池竈記」에서 석조石竈를 "두 곳이 움푹한데 둥근 것은 불을 때는 곳이고 길쭉한 것은 그릇을 씻는 곳이다. 또 구멍을 조금 크게 하여 움푹한 것 중 둥근 것과 통하게 한 것은 바람을 들어오게 하기 위해서다."라 하여 구멍의 용도를 설명하고 있다. 채팽윤蔡彭胤, 1669~1731도 「한송정부터 백사정까지」에서 차유 적지를 세밀하게 관찰하고 꼼꼼하게 그렸다.

> 정자에서 내려가니 네 신선이 약 달이던 기구가 있다. 돌은 각이 졌으며 두텁다. 길이와 넓이가 몇 척 된다. 가운데를 파서 솥을 만들고 솥을 판 바깥 네 면에 구름 모양을 만들었다. 한쪽 가에 구멍이 있다. 생각건대 솥에 약을 달일 때 네 면에 불을 놓고 물건으로 구멍을 막고 덮개를 안정시키며, 약이 만들어지면 구멍을 열어서 쏟는 것 같다. 옆에 돌절구가 있다. 세 개의 다천(茶泉)에서 물이 들쭉날쭉 나오는데 두 개는 잡초가 우거져 덮여졌고, 하나는 질편하다. 병 입구처럼 돌로 벽돌처럼 쌓았다. 물은 벽돌과 평평하다. 크게 가물어도 줄지 않고 큰물이 나도 넘치지 않는다고 한다.

석조石竈에 뚫린 구멍이 약을 만든 후 붓는 기능을 담당한다는 해석이 이제현의 시각과 다르다. 어느 해설이 맞을까? 샘물이 세 군데 있었다는 기록은 중요한 정보다.

한송정을 입에 오르내리게 한 것 중 하나는 한송정곡寒松亭曲 때문이다. 여러 문헌들이 다투어 기록했다. 악부에 「한송정곡」이 전해 오는데, 이 곡을 비파 밑에 써서 물에 띄웠더니 중국 강남까지 흘러갔다. 강남 사람은 그 가사를 이해하지 못하였다. 고려 광종 때에 장진산張晋山이 강남에 사신으로 갔을 때 강남 사람들이 그 뜻을 묻자 장진산이 시를 지어 풀이하기를 "한송정 차가운 밤 달이 하얗고, 경포의 가을날 물결이 잔잔한데, 슬피 울며 왔다가 다시 또 가니 저 갈매긴 언제나 믿음 있구나."라 하였다. 옛날 노인들이 전하기를 달빛이 맑은 날 밤에는 항상 학 울음소리가 구름 위에서 들리는데 본 적은 없다고 한다. 송광연宋光淵, 1638~1695은 「임영산수기臨瀛山水記」에서 한송정의 고적 중 기괴한 것은 한송정곡이라 언급할 정도였다.

한송정이 회자될수록 백성들의 고통은 깊어갔다. 이곡은 「동유록」에서 "한송정에서 전별주를 마셨다. 이 정자는 네 신선이 노닌 곳이다. 고을 사람들은 유람하는 사람이 많음을 귀찮게 여겨 집을 헐어 버렸고, 소나무도 들불에 타버렸다. 다만 돌풍로·석지石池와 두 개의 돌우물이 그 곁에 남아 있을 뿐이다."라고 기록한다. 『해동잡록海東雜錄』도 백성들의 고통을 지적하고 있다.

한송정

근래 진양 태수로 나간 사람이 백성한테서 거둬들이는 것이 법도가 없어서 산림에서 나는 채소와 과일이라도 이익이 있는 것은 하나도 남겨두지 않아, 절간의 중들까지도 그 피해를 입었다. 하루는 운문사(雲門寺) 중이 와서 태수를 배알하였다. 태수가, "너의 절 폭포가 올해 볼 만 하겠구나?" 하니, 중이 폭포가 어떤 물건인지 모르고 또 무엇을 징수하려는 것인가 하고 두려워서 답하기를, "폭포를 올해는 멧돼지가 다 먹어버렸습니다." 하였다. 어떤 사람이 시를 지어 조소하기를, "한송정은 어느 날 호랑이가 물고 갈 것인가[寒松何日虎將去], 폭포는 올해 멧돼지가 다 먹어버렸네[瀑布當年猪盡喫]" 하였다. 이것은 강릉의 한송정이 있었는데 경치가 좋기로 관동에서 제일이었다. 사신들과 손님의 내왕이 많아 수레가 몰려들었으며 그들의 접대비가 무척 많이 들어서 고을 사람들이 항상 불평하기를, "한송정은 호랑이가 어느 때 물어 갈꼬." 하였다.

전설과 유적으로 널리 알려진 한송정에 김시습의 발길이 닿았다. 바다를 바라보며 「한송정」 시를 짓는다. "바닷바람 간간이 부는데 물결 하늘로 솟고, 솔과 구름 어울려 뜻밖의 악기 소리 내네. 깨진 섬돌 풀에 묻혀 여우 토끼 지나가고, 해당화 꽃 떨어진 속 자고새 잠들었네. 신선의 옛 자취 뽕밭처럼 변했고, 속세에 떠도는 인생 세월만 흘러가네. 홀로 높은 정자에 올라 머리 돌려 바라보니, 봉래섬은 오색구름 언저리에 아른거리네." 바닷바람이 천 년 된 소나무 숲으로 불어오자 소나무는 현악기를 연주하듯 맑은 소리를 낸다. 소나무가 만든 시원한 그림자 아래서 주변을 살폈다. 네 화랑은 이곳에서 차를 마셨다는데 그들의 흔적은 찾을 수 없고 돌아궁이와 돌절구만이 뒹굴 뿐이다. 한송정에 올랐다. 멀리 바다에 신선이 산다는 봉래섬이 아른거린다. 저곳에서는 속세의 고통을 잊을 수 있을까?

연꽃 향기 스며들다
풍호

이 순간에도 경제를 살려야한다며 여기저기 산과 들을 붉게 파헤치고 있다. 후회는 머지 않아 찾아올 것이다. 대부분 회복 불능 상태가 되었을 시점이겠지만. 이윤만을 위한 결정이 얼마나 허망하였던가를 깨닫곤 그때를 그리워하며 되돌리려고 애쓰겠지만 쉽지 않을 것이다.

1970년대에 영동화력발전소가 들어서면서 사용하고 나온 석탄재를 풍호楓湖에 버리기 시작했다. 40년 뒤에 풍호는 거의 다 사라지고 갈대만이 무성하게 되었다. 이번에는 지역경제 활성화와 관광 기반구축이 지역에 큰 도움이 된다는 논리로 갈대밭을 정리해 골프장을 만들었다. 그렇게 풍호는 기억에서 사라지고 지도에서도 사라지게 되었다.

『임영지』는 "호수의 둘레가 4㎞쯤 되어 크기는 경포에 미치지 못하나 호수 중심에 연꽃이 만발하여 경포에서는 볼 수 없는 경치를 이루고 있다"고 풍호를 기억하고 있다. 1613년에 강릉 부사에 부임했었던 정경세鄭經世, 1563~1633는 강릉을 그리워하며 「풍호를 추억하다」란 시를 남긴다. 꿈에도 잊을 수가 없었다. 시를 짓게 된 이유가 길어질 수밖에 없다.

강릉부에서 동남쪽으로 십여 리 되는 곳에 풍호가 있다. 유람하는 자들이 한송정에서부터 남쪽으로 가 긴 숲을 통과한 다음 가는 모래밭을 건너는데,

들어갈수록 더욱더 깊어진다. 솔숲과 모래밭을 지난 다음 조금 돌면서 서쪽으로 고개를 돌리면 홀연히 평평한 물결이 아득하게 펼쳐져 하늘과 같은 색을 띠고 있다. 밝고 맑기가 별세계를 이룬 것 같아서 사람을 놀라게 하니, 참으로 뛰어난 곳이다. 그런데도 세간에서 칭해지지 않는 것은 단지 경포호에 눌려서 그런 것이다. 경수(涇水)가 맑게 흐르는데도 위수(渭水) 때문에 탁하다고 하는 것과 같은 것이다. 내가 이곳의 수령으로 있을 적에 여러 차례 이곳에 가서 노닐면서 몹시 즐거워하였다. 지금도 꿈속에서 늘 그곳을 왕래하며 잊을 수 없다. 그윽하고 고요하며 평안하고 안온하여[幽靜平穩] 두건을 젖혀 쓰고 지팡이를 짚고 거닐기에 아주 좋은 점을 사랑해서다.

강릉에서 풍호를 향해 유람하는 코스는 한송정부터 시작했다. 지금은 공군부대 안에 있는 한송정에서 차를 마신 후 남쪽으로 향하였다. 소나무 숲을 통과하면 모래밭을 만나게 되는데, 하시동 안인 해안사구였던 것 같다. 사구 안쪽으로 풍호가 있었다. 인간세상과 다른 별세계는 그윽하고 고요하며 평안하고 안온[幽靜平穩]한 아름다움을 지녔다. 잡다한 현실에서 벗어나 힐링하기에 적당하였다. 그는 이곳에서 살고 싶었다.

> 맑은 모래 옆 작은 초가 한 채 짓고　欲傍晴沙留小屋
> 염호(鹽戶)와 어울리며 어부 되겠다던　好隨鹽戶作漁徒
> 예전에 한 말 괜히 한 말 아니니　當時此語元非戲
> 늙어서도 당시 생각 저버릴 수가 없네　抵死初心未肯孤

시를 짓게 된 이유 다음에 읊은 시 중 일부분이다. 이곳 풍호 옆에 집을 짓고 마을 사람들과 어울리며 살고 싶었으나 현실은 허락하지 않았다. 강릉을 떠난 이후에도 늘 풍호 생각이었다. 염호鹽戶가 살던 곳은 지금도 '염전'이란 지명으로 남아 있고, 어부의 후예들은 바다를 벗하며 살고 있다.

강백년姜栢年, 1603~1681은 1643년에 강릉부사로 왔다가 이듬해 여러 사람들과 연꽃을 감상하기 위해 풍호로 행차하였다. 뱃사공을 불러 배를 타고 위아래로 오르내리며 가는 대로 맡겨 두었다. 십리에 걸쳐 핀 연꽃은 앞뒤를 가리고, 한 줄기 푸른 산은 좌우를 활처럼 둘러쌌다. 그물로 고기를 잡기도 하고, 마름이나 연을 따기도 했다. 하루 종일 돌아가는 걸 잊고 얽매임 없이 자득自得하니 신선의 경계에 이른 것 같았다. 흥취가 오르자 호기롭게 시를 짓는다.

여러 정자들 가려진 사이로 多少樓臺掩映間
아름다운 산수 아닌 게 없네 無非美水與佳山
다시 노 저으며 신선과 함께 更移蘭棹同仙侶
연꽃 사랑하여 물굽이서 뱃놀이 爲愛芙蓉泛漵灣
꽃은 예쁜 홍불기(紅拂妓) 같고 花似丰容紅拂妓
바람은 옥련환(玉連環) 전해주네 風傳高唱玉連環
온통 맑은 향기 안에 취해있으니 醉留十里淸香裏
달 높기 전에 돌아가지 않으리 月未高時且莫還

풍호의 진면목은 연꽃이다. 연꽃을 감상하기 위해서는 배를 타야 한다. 배를 타고 연꽃 구경을 하면 자신도 모르게 신선이 된다. 꽃은 붉은 먼지떨이[紅拂]를 들고 곁에서 시중드는 홍불기紅拂妓같이 아름답기만 하다. 마침 부는 바람이 전해주는 노랫소리는 송나라 풍애자馮艾子가 지은 옥련환玉連環 같다. 주변 십 리는 온통 연꽃 향기가 둥둥 떠다닌다. 향기에 취한 유람객은 달이 높이 뜨기 전까지는 돌아가지 않겠노라고 다짐을 한다.

풍호

그러나 풍호는 시 속에서만 꽃을 피우고 추억 속에서만 향기가 남게 되었다. 폐기물로 메꿔지고 농지개발로 사라지고, 골프장이 들어서면서 강동면 하시동리에 있던 풍호는 완벽하게 박제화 되었다.

2009년부터 풍호를 기억하기 시작했다. 풍호마을 연꽃축제가 열리면서 풍호는 조금씩 살아나고 있다. 마을 앞에 복원 된 풍호를 겨울에 찾았을 때는 을씨년스러웠다. 이른 봄에 찾으니 손바닥만 한 호숫가에 물기를 머금은 버드나무는 연두색 농도가 짙어져간다. 왜 마음이 아파올까. 풍호마을인 하시동은 '앞개'에 호수를 복원하였는데, 원래 풍호는 '뒷개'를 말한다. 뒷개는 골프장 한 구석에 누더기가 된 모습으로 겨우 명맥을 유지하고 있다.

파도 이겨내고 홀로 바닷가에 서다
허리대

강릉은 백두대간에서 흘러온 물이 바다와 만나는 곳에 문을 세 개 만들었다. 경포호의 물은 강문江門에서 동해와 만난다. 강릉 시 내를 통과하는 남대천 물은 하구의 죽도봉을 지나면서 바닷물과 씨름을 한다. 경관이 아름다워 화랑이 무리를 지어 뱃놀이를 했다 는 군선강群仙江 하구에도 문이 있다. 만덕봉에서 발원한 물은 단경 골을 지나 모전리에서 물을 더 받아들인 후 안인들을 지나 해령산 옆 명선문溟仙門에서 바다로 흘러들어간다.

명선문

『증수임영지』는 명선문에 대해 "안인리 해령산 부근 바닷가 암벽에 있으며 높이가 천 여척이나 된다. 생김새가 바다의 문과 흡사하여 부사 이집두李集斗가 바위에다 '명선문'이라 크게 새겨 놓았다."라고 설명할 정도로 명소다. 군선강과 명선문에 '선仙'자가 들어간 것은 뛰어난 경치 때문에 이름을 얻었을 것이다. 거대한 바위인 명선문은 자신의 이름을 새기고 있을 뿐만 아니라, 옆 마을 하시동에 살던 박원동朴元東의 이름도 있다. 그는 일제 강점기에 한학의 맥을 이은 분으로 향토지를 정비하고, 강릉향교의 전통을 되살리는데 큰 역할을 하였다.

명선문은 해령산 끝자락에 우뚝 서서 안인진을 지키는 장군의 위엄을 보여준다. 조선시대에 수군만호영水軍萬戶營이 안인진에 있었다고『신증동국여지승람』은 알려준다. 안인진에 있던 만호영은 성종 21년에 속초 대포영大浦營으로 옮겼다.

만호영이 있던 안인진 뒤에 있는 산은 해령산海靈山이다. 바닷가에 있는 조그만 산이지만 전략적으로 요충지였다.『신증동국여지승람』은 두 가지를 알려준다. 먼저 해령수海令戍가 있었다는 것을 알려준다. 해령海令은 해령海靈의 다른 표현이다. 수戍는 주둔군의 전방 초소다. 외적의 침입에 대한 방어를 보다 효과적으로 수행하기 위하여 수戍를 설치하였는데, 수戍는 적군의 동태를 탐지하여 그 정보를 본진에 보고하고, 적의 소규모 침입을 직접 격퇴하기도 하는 기능을 하는 곳이다. 본진에서 교대로 파견된 병력이 상주하였을 것으로 추정되는 초소다. 지금도 군부대가 이 자리를 지키고 있다. 또 하나는 이곳에 봉수가 있었음을 알려준다. 해령산 봉수는 남쪽으로 오근산吾斤山에 응하고, 북쪽으로 소동산에 응하였다. 오근

산은 정동진에 있으며 소동산은 강릉시 포남동에 있다. 해령산은 중간에서 연결해주는 역할을 했다.

해령산은 전략적 요충지이기도 했지만, 바다를 생업의 터전으로 삼는 어민들의 풍어와 안전을 보장해주던 곳이기도 했다. 『강원도지』는 해령산 꼭대기에 해령사海靈祠가 있어 바다를 이용하는 장사꾼들이 이곳에서 빌면 반드시 영험함이 있다고 알려준다. 해령사와 관련된 여러 전설이 전해지고 있는데 강릉문화원에서 편찬한 강릉시사에 실린 글이 자세하다.

지금으로부터 약 400여 년 전, 강릉에 이부사라는 사람이 관리로 부임해 왔다. 날씨 좋은 어느 날, 이부사는 경치가 좋은 안인진으로 관기를 데리고 놀러 갔다. 안인진의 해령산에 도착한 부사는 관기에게 그네를 타보라고 청하였고, 관기는 그네를 타다가 그만 줄이 풀어져서 절벽 아래 바다로 떨어져 목숨을 잃고 말았다. 그 일로 이부사는 안인진 사람들에게 죽은 관기를 해령신으로 모시고, 넋을 위로하기 위해 성황당을 지어 봄과 가을에 제사를 지내 주라고 명하였다.

그때부터 마을 사람들은 제사를 지냈는데, 처음에는 보통 제사처럼 제(祭)를 지냈다. 그러나 마을에는 해난 사고가 끊이지 않았고 고기도 잘 잡히지 않아 근심 걱정으로 나날을 보냈다. 그러던 어느 해 마을 사람들은 아무리 신이라 해도 음양의 조화를 이루어야 한다면서 나무로 깎은 남근을 제물로 봉헌하고 제사를 지냈다. 그 후로 바다에 풍년이 들고 해난 사고도 나지 않았다고 한다.

세월이 지나서 1930년경에 마을 이장의 부인이 갑자기 미쳐, "나를 김대부에게 시집을 보내 달라."는 헛소리를 하면서 해령당 근처에서 날뛰었다. 이장은 부인을 위해 세상의 모든 약을 다 써 보았지만 낫지 않았다. 이에 마을 사람들은, "저 여자 말대로 한번 해 봅시다."하고 김대부신의 위패를 깎아 놓고 해령신과 혼인시켜 주었다. 그러자 이장 부인의 미친병이 깨끗이 나았고, 이때부터 마을 사람들은 해령당에 남근을 제물로 바치지 않았다고 한다.

　세월이 흘러서 다른 지역의 어부가 이곳에 와서 남근을 깎아서 제를 지내다가 그만 바위 끝에서 발을 헛디뎌서 절벽으로 떨어져 죽었다고 한다. 이 광경을 지켜 본 마을 사람들은 해령신이 이미 김대부신과 혼인했기 때문에 남근을 바치는 것은 부정한 행위라 생각되어, 더 이상의 남근은 바치지 않았다고 한다.

　다양한 화소가 결합되어 다양한 버전으로 전승되어온 해령사 전설은 염원이 추가될 때마다 이야기 구조가 첨가되었다. 전설이 다층적인 이유는 해령사의 비중하고도 연관된 것 같다. 해령사는 한 마을의 안녕과 풍어만을 담당한 것이 아니었다. 군사적으로 중요한 곳에 위치한 것도 있고, 안인진을 중심으로 장사를 하는 상선들의 안녕을 책임졌기 때문이기도 할 것이다. 안인 마을의 안녕을 책임지는 성황당은 해령산 중턱에 별도로 있다.

　안인항에서 정동진 쪽으로 발길을 돌리면 해변 초소 앞에 평평한 바위가 보인다. 기찻길 옆 철망 너머에 있다. 조선조 세조 때 허종許琮, 1434~1494과 이육李陸, 1438~1498이 야인의 난을 평정하고 배로 지나다가 이곳 바위에서 군대를 쉬게 해서 두 사람의 성을 나란히 붙인 허리대許李臺다. 이육은 시를 남기고 떠난다.

억센 바위 몇 겁 세월을 겪었는가 頑貌曾經幾劫灰
파도 이겨내고 홀로 바닷가에 섰네 凌波獨立海天隈
상서(尙書) 붓은 강물을 쏟는 듯 尙書筆下江河倒
대장 깃발 곁엔 해와 달이 뜬 듯 大將旗邊日月開
난정집서는 한 시대 성한 일 전해주고 一代蘭亭傳盛事
적벽부는 천년 기이한 재주에 힘입었네 千年赤壁賴奇才

어찌 알았으랴 길가 평범한 바위가　豈知路畔尋常石
이제부터 허리대라 이름 높아질 것을　從此名高許李臺

왕희지는 난정이라는 정자에 40여 명의 문인을 불러 모아 시를 짓는 성대한 연회를 열었다. 이때 지은 시들로 『난정집』을 묶고, 서문인 「난정집서蘭亭集序」를 썼다. 「적벽부赤壁賦」는 소식蘇軾이 양자강 유역의 적벽 부근에서 쓴 작품이다. 인생의 덧없음과 자연과의 합일을 유려한 필치로 지은 명문이다. 이륙은 허리대가 위 두 작품처럼 유명해질 것이라 예언한다. 그의 예언은 적중하는 것 같았다.

최유해崔有海, 1587~1641는 1620년 9월부터 6개월간 영동 지역의 산수를 유람하고 「영동산수기嶺東山水記」를 남겼다. 바다를 따라 북쪽으로 가다가 허리대에 올랐다. 해안가에 있는 바위로 우뚝한데 3층으로 되어 있으며, 위에는 수백 명이 앉을 만했다. 위에 올라 좌우를 보니 바다는 하늘과 서로 움직이는 듯하고, 산은 날아서 바다로 들어가는 듯하다. 어부를 불러 전복을 따게 했다. 어부가 끈으로 표주박을 묶어 물 위에 띄워놓고 파도 속으로 들어갔다. 어부가 순식간에 칼로 전복을 찔러 잡아왔는데, 껍질에 붙어 꿈틀거려 차마 먹을 수가 없었다.

김이만金履萬, 1683~1758은 영동지역을 유람하고 「동유록東遊錄」을 남겼는데 허리대 유람이 한 대목을 차지하고 있다. 진사 최하중崔夏重이 인사하러 오자 바다 구경을 나섰다. 함께 허리대로 갔다가 감흥이 일자 시를 짓는다. "옛 현인들 모두 돌아가셨는데, 우리들은 풍류를 즐기네" 허리대에 올라 바라보는데 바람과 파도가 거세어서 바위가 움직이려고 한다. 두려워서 오래 머무를 수 없었다고 적는다.

윤중尹拯, 1629~1714도 허리대 유람에 나섰다가 시를 남겼다.

자욱이 핀 산안개 바다와 이어진 곳 山嵐連海海連空
관동 지방 경승 중에 이곳이 으뜸이네 東勝奇觀盡此中
추위를 막는 데는 술이 도움 되지마는 酒可禦寒知有力
아름다운 경치 시로 묘사하기 어렵구나 詩難寫景愧無功

『신증동국여지승람』에 등장하는 허리대는 강릉 지역의 명소가
되어 많은 사람들이 오르내렸다. 그때마다 감흥을 시로 남기기도
했고, 여행기에 생생하게 기록하기도 했다. 이륙이 시에서 예언한
것처럼 유명해졌다. 대동여지도에도 표기될 정도였다. 이젠 허리
대에 오를 수 없다. 철조망 안에 있으며 접근금지다.

허리대

아, 해 뜨는 광경 어떠합니까
동명낙가사

등명사 누대 위에서 새벽종 울린 뒤 燈明樓上 五更鍾後
아, 해 뜨는 광경 어떠합니까 爲 日出景幾何如

1330년에 안축安軸, 1287~1348이 강원도존무사로 있을 때 관동지방의 뛰어난 경치와 유적을 보고 느낀 감동을 담은 것이 「관동별곡」인데, 그 중 일부분이다. 시간을 뛰어넘어 안축의 심정이 전해져온다. 위 작품은 등명사가 관동지방의 대표적인 명소라는 것을 덤으로 알려준다. 등명사는 지금의 등명낙가사다.

등명낙가사는 신라 때 창건했다고 전해진다. 문헌과 유물로 확인할 수 있는 시기는 고려시대다. 고려시대의 양식으로 조성된 '등명낙가사 5층석탑'은 절의 역사를 실증해준다. 김돈시金敦時, 1120~1170의 시는 등명사를 읊은 가장 오래된 시다.

바다 누르고 선 절 멀리 아득한데 寺壓滄波遠森茫
올라오니 바다 가운데 있는 듯 登臨如在海中央
발 걷으니 대 그림자 성긴 듯 빽빽 捲簾竹影疏還密
베개 베니 파도소리 높으락낮으락 欹枕灘聲抑更揚(생략)

푸른 바다를 누르고 있다 하니 바다가 보이는 절이다. 파도소리 들린다 하니 해안과 가깝다. 바닷가 절의 모습을 그린 시다. 「제왕

운기」를 지은 이승휴李承休, 1224~1300는 누각에 걸린 시들을 보고 감흥이 일어 「차등명사판상운次燈明寺板上韻」을 지었다. "좋아라 금자라산은 옥봉을 머리에 이었고, 힘차게 솟는 푸른 파도 공중에서 부서지네. 학처럼 수척해진 스님은 품격을 자랑하고, 드러난 하늘은 땅의 공교로움을 뽐내노라. 닭도 울지 않은 새벽 누대에는 해가 뜨고, 신기루 일어나는 이곳 해룡은 불어대노라. 탑대塔臺는 기이한 정취 서로가 알 듯도 같아, 아침 해 기다리니 만 가지 붉음 드러나노라." 김극기金克己, 1150경~1204가 "쇠줄 친 길이 벽련봉碧蓮峯을 둘렀는데, 겹 누각 층층 대가 공중에 솟았네."라고 읊은 것이 『신증동국여지승람』에 실려 있다.

여기서 끝이 아니다. 1349년에 이곡李穀, 1298~1351은 동해안 일대를 유람하고 「동유기東遊記」를 남겼다. 그의 발길은 등명사에 들렀다가 바다를 따라 동쪽으로 가서 강촌江村에서 휴식을 취한 다음, 재를 넘어 우계현羽溪縣에서 묵었다. 유람기만 남긴 것이 아니라 「강릉 등명사시에 차운하다」란 시를 지었다.

좋은 경치 찾으려고 험한 봉우리 넘어오니　爲尋佳景度危峯
넓은 바다 먼 하늘에 눈앞이 환히 트이누나　海闊天長眼界空
멋진 유람도 마음은 항상 부족감을 느끼는데　心與勝遊常不足
절경에 막상 당하면 시가 잘 지어지지 않네　詩當絶景却難工
해 뜨는 부상의 새벽 바다 굽어보는 누대라면　臺臨出日扶桑曉
바위를 휘도는 고목의 바람 스쳐 가는 절이랄까　寺在廻巖古木風
모르긴 해도 밤이 깊어 스님이 선정에 들고 나면　想見夜深僧入定
용왕이 다가와 붉은 불등 바라보지 않을는지　龍王來看佛燈紅

시 끝에 사찰 안에 관일대觀日臺가 있고, 관일대 위쪽에 석탑이 있
다는 정보도 함께 알려준다. 관일대가 건물인지 알 수 없으나 위쪽
에 탑이 있다고 했으니, 탑 앞 등명루 있는 곳이 일출을 보는 명소
였음을 짐작할 수 있다.

조선시대에 들어서 정수강丁壽崗, 1454~1527의 「등명사에서 노닐
다」란 시가 보인다. 이후 1530년에 편찬한 지리서인『신증동국
여지승람』에서 등명사는 부 동쪽 30리에 있다고 기록했으니 이
때까지는 폐찰이 되지 않았음을 보여준다. 1759년 편찬된『여지
도서』에선 '지금은 폐사되었다'고 적었다.『강원도지』는 군 남쪽

등명낙가사 5층석탑과 등명루

2리 화비령火飛嶺 동쪽 기슭에 등명사가 있는데, 등명燈明이라고 이름 지은 뜻은 이 군에 절이 있는 것이 어두운 방에 등불이 있는 것과 같다고 여겼기 때문이라고 한다. 높이 산허리에 위치하여 바다의 파도를 누르고 있으며, 산과 바다의 경치가 양양의 낙산사에 뒤지지 않는다고 기록하였다.

이후 경덕景德 스님이 1956년 절을 다시 세우며 관세음보살이 머문다는 보타낙가산에서 착안한 '낙가사'와 옛 절 이름 '등명사'를 합쳐 '등명낙가사'로 명명했다. 많은 사람들이 새해 일출을 보기 위해 정동진으로 향하지만, 바로 정동진 옆 등명낙가사가 안축이 일출을 보고 감탄했던 명소다.

동해

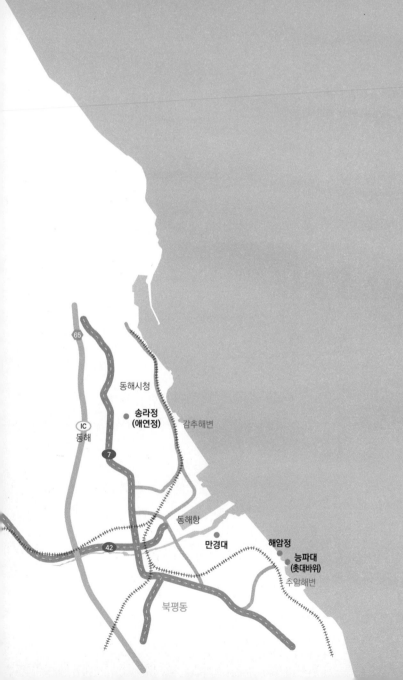

65

동해시청

송라정
(애연정)

감추해변

IC
동해

7

동해항

만경대   해암정

능파대
(촛대바위)

추암해변

42

북평동

해당화는 불타는 듯 백사장은 눈 내린 듯
송라정(애연정)

1664년에 윤선거尹宣擧, 1610~1669는 관동 일대를 유람하고 「파동기행巴東紀行」을 남겼다. 내려갈 때 송라정松蘿亭을 지난 후 북평北坪을 가로질렀다. 십리 정도 너른 북평 들판과 중간을 가로질러 흐르는 큰 시내가 이곳에 살고 싶은 뜻을 품게 만든다고 적는다. 일을 보고 다시 올라올 때, 북쪽으로 향하다가 송라정에 올라 잠시 쉬었다.

김창흡金昌翕, 1653 ~ 1722은 1708년에 영남지역을 유람하기 위해 지나가다가 송라정에 들렀다. 「영남일기嶺南日記」에 자세하다. "동쪽에 한 줄기 소나무 숲 사이에 대나무 숲이 있으니 송라정이다. 서쪽은 큰 들판으로 둘레 몇 십리가 모두 논이다. 마을 사이로 긴 시내가 흘러나온다." 그는 이른 새벽에 송라정에 앉아서 바다를 바라보며 시를 남긴다.

아침 햇살 퍼져 대나무 문 비추는 게 朝霞萬網曨篁扉
매우 드문 일 보았다 객에게 말 하는 듯 向客猶言得儁稀
들으니 밤새 하늘 밖에서부터 떠서 聞說夜來天外泛
울릉도의 외론 달 싣고서 돌아왔다고 鬱陵孤月載而歸

동해안은 어딜 가나 해돋이를 감상하기에 적합하다. 송라정의 일출도 뒤떨어지지 않았을 것이다. 이곳이 울릉도와 직선거리로 매우 가깝다는 것을 시에서 알려준다.

채제공蔡濟恭, 1720~1799의 시에서도 송라정의 모습이 언뜻 보인다. 채제공은 1751년 7월에 삼척으로 귀양 왔다가 다음해 8월에 사면을 받았다. 그 시기에 「송라정사후가松羅亭射帿歌」를 지었다.

아득해라 구름 낀 바다　茫茫雲海
울창하다 바람 이는 솔　鬱鬱風松
해당화는 불타는 듯 백사장은 눈 내린 듯　棠花如燒沙如雪
하얀 과녁이 그 사이에 높다랗게 걸렸도다　粉帳高掛於其中
척주의 뭇 장교들은 뛰어난 기예 뽐내려고　陟州列校矜妙藝
새벽부터 활집과 활을 허리에 묶었도다　平明結束腰鞬弓
날랜 모습 모두가 호랑이 사냥하던 솜씨요　飛騰一一獵虎手
늘어선 사람마다 버들잎 꿰뚫는 짝이로다　羅列箇箇穿楊稠

송라정 주변을 짐작케 한다. 정자 주변은 울창한 소나무 숲이며, 앞으론 아득한 바다가 보인다. 정신 차려 앞을 보니 송정리 백사장이 눈 내린 듯 하얗고, 모래 옆으로 해당화가 작렬하듯 붉다. 이곳에서 삼척의 군인들이 모여 활쏘기 경연을 하였다. 아마도 정기적인 행사였던 것 같다. 유배객도 구경 올 정도로 대단한 행사가 '송라정에서 활쏘기'였다. "뭇 사내들 소리치며 큰 그물을 내던지니, 달아나는 신룡을 안 놓치려는 기세로다. 군막 앞에다 일만 물고기를 산 채로 올리니, 막걸리를 상으로 내려 포구 아전이 절을 하네. 큰 솥에다 쪄서 내고 회로도 썰어 내자, 장정들은 우레처럼 씹으며 호쾌함을 뽐내누나. 술 거나하니 즐거운 흥취는 봉호보다 높고, 미인들의 절묘한 춤사위는 그림처럼 곱다." 활쏘기가 끝나고 펼쳐진 연회는 흥겹기 그지없고, 호탕하기 한량없다.

이민보李敏輔, 1720~1799의 시에서도 송라정이 배경으로 등장한다. 그는 1769년에 삼척부사가 되었다가 1771년에 체직되었는데, 그 당시 「고래가 포구에 떠밀려 와서 본 바를 읊어 기록하다」란 시를 남겼다.

추암의 북쪽 송라정에서 湫巖之北松蘿亭
어부가 말하길 고래가 강가로 떠밀려왔다고 漁人曉報鯨泊江
말을 달려 모래사장 옆 물가에 서 있자니 走馬沙邊臨水立
열 걸음 밖에서도 비린내가 진동하네 十步觸人臭腐腥
바닷물 넘실대는 곳에 바위처럼 있으니 濤浪出沒石竇伏
얼핏 보곤 색깔과 형상 구분 못하겠네 驟覩其色莫辨形
반쯤 잠긴 등마루, 독을 엎어 놓은 듯 腰脊半浸類臥甕
삐져나온 꼬리, 작은 배를 뒤집어 놓은 듯 首尾微尖如覆舲

고래가 떠밀려왔다는 소식을 듣고 말을 달려 송정으로 달리는 모습이 생생하다. 달리면서 급하게 바라본 고래의 형상과 떠오르는 생각들을 시로 읊었다. 진동하는 비린내에서 시작된다. 그리고 점점 드러나는 고래의 형체를 묘사한다. 처음엔 바위인가 하였는데, 등마루와 꼬리가 보인다. 이어지는 시는 3척의 수염과 벌어진 입, 가쁜 숨을 몰아쉬는 모습으로 나타난다. 이어서 넓은 바다를 무대로 헤엄치던 모습을 상상하였고, 더 나아가 이태백이 고래를 타고 하늘로 올랐다는 고사를 떠올린다. 배를 삼킨다는 '탄주어呑舟魚'의 모습을 실감하겠노라고 감탄한다.

송라정은 송정동에 있었다. 최응현崔應賢이 살던 옛 집터로, 1638년 홍응부洪應溥가 집을 짓고 송라정이라 하였다. 그 뒤 1861년에 후손 홍병각洪秉珏과 홍연섭洪然燮 등이 건물을 세덕사世德祠로 고치고 사당으로 제정하려 하였으나 뜻을 이루지 못하였다. 이후 별묘別廟로 쓰다가 개축하면서 애연정優然亭으로 이름을 바꾸었다. 애연정은 개발의 바람을 비켜가지 못하고 천곡동으로 이사 가야 했다.

17세기에 세워진 송라정은 울창한 소나무 숲속에, 불타는 듯한 해당화 속에, 눈 내린 듯한 백사장을 끼고 있었다. 넓은 백사장에서 호탕하게 활쏘기 경연대회가 펼쳐지곤 했었다. 이따금 집채만 한 고래가 떠밀려와 지역 사람들을 깜짝 놀라게 했다. 항구가 개발되면서 빛바랜 사진 속에 남게 되었다.

애연정

바다 옆 뛰어난 곳

만경대

주변 경관을 두루 조망하기 좋은 곳에 붙는 이름이 만경대^{萬景臺}다. 많은 경관을 볼 수 있는 곳이라는 뜻이다. 여기저기에 만경대가 있다. 설악산에도 여러 곳에 만경대가 있을 정도다. 이의숙^{李義肅,} 1733~1807은 오세암 옆에 있는 만경대에 올라 「만경대기」를 짓기도 했다. 이곳은 내설악 일대를 굽어보는데 최적의 장소다. 운해라도 끼면 내설악의 빼어난 봉우리들은 마치 바다 위에 떠 있는 섬 같고, 공룡능선의 수많은 봉우리들이 깃털로 만든 깃발처럼 보인다고, 구름에 잠긴 내설악의 풍경을 절묘하게 묘사하였다.

산에만 있는 것이 아니라 바닷가에도 있다. 고성 청간정 옆에 있는 만경대는 바다를 구경하는데 탁월한 장소다. 많은 시인묵객들이 만경대에 올라 시를 읊고 화가들은 그림을 남겼다. 『신증동국여지승람』는 "돌로 된 봉우리가 우뚝 일어서고 층층이 쌓여 대^臺 같은데, 높이가 수십 길은 되며 위에 구부러진 늙은 소나무 몇 그루가 있다. 대의 동쪽에 작은 다락을 지었으며 대 아래는 모두 어지러운 돌인데, 뾰족뾰족 바닷가에 꽂혔다. 물이 맑아 밑까지 보이는데 바람이 불면 놀란 물결이 어지럽게 돌 위를 쳐서 눈인 양 날아 사면으로 흩어지니 참으로 기이한 광경이다."라고 묘사하였다.

산과 바닷가에만 있는 것이 아니다. 하천 옆에도 있다. 동해의 만경대가 그렇다. 동해시 구미동 성산봉에 자리 잡은 만경대 발밑으로 전천이 흐르고, 하천 너머로 시내와 바다가 한눈에 들어와 시원한 눈 맛을 느낄 수 있었다. 1660년에 허목許穆, 1595~1682은 『기언記言』에서 척주陟州의 뛰어난 경치를 기록하였는데, 그 중 하나로 만경대를 꼽을 정도였다. "만경대는 추암 북쪽 모래 언덕에 있다. 10리에 걸쳐 푸른 소나무가 있고 앞에는 큰 시내가 흘러 바다로 들어간다. 서쪽으로 멀리 마을과 벌판이고, 또 서쪽으로 두타산의 줄지어 선 봉우리가 보인다." '만경대萬頃臺'라 표기한 것이 특이하다. '만경萬頃'은 아주 넓은 땅이나 물을 의미한다. 허목의 눈에 들어온 것은 서쪽으로 넓게 펼쳐진 북평 뜰과 동쪽으로 막힘없이 트인 동해였다. 그렇기 때문에 '만경대萬頃臺'라 하지 않았을까?

김창흡金昌翕, 1653~1722은 1708년에 영남지역을 유람하고 오다가 이곳에 올랐다. 「영남일기嶺南日記」에 만경대에 올라 조망한 풍경이 자세하다. "언덕을 따라 꾸불꾸불 북쪽으로 수백 보 가서 만경대에 올랐다. 바위가 기이하고 뛰어난 것은 능파대보다 크게 못하지만 조그만 대가 평온하여 앉을 만하다. 좌우로 바라보니 눈앞이 탁 트인다." 김창흡이 주목한 것은 평범함이다. 아마도 추암을 보고 와서 더 그랬을 것이다. 평범한 편안함이 만경대의 특별함이다.

김이만金履萬, 1683~1758도 능파대에 올랐다가 바닷가를 보며 말을 달려 만경대에 이르렀다. 올라와 바라보니 푸른 소나무와 흰 모래, 넓은 들과 긴 시내가 펼쳐진 것이 아닌가. 바닷가의 뛰어난 곳이라 말할 만하다고 감탄하였다. 만경대에서 내려와 어부 대여섯 명이 포구에서 고기를 잡고 있어서 말에서 내려 잠시 앉아서 구경하였다. 「동유록東遊錄」의 내용이다. 민경대에 걸려 있는 바닷가 뛰어난 곳이라는 '해상명구海上名區'가 걸맞다.

유한준兪漢寯, 1732~1811은 정조 20년인 1796년 7월에 삼척부사에 제수되었는데, 그때 이곳에 들려 시를 남겼다. 시가 아직도 정자에 걸려 있다.

푸른 비단 둘렀다 여겼는데 始謂靑羅帶
안개 개니 바로 푸른 바다 烟開乃一溟
옆엔 물 돌면서 풀등 되고 傍匯爲草嶼
곁엔 나온 곳에 송라정 있는데 仄出有蘿亭
석양빛 모두 다 머금고 있고 ——含斜照
멀리 들판 평평하며 넓직하네 平平敞遠坰
여러 아름다움 일찍 알았기에 早知俱衆美
한해 되기 전에 세 번 올랐네 吾不歲三經

청라靑羅는 푸른 비단처럼 길게 흐르는 시내를 뜻한다. 만경대 아래로 흐르는 전천을 푸른 비단으로 묘사했다. 풀등은 강 가운데에 모래나 흙이 쌓여 풀이 수북하게 난 곳이다. 공단이 들어서면서 만경대 앞 풍경은 상전벽해가 되었다. 이곳에서 송라정松蘿亭이 보였다. 동해를 대표하던 송라정은 개발을 이겨내지 못하고 자리를 내주어야했다. 유한준이 반하여 한 해에 세 번 오를 정도였던 만경대의 주변 풍경은 시 속에서만 감상할 수 있다.

여러 시인들이 발걸음 한 정자를 세운 사람은 조선 광해군 때에 통전대부사복시첨정通訓大夫司僕寺僉正을 지낸 신당新堂 김훈金勳이다.

만경대

그는 1613년(광해군 5) 고향으로 돌아와 동회리[신당촌]에 살면서 만경대를 세우고, 풍광을 즐기면서 갈매기를 벗 삼아 낚시로 세월을 보냈다고 전해진다. 정자를 세우자 죽서루와 쌍벽을 이룰 정도로 명소가 되어 유람하는 이들의 발길이 끊이지 않았다.

몇 번 전천 옆에서 시작되는 등산로를 따라 만경대에 올랐다. 그때마다 나 홀로 유람이다. 탁 트인 경치 대신 웅장한 공단 건물이 앞을 가리지만, 소나무 숲길은 바로 도시에서 벗어나게 한다.

산 위로 나는 가을 독수리가 머물던 곳

해암정

조선 후기 현종과 숙종 시기에 상복을 입는 기간을 두고 서인과 남인 사이에 두 차례에 걸친 논쟁이 일어났다. 그 유명한 예송논쟁이다. 효종이 계모인 자의대비보다 먼저 죽자, 자의대비가 상복을 얼마 동안 입어야 하는지의 문제를 둘러싸고 예송이 벌어졌다. 『주자가례』는 어머니보다 장남이 먼저 죽으면 어머니는 3년 상복을, 차남부터는 1년 상복을 입는 것으로 되어 있다. 문제는 효종이 인조의 장남이 아닌 둘째 아들이라는 것에서 비롯되었다. 서인은 왕도 사대부와 같은 예를 적용해야 한다고 하며 1년을 주장하였다. 반면 남인은 왕은 최고의 예로 대우해야 한다고 하면서 3년을 주장하였다. 1차 대결에서 서인이 승리를 거두었다. 효종의 왕비가 죽으면서 자의대비의 상복 입는 기간을 놓고 다시 대결하였다. 이 예송에선 남인이 승리하였다.

2차 예송논쟁의 패배로 송시열은 1675년 1월에 함경도 덕원으로 유배되었다. 그해 6월에 경상도 장기로 유배지를 옮기게 되었다. 함경북도 덕원에서 경북 장기로 향하던 송시열의 동선을 증명해주는 증거들이 동해안 여기저기에 남아 있다. 속초 영랑호 바위에 '영랑호'란 글씨를 남겼다. 강릉에서도 잠시 머물렀다. 그의 글씨가 경포호 주변 해운정海雲亭 현판에 남아 있다. 호수 옆 홍장암紅粧巖과 호수 가운데 섬에 새겨진 '조도鳥島'도 송시열의 글씨다. 추암 옆에 있는 해암정海巖亭에도 글씨가 걸려있다. 여기저기에 남아있는 송시열의 글씨는 글씨보다도 그의 학문과 정치적인 힘을 간접적으로 보여주는 것이 아닐까? 1675년에 쓴 해암정 현판이 정자 가운데를 차지하고 있다. 왼쪽은 전서체로 쓴 '해암정'이 걸려있고, 오른쪽에는 힘찬 기세로 쓴 '석종함石鐘檻'이 균형을 맞추고 있다.

'석종함'이란 이름이 절묘하다. 정자 뒤에 높게 솟은 바위를 돌로 만든 종으로 보았을까. 아니면 바위에 부딪치는 파도소리가 마치 종소리를 내는 것 같아서 석종이라고 했을까. 바위를 자세히 보니

해암정 뒤 석림

다양한 종의 모습이 보인다. 정자 안에 들어가 눈을 감고 있노라니 파도소리가 종소리로 들린다.

해암정은 심동로沈東老가 고려 공민왕 10년인 1361년에 낙향해 건립한 정자다. 이후 소실되자 조선 중종 25년인 1530년에 심언광沈彦光이 중건하고, 1794년에 다시 중수하였다. 해암정 왼쪽 바위에 중수한 것을 기념하기 위해 글씨를 새겼다. 심희沈熺와 민양ㅇ閔養ㅇ의 이름이 희미하게 보인다. 자연석이 비석이 되었다.

심동로는 어려서부터 글을 잘하여 한림원사翰林院使 등을 역임하였다. 고려말기에 혼란한 국정을 바로잡으려 하였으나 권세가의 눈 밖에 나자 벼슬을 버리고 낙향해 해암정에서 후학을 양성하며 살았다. 『동문선』에 실려 있는 그의 시 「황근黃瑾 선생을 보내며」에서 그의 사람됨을 읽을 수 있다. "내 일찍이 추천 받아, 한림원에서 있었는데, 뱁새는 보잘 것 없으니, 난새와 곡새가 어찌 돌아보겠나." 혼란한 당대와 그 속에서 고결하게 자신을 지켜가던 외로움이 배여난다. 왕은 그를 진주군眞珠君으로 봉하고 삼척부를 식읍으로 하사하였다.

심동로의 됨됨이를 또 단적으로 보여주는 것이 민사평閔思平, 1295~1359이 지은 「좌랑 심동로 시에 차운하다」이다.

거리낌 없이 종횡하는 기세로 조정에서 치달리니　縱橫逸氣騁廉隅
화악의 높은 산봉우리 위로 나는 가을 독수리일세　華岳峯高一鶚秋
때때로 술을 싣고 아름다운 경치를 찾아가니　載酒時時迎好事
날마다 시를 쓸 뿐 무슨 걱정이 있으랴　題詩日日有何虞

녹야당에서 거문고 타고 바둑 두는 배유수(裴留守)요 琴棋綠埜裴留守
청산에서 시 읊조리는 심은후(沈隱侯)로다 風月青山沈隱侯
관리의 재능 문장의 재주는 모두 오묘한 솜씨 吏用文才三昧手
달존의 덕목을 모두 갖춘 이 아마 없으리라 達尊俱備算來無

당나라 명재상 배도裴度가 만년에 벼슬을 그만 두고 동도東都에 녹
야당을 짓는다. 유우석劉禹錫, 백거이白居易 등을 초청하여 시를 짓고
주연을 가졌다는 고사가 전한다. 심동로를 배도에 견준 것이다. 심
은후沈隱侯는 남조南朝 양梁나라 심약沈約의 시호이다. 심약은 시문을
잘 지은 것으로 유명했다. 시를 잘 지은 심동로를 비유한 것이다.

심동로가 언제 세상을 떴는지 정확히 알 수 없다. 동해시 동호동
의 향로봉 서쪽에 묘소가 있으며, 발한동에 신도비가 세워졌다. 그
는 본관을 삼척으로 하면서 삼척 심씨의 시조가 되었다.

마르고 굳센 아름다움
능파대(촛대바위)

예전에는 '추암'이라고 불렀다. 조선시대에 '능파대'라고 이름을 바꾸고 내내 그렇게 불렀다. 유람 온 사람도, 이곳에 올라 감격을 노래한 사람도 능파대라고 기록하였다. 그림을 그린 사람도 화제에 능파대라 적었다. 지금은 다시 추암이라 부르기도 하고, 촛대바위라고도 한다.

고성에도 능파대가 있다. 고성의 능파대나 동해의 능파대나 입지 조건이 흡사하다. 바닷가에 있으며 온통 바위투성이다. 동해의

김홍도의 능파대 그림

능파대와 고성의 능파대를 이해하는 중요한 키워드가 바위와 바다라는 것을 짐작할 수 있다. '능파凌波'의 의미를 조식曹植의 낙신부洛神賦에서 찾는다. '물결을 타고 사뿐사뿐 걸으니, 물보라가 버선 위로 먼지처럼 일어나네[凌波微步 羅襪生塵]'라는 구절에서 '능파凌波'는 파도가 넘실거리는 것을 묘사한 것이고, 여기서 미인의 가볍고 아름다운 걸음걸이를 떠올린다. 능파대 위에 있으며 마치 파도 위를 걷는 듯한 것에서 착안하였을 것이다. 선인들의 작품에 등장하는 '능파凌波'의 의미도 대부분 여기에서 벗어나지 않는다. 간혹 '세파에 초연함'이란 뜻으로 사용되기도 한다.

이곳은 지질의 특이함으로 주목을 끈다. 입구에 세워진 안내판은 능파대의 지질적 특성을 알려준다. 능파대는 육지와 연결된 섬과 촛대바위와 같은 암석기둥을 포함한 지역을 가리킨다. 라피에는 석회암이 지하수의 용식작용을 받아 형성된 암석기둥을 말하는데, 이곳의 라피에는 국내 다른 지역과 달리 파도에 의해 자연적으로 드러난 국내 유일의 해안 라피에다. 촛대바위를 비롯하여 다양한 라피에는 숲을 이룬 것 같아 석림石林이라고도 한다. 촛대바위는 파랑의 침식작용으로 만들어진 시스택sea stack에 해당되는 지형으로 고등학교 한국지리 교과서에 수록될 정도다.

예전에도 이목을 끈 것은 다양한 형상의 바위들이었다. 김이만金履萬, 1683~1758은 능파대를 본 소감을 「동유록東遊錄」에 남겼다.

지나가다가 능파대에 올랐다. 능파대는 큰 바닷가에 걸터앉았다. 괴이한 바위 천 개 기둥이 좌우로 즐비하게 섰다. 어떤 것은 옥으로 만든 기둥 같고, 어떤 것은 부도 같다. 성난 사자 같기도 하고, 웅크린 코끼리 같은 것도 있다.

문처럼 대치한 것도 있고, 가운데 빈 것이 계곡 같은 것도 있다. 기이하고 괴이하며 매우 특별하여 손가락을 꼽아 셀 수 없다. 내가 일찍이 금강도(金剛圖)를 봤는데 수많은 기이한 봉우리 흰 것이 백옥을 깎아 만든 것 같았다. 지금 능파대 아래 바위를 보니 형태는 구슬이고 색은 흰 것이 거의 그림 속의 금강산 모습과 엇비슷하니 기이하다! 기이하다!

괴이한 바위는 다양한 모습으로 보인다. 부도 같다는 묘사가 독특하다. 오른쪽 바다 위에 나란히 솟아있어 형제바위로 알려진 바위를 말하는 것 같다. 옥으로 만든 기둥은 촛대바위일 것이다. 온갖 동물의 모양이 금강산과 비슷하다며 김이만은 감탄사를 연발할 수밖에 없었다.

김창흡金昌翕, 1653~1722은 새벽에 능파대에서 일출을 보았다. 일출을 보고 나니 눈앞에 옥을 쌓은 듯한 바위가 앞에 우뚝 솟았다.

많은 바위로 둘러싸인 대에서 푸른 파도 굽어보니　萬石環臺瞰碧瀾
금강산 줄기 떨어져 나와 험한 바위 되었네　衆香餘脉落屛顔
자라 머리 들어 바위 이니 바위는 좁기만 하고　鰲兒小戴雲根窄
늙은 신선 홀로 쭈그리니 발은 차기만 하네　傴叟孤蹲玉趾寒
깊은 동굴에 물결치니 황종(黃鐘) 가락 같고　浪漱嵌空鐘律會
우뚝한 바위에 해초 끼니 이끼 꽃 알록달록　藻延嶢屼蘚花斑
온갖 자태 모두 묘사하려면 천 날이 필요한데　描窮萬態須千日
생각 짧아 아침에 말 세우고 바라만 보네　意短崇朝立馬看

능파대에 서면 필설로 표현 할 수 없을 정도의 기이함에 탄복한다. 언어도단이란 표현을 이런데 쓸 수 있을 것이다. 능파대를 표현하려면 천 일이 필요하다고 천하의 김창흡이 엄살을 부릴 정도다. 김창흡의 이런 표현을 본 적이 없다. 그래도 억지로 묘사한다. 금강산에서 떨어져 나온 것이라고. 자라가 머리에 메고 있는 것 같다고. 「영남일기嶺南日記」에서도 능파대를 언급하고 있는데, 능파대 가운데 바위 하나가 홀로 뛰어난데 마르면서 굳센 것이 늙은 신선의 모습과 같다고 보았다. '마르면서 굳센[瘦勁]' 미학으로 촛대바위를 읽어낸 낸 그의 심미안이 독특하다. 김창흡의 시는 예서체로 전아하게 새겨서 해암정에 걸어놓았다. 김창흡의 시에선 아직도 기괴한 바위와 파도가 만들어내는 굵고 낮은 저음이 들린다. 가장 낮은 음인 황종黃鍾이 계속 울린다.

김창흡의 눈에 비친 촛대바위보다 더 큰 바위가 있었다. 숙종 7년인 1681년 5월에 강원도 여러 고을에서 지진이 일어났다. 소리가 우레 같았고 담이 무너졌으며, 기와가 날아가 떨어졌다. 양양에서는 바닷물이 요동쳤는데, 마치 소리가 물이 끓는 것 같았다. 설악산의 신흥사와 계조굴의 커다란 바위가 모두 붕괴되었다. 삼척 동쪽

능파대

능파대에서 10여 길 되는 돌이 가운데가 부러졌다고 『조선왕조실록』 알려준다. 『신증동국여지승람』은 돌 몇 개가 물 가운데 섰고, 높이는 5~6길쯤이라고 했는데 몇 개 중 하나가 부러진 것이다.

능파대에 올라 기괴한 바위와 하얗게 부서지는 파도를 보다가 싫증이 나면 뱃놀이를 즐겼다. 채제공蔡濟恭, 1720~1799은 삼척 선비 수십 명과 능파대에서 노닐다가 배를 띄우고 바다로 나가 노래를 부르며 시를 썼다. 일부분이다.

내가 와서 한바탕 웃고 꼭대기에 앉으니 我來一笑席其頂
여러 선비 나에게 유하주(流霞酒) 권하네 諸子勸我流霞杯
술 거나하자 배 타고 너른 바다로 나아가니 酒酣乘舟出潄潄
어부들 뱃노래 부르며 서로들 재촉하네 漁唱棹謳迭相催
허공 속 사람 그림자 만 장 물속에 비치고 空裏人影萬丈倒
석양은 찬란히 빛나며 티끌조차 없네 夕陽輝煥無氛埃

유하주流霞酒는 신선이 마신다는 술이다. 항만도項曼都라는 사람이 산중에 들어가서 신선술을 배우다 10년 만에야 돌아왔다. 집안 사람들이 까닭을 물으니 "신선이 있어서 다만 유하주 한 잔을 나에게 주었는데 그것을 마셨더니 문득 배고프지도 목마르지도 않았다."고 하였다. 유하주를 마신 채제공은 신선이 되었다. 티끌 하나도 없는 바다로 나가니 마침 노을이 지고 있다. 속세의 근심을 잊고 놀다 능파대를 바라보니 기이한 바위가 선경인 것 같았다.

박상현朴尙玄, 1629~1693은 능파대가 당연히 관동팔경에 속할 거라고 여겼다. 그런데 팔경에 들어가지 못한 것이 아닌가. 알아보니 정자가 없기 때문이란다.

관동팔경은 수월하게 해동에서 으뜸인데　八景居然擅海東
능파대는 품평 속에 들어가지도 못했네　高臺不入品題中
오늘 능파대 올라 바라보니 흥취 끝없어　登臨此日無邊興
평생 가슴에 막힌 거 모두 깨끗해지네　盪盡平生滯礙胸

비록 팔경에는 들어가지 못했지만 다른 곳보다 더 흥이 일어난다. 바람을 맞으며 바다를 바라보고 있노라니 현실에서 아웅다웅 하던 것들이 하찮아진다. 나도 모르게 바다처럼 넓어졌는가. 가슴 속의 응어리진 것도 깨끗하게 사라져 버린다. 그야말로 힐링의 공간이다.

　힐링의 공간이기도 하지만 신선이 사는 곳인 이곳은 신령스러운 공간이다. 탈속의 공간이다. 가뭄이 지속되면 삼척부사들은 이곳에 와서 기우제를 지내곤 하였다. 이헌경李獻慶, 1719~1791의 「삼척능파대기우제문三涉凌波臺祈雨祭文」에서 간절함을 엿볼 수 있다.

　고성의 능파대와 구별되는 것은 무엇일까? 먼저 촛대바위처럼 바다 위에 솟은 바위의 유무에서 다른 점을 찾을 수 있다. 고성의 능파대에선 촛대바위 같은 것을 찾을 수 없다. 또 다른 것은 고성의 능파대는 풍화작용이 많이 진행되어서 곰보처럼 구멍 뚫린 것을 쉽게 찾아볼 수 있다. 동해의 능파대는 견고한 바위의 모습을 보여 준다. 깡마르면서 굳센 촛대바위가 대표적이다. 숲의 모양 같은 석림도 동해 능파대만의 특징이다.

삼척

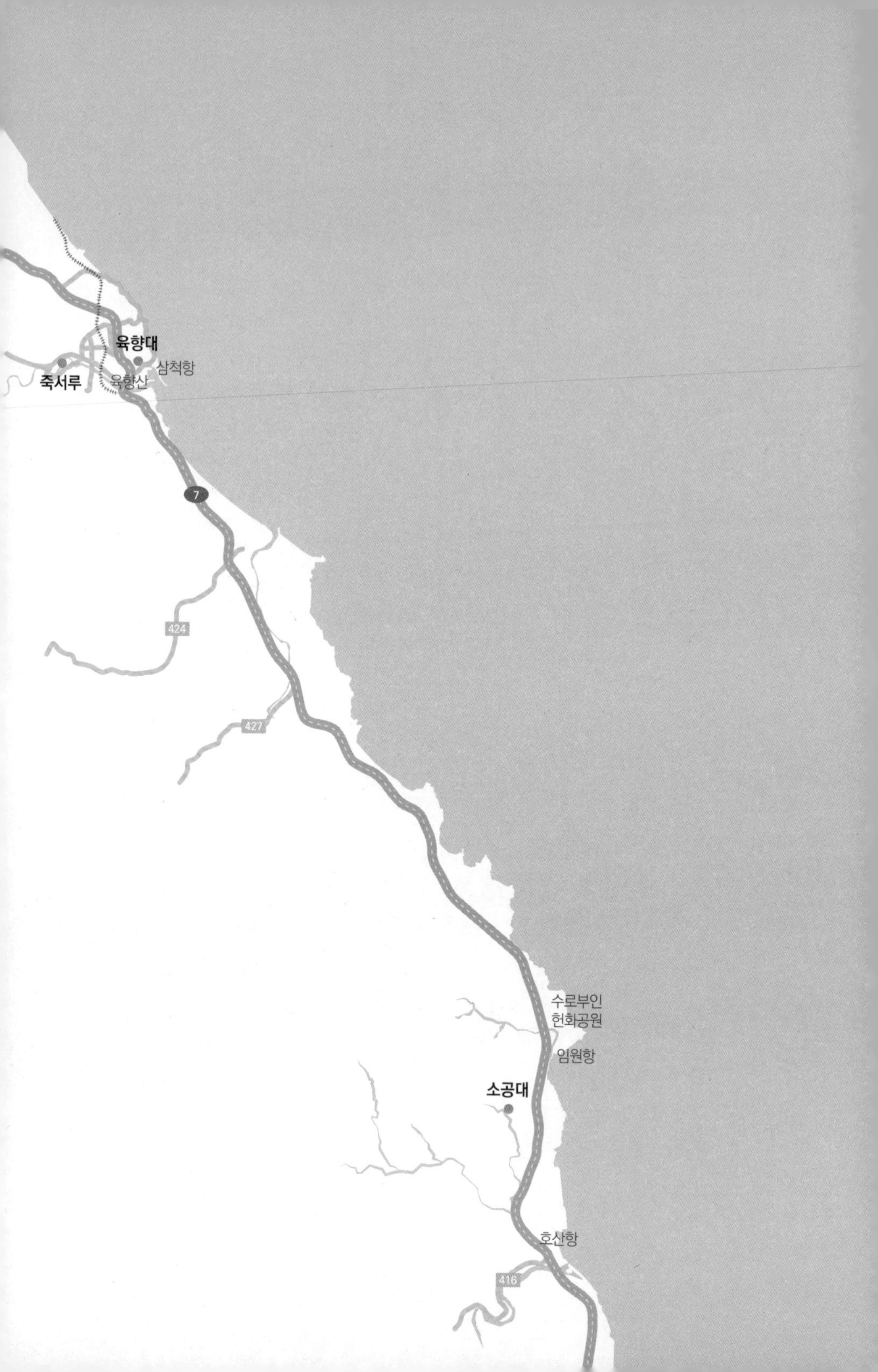

육향대

죽서루

육향산 삼척항

7

424

427

수로부인
헌화공원

임원항

소공대

호산항

416

관동제일, 그리고 제일계정
죽서루

1788년, 김홍도는 죽서루를 화폭에 담기 위해 오십천을 건넜다. 언덕에 앉아 죽서루를 휘감아 도는 오십천을 묘사하기 시작했다. 왼쪽을 보니 갈매기 세 마리가 한가롭다. 죽서루 아래로 노 젓는 배도 또한 한가롭다. 뱃놀이를 즐기는 중이다. 오른쪽엔 지금은 사라진 섬이 보인다. 바다로 향하는 오십천은 죽서루를 포위하듯 에워싸며 흘렀지만 지금은 물길을 직선화시켰다. 오십천이 부드러움이라면 물의 흐름을 막고 우뚝 선 절벽은 강인함이다. 바위를 힘찬 붓

김홍도의 죽서루 그림

터치로 그리기 시작한다. 가로로 절개된 바위와 도끼로 찍어 내린 듯한 바위를 짙게 칠하니 견고한 성벽이 따로 없다. 절벽 위로 짙푸른 나무가 우뚝하다. 커다란 고목 두 그루를 중심으로 왼쪽 산기슭엔 소나무, 오른쪽 절벽과 오십천이 만나는 곳엔 버드나무가 균형을 맞춘다. 물과 바위와 나무 사이에 건물이 자연스럽게 앉아있다. 가운데는 죽서루, 오른쪽은 연근당, 왼쪽은 응벽헌이다. 아스라한 배경은 봉황산이다. 옛 모습은 많이 훼손됐지만 김홍도의 시선으로 죽서루를 감상하려면 먼저 죽서루 건너편에서 조망해야 한다. 김홍도 이전에 정선도 이곳에서 죽서루를 그렸다. 강세황도 마찬가지다. 무작정 죽서루에 오르기 전에 화가의 시선으로 죽서루를 감상해야 한다.

그림을 통해 미처 감상하지 못한 것들이 있다. 고려 말기에 안축 安軸, 1287~1348은 1330년에 관동지방을 순찰하다가 죽서루에 들려 죽서루 8경을 노래했다. 이후 수많은 문인들이 죽서루 8경으로 죽서루 주변의 풍광을 노래했다. 8경 중 두 번째가 「바위가 끌어당긴 맑은 못[巖控淸潭]」이다.

흐르는 물 뭍 되었다 다시 시내 되는데 流川爲陸陸爲川
어찌하여 맑은 못만 변하지 않는가 有底淸潭獨不然
내달리던 여울 고인 곳 바라보니 看取奔灘停瀦處
깎아지른 기암절벽 옮기기 어려워라 奇巖削立重難遷

'공控'은 당겨서 가지 못하게 하는 것이다. 기암절벽이 오십천 흐르는 물을 가지 못하게 잡아당겨서 못을 만든 것을 노래한 것이다.

죽서루를 머리에 가볍게 이고 있는 기암절벽은 태백산맥에서 발원하여 오십 번 굽이치며 기세 좋게 흘러오는 오십천을 꽉 붙잡아 잔잔한 못을 만들었다. 너무나 푸르러 이름이 응벽담凝碧潭이다. 죽서루 난간에 기대 무심히 응벽담을 바라보는 것도 좋지만 배를 띄워 노니는 것도 또 하나의 즐거움이다. 이헌경李獻慶, 1719~1791은 「응벽담에 배를 띄우다」란 시로 풍류를 묘사했고, 채제공蔡濟恭, 1720~1799도 "진주관에서 답청절을 맞아, 응벽담 물결 위에 그림배를 타네"라고 뱃놀이를 노래했다. 정조의 어제시 중 "죽서 태수는 뉘 집 아들이기에, 미녀를 가득 태우고 밤새워 노니네"라고 한 것도 뱃놀이를 부러워한 것이다.

8경 중 일곱 번째가 「물가에 임해 고기를 세다」이다. 서거정徐居正, 1420~1488의 작품이다.

한 냇물이 하도 맑아 깨끗한 거울 같아 一水澄澄鏡面空
활발히 노니는 고기 지느러미가 빨간데 游魚潑刺錦鬐紅
분명히 셀 만하다가 다시 셀 수가 없으니 分明可數還無數
앞 무리 우글우글 뒷 무리도 우글우글 前隊洋洋後隊同

죽서루에서 내려와 오십천에서 노니는 물고기를 세는 것이 8경 중 하나가 되었다. 물고기를 센다는 것은 무슨 의미일까? 연비어약鳶飛魚躍이란 말이 있다. '하늘에는 솔개가 날고 못에서는 물고기가 뛴다.'란 뜻이다. 솔개가 날고 물고기가 뛰는 것은 천지자연의 이치이며 사물의 본성이다. 자연의 이치가 개별 존재에까지 발현될 때 세상은 조화롭고 이상적인 상태가 된다. 눈앞에 보이는 현상계에서 눈에 보이지 않는 형이상의 이치를 깨닫는다는 의미로 유학자들은 연비어약을 인용하였다. 관물觀物은 사물의 형상을 살펴 천지의 이치를 깨닫고, 이로써 자신의 삶을 성찰하는 것을 말한다. 관어觀魚는 관물이며 연비어약과 연관된다. 수어數魚는 관어觀魚의 다른 표현이다. 오십천에서 물고기를 잡는 것이 아니라 유영하는 물고기를 보면서 천지의 이치를 깨닫고, 나아가 나를 성찰하는 것이 죽서루 7경의 함의가 아닐까?

이젠 죽서루로 향해야 한다. 죽서루에 오르기 전에 먼저 시선을 끄는 것은 여기저기 펼쳐진 괴석怪石이다. 허목은 「서별당중작기西別堂重作記」에서 "동산 숲에는 괴석이 많고 그 앞에는 깎아지른 듯한 절벽이 창연한 빛으로 우뚝하여 정취가 사랑스러웠으니, 유자후柳子厚가 말한 '깊숙이 자리한 장소가 노닐기에 적당하다.'는 곳이라 할 만하다."라고 할 정도로 죽서루의 미학에 괴석이 들어가야 한다.

많이 알려진 것이 용문바위다. 기괴하게 뚫린 구멍은 사람이 드나들 수 있을 정도다. 동해바다에 있던 문무왕이 오십천으로 뛰어들 때 지금의 용문바위를 뚫고 지나갔는데, 그때 생긴 것이 용문바위의 구멍이라는 전설이 있다. 또 용처럼 장수를 할 수 있다고 하며, 많은 복을 얻을 수 있다고도 한다.

용문바위 옆에 북두칠성 모양의 성혈도 유명하다. 선사시대에 별을 보고 기원을 하면서 돌에다가 새긴 별 모양의 그림이라 하는데, 안내판의 설명이 자세하다. "죽서루 선사 암각화는 바위 위에 여성 생식기 모양의 구멍을 뚫어 놓은 성혈 암각이다. 성혈은 선사시대에 풍요, 생산, 다산을 상징하는 것으로, 한국적인 원시신앙의 형태로 발전하여 조선시대에는 칠월칠석날 자정에 부녀자들이 성혈터를 찾아가서 일곱 구멍에 좁쌀을 담아 놓고 치성을 드린 다음 그 좁쌀을 한지에 싸서 치마폭에 감추어 가면 아들을 낳는다는 민간신앙이 성행했었다. 성혈의 제작은 암반을 쪼아 깊이 판 다음 원형의 돌로 연마, 구멍을 넓혀서 만든다."

또 다른 바위에서 '관덕지소觀德之所'라 새긴 글씨를 볼 수 있다. 관덕觀德은 '사자소이관성덕야射者所以觀盛德也'에서 따온 말이다. '활쏘기를 통해 성대한 덕을 볼 수가 있다.'는 말이다. 활쏘기를 배울 때 반듯한 수련자세가 그만큼 중요하다는 의미로 풀이할 수 있다. 아마도 이곳에서 활을 쏘았을 것이다. 또 다른 바위 위에 '석단농음石壇濃陰'이 힘차게 새겨져 있다. '돌로 만들어진 단에 짙은 녹음'이란 의미일 터다. 바위와 함께 조화를 이룬 무성한 녹음이 죽서루의 아름다움이라는 의미가 아닐까?

이민보李敏輔, 1720~1799는 죽서루 주변 세 개의 바위에 주목하였다. 「죽서루의 세 개 바위를 노래하다竹西三石詠」를 남겼는데, 춤을 추는 바위인 무석舞石, 노래 부르는 바위인 가석歌石, 그리고 거문고를 연주하는 바위인 금석琴石이 세 개의 바위다. 그 중 「금석琴石」은 이렇다.

바위 위에서 무릎 위 거문고를 연주하니　巖上合彈膝上琴
해산(海山) 삼 첩은 오묘한 노래되려는데　海山三疊欲希音
칠현금 미인의 손에 한번 틀리자　七絃一錯佳人手
하늘로 올라간 선학 쉽게 임하지 않네　仙鶴騰霄未易臨

'금석琴石'과 직접 관련은 없지만 허목의 「서별당중작기西別堂重作記」는 후대 사람들에게 죽서루에서 질펀한 연회를 즐길 때 읽어보라는 의도를 갖고 지은 것 같다. 그는 관아의 일이 끝나 일이 없을 때는 항상 서별당에서 책을 읽었고, 나른해지면 거문고를 퉁기며 즐겼다. 거문고에 명문銘文을 다음과 같이 새겼다.

현 소리 엄절하되 교만하지 않도다 絲聲切廉而不誇也
한 번 차면 한 번 비는 것은 천지의 조화로움이니 一盈一反天地之和也
아, 금(琴)은 금(禁)한다는 뜻이니 사특한 마음을 금하라 噫琴者禁也禁其邪也

바위는 죽서루 밑으로 이어진다. 죽서루 아래층은 17개의 기둥이 있는데, 9개는 자연 그대로의 바위 위에 세웠다. 인공적인 주춧돌도 모습이 일정하지 않고 다듬지 않았다. 자연 그대로의 모습을 존중할 뿐만 아니라, 자연에 인공을 가미해서 미안해하는 마음까지도 읽을 수 있다. 누대 마루는 바위와 자연스럽게 연결된다. 맞은편은 마루보다 바위가 더 높아 자연 속에 앉은 듯하다. 죽서루를 대표하는 미학 중의 하나가 자연스러움이다.

걸려 있는 현판들이 보여주는 죽서루의 역사와 문화와 풍류에 입이 절로 벌어진다. '관동제일루關東第一樓'라는 현판은 죽서루의 위상을 압축적으로 보여준다. 허목은 「죽서루기」에서 관동제일인 이유를 설명한다. "관동 지방에는 이름난 곳이 많다. 그중에 경치가 뛰어난 곳이 여덟 곳인데, 유람하는 사람들이 유독 죽서루를 제일로 손꼽는 이유는 무엇 때문인가. 죽서루의 경치는 동해 사이에 높은 산봉우리와 깎아지른 벼랑이 있으며, 서쪽으로는 두타산과 태백

죽서루

산이 우뚝 솟아 험준하며, 이내가 짙게 깔려 산봉우리가 아스라이 보인다. 큰 내가 동으로 흐르면서 꾸불꾸불 오십천이 된다. 그 사이에는 울창한 숲도 있고 사람 사는 마을도 있다. 누각 아래에는 층층 바위의 벼랑이 천 길이나 되고 맑은 못과 긴 여울이 그 밑을 휘감아 돈다. 석양이면 푸른 물결이 반짝이며 바위 벼랑에 부딪쳐 부서진다. 이곳의 빼어난 경치는 큰 바다의 볼거리와는 매우 다르다. 유람하는 자들도 이런 경치를 좋아해서 제일가는 명승지라 한 것이 아니겠는가." 여러 가지가 있지만 바다의 볼거리와 다른 특이함이 죽서루를 관동제일이란 이름을 얻게 만들었다고 허목은 보았다.

관동지방에서 제일이라는 자부심은 '해선유희지소海仙遊戲之所'라는 현판에서도 읽을 수 있다. 바다의 신선이 노니는 곳이다. 바다의 신선은 아마도 바다에 싫증이 났는가 보다. 바다보다 더 아름다운 곳을 찾다 죽서루에서 놀았다는 뜻일까? '제일계정第一溪亭'도 죽서루의 특징을 요약하였다. 층층 바위의 벼랑이 천 길이나 되고 맑은 못과 긴 여울이 그 밑을 휘감아 도는 이곳은, 큰 바다의 볼거리와 차별화된다. 그곳에 죽서루가 자연과 조화를 이루며 하나가 되었다. 시냇가에 있는 정자 중에 제일이라는 이름에 걸맞다.

난간에 기대 서쪽을 바라보면 백두대간과 우뚝한 두타산이 장대하다. 정철은 "진주관 죽서루 오십천의 흘러내리는 물이, 태백산 그림자를 동해로 담아 가니"라고 「관동별곡」에서 노래할 수밖에 없었다. 태백산 그림자를 담아 흘러온 물은 죽서루 밑에 쌓이고 쌓여 짙푸른 웅벽담이 되었다. 예전에는 그랬다. 백두대간을 보니 아파트가 가로막는다. 정철이 다시 온다면 태백산 그림자를 동해로 담아 간다고 하지 못하리라. 주변 경관도 많이 변했다. 죽서루가 몸소 보여준 자연과의 조화와 반대로 가고 있다. 팔경 중 세 번째인「산에 의지한 촌사依山村舍」도 시 속에서만 볼 수 있다. 산에 의지한 것이 아니라 현대식 시멘트 건물은 산을 누르고 있다. 네 번째인「물 위에 누운 나무다리臥水木橋」대신 넓고 튼튼한 시멘트 다리 위로 자동차가 달린다. 다섯 번째인「소의 등에 앉은 목동牛背牧童」도, 여섯 번째인「밭두둑 머리에 들밥 내오는 부인隴頭饁婦」의 배경인 들판도 거대한 건물들이 들어서면서 찾을 수 없다. 여덟 번째인「담장 너머로 중을 부르다.隔墻呼僧」는 죽서루 북쪽에 새로 세워진 삼장사三藏寺에서 아쉬움을 달랠수 있을까?

허균許筠, 1569~1618은 잠시 삼척에서 나라의 녹을 먹은 적이 있었다. 그때 지은「죽루부竹樓賦」에서 마지막은 아름다움에 젖어 들떠 있던 마음을 가라앉게 한다.

퉁소 소리 목 메이자 이슬 기운 퍼지고 紫簫咽兮露氣溥
금 술병 가득한데 좋은 밤 깊어가네 金壺滿兮芳夜闌
덧없는 인생 잠시 붙어 있는 것 浮生兮若寄
어찌하여 즐기지 않고 한탄만 길게 하는가 胡不樂兮永嘆
노래 마치고 탄식하니 歌竟以吁
온 좌석 고요하네 四座寂然
난간 기대어 쓸쓸히 바라보니 憑欄悵望
높은 하늘에 달 떠있네 月在高天

한나라 한무제가 노래한 「추풍사秋風辭」가 생각난다. "기쁨이 극에 달하니, 슬픔 마음이 절로 밀려오네" 기쁨과 쾌락이 마치 행복인 듯 하지만, 슬픈 마음이 뒤따라온다. 허균은 자신의 멀지않은 미래를 예견했는가. 삼척에서 짧은 생활은 파직이라는 비극적 결말로 끝났다.

죽서루를 떠나야 할 시간인데 발걸음이 지체된다. 죽서루를 노래한 수많은 작품 중 어떤 것을 뽑을 것인가. 임금의 시도 있고 유명한 학자도, 시인도 있다. 1875년에 삼척부사로 온 심영경沈英慶의 「차죽서루판상운次竹西樓板上韻」에 눈이 자꾸만 간다.

관동에서 제일로 아름다운 죽서루 關東第一竹西樓
누각 아래 푸른 물 질펀히 흐르네 下溶溶碧玉流
산은 고요한데 새 울며 계수나무에 모이고 山靜鳥啼叢桂樹
달 밝은데 사람 소리 목란 배에서 들리네 月明人語木蘭舟
오랜 세월 돌과 물이 어우러진 경치 百年泉石如相待
천고의 문장으로 다 표현할 수 없는데 千古文章不盡遊
무성한 예쁜 꽃은 옛 생각 나게 하고 采采瓊華生遠思
흰 구름 귀가 길에 길 잊고 머무르네 白雲歸駕故掩留

동해 수호의 중심 진영

육향대

삼척에 가면 반드시 들려야할 곳이 있다. 바다와 밀접한 삼척의 역사를 알려주는 곳이다. 삼척시 정라삼거리에서 정라동주민센터로 향하면 주민센터 뒤에 야트막한 산이 삼척 역사의 산증인이다. 이곳은 원래 섬이었다. 『척주지陟州誌』는 죽관도竹串島가 삼척포진성 안에 있으며 육향대六香臺라 부르기도 했다고 알려준다. 삼척포진성은 외침을 막기 위해 조선시대에 첨절제사 겸 토포사를 두어 영동 9개 군의 수군을 관장하던 진영이었다. 성곽은 1916년 삼척항 축조공사로 인해 헐면서 없어지게 되었고, 산 정상에 설치된 '삼척 포진성지' 표지석만이 옛날의 역사를 들려준다.

1851년에 이원조李源祚, 1792~1872는 금강산과 관동팔경을 유람하다가 삼척에 도착했다. 삼척포진영에 들렸다가 「육향대」란 시를 남긴다.

을씨년스런 삼척포 진영에서　蕭條三陟鎭

아스라하게 육향대 보이네　迢遞六香臺

말에서 내려 비석 보고 있으니　下馬看碑字

정찰선 바다 모퉁이서 나타나네　候船出海隈

관청의 술과 붉은 게 안주　官樽肴紫蟹

어촌 주막 방석은 푸른 이끼　漁店席蒼苔

게으른 종 잦은 유람 걱정하는데　倦僕愁頻涉

정자엔 벌써 해가 지는구나　長亭日已頹

삼척포진영에서 멀지 않은 곳에 육향대가 위치한다는 것을 알려주는 자료이기도 하지만, 그곳에 비석이 있다는 것도, 바다를 감시하는 배가 보인다는 것도 알려준다. 지금은 삼척항으로 변모했지만 그 이전에는 동해안의 안전을 책임지는 군영이 있던 곳이 육향대 부근이었다. 육향대를 이제는 육향산이라 부르는데, 육향산 입구에 서 있는 선정비도 삼척포진三陟浦鎭의 역사를 증명해준다.

삼척포진영의 수장인 영장營將을 역임한 유완수柳完秀, 장계환張啓煥, 이선재李璿載, 조존우趙存禹, 정하응鄭夏應의 이름이 새겨져 있다. 『조선왕조실록』을 보니 고종 13년인 병자(1876, 광서) 1월에 조존우를, 고종 16년 기묘(1879) 6월에 장계환을, 고종 22년 을유(1885) 9월에 유완수를, 고종 26년 기축(1889, 광서) 7월에 이선재를 삼척 영장으로 제수한다는 기록이 보인다. 이들은 신라 때 삼척을 중심으로 활동하면서 우산국을 점령한 이사부 장군의 후예들인 셈이다. 비석의 주인공에 주목하다보면 비석에 새겨진 문양을 지나치기도 하는데, 여기 비석들은 독특한 문양으로 주목을 받아왔다. 파도, 태양, 여명, 햇살, 구름 등으로 이루어졌다는 설명을 듣고 보니 과연 그러하다. 바다를 관장하는 고장답다. 삼척을 대표하는 문양이 되기에 충분하다.

척주동해비가 이곳에 있었다는 안내판이 보인다. 1661년에 세워진 비석이 풍랑에 의해 부서지자 1709년에 복원하면서 현재 선정비가 있는 곳에 세웠다가, 1969년에 산 정상으로 옮겼다. 계단을 올라 정상에 이르니 '삼척포진성지'임을 보여주는 안내석이 먼저 보

육향정

육향산 입구의 선정비

인다. 1384년에 시작한 삼척포진의 역사는 1898년에 종지부를 찍었고, 유적은 일제강점기 때 삼척항을 축조하면서 사라지게 되었다고 알려준다. 일제강점기 때 많은 문화재가 파괴되었고, 이후 근대화 과정에서 무심히 사라져버렸다. 삼척도 예외는 아니었다. 동해 수호 중심기지 역할을 한 삼척포진에 있던 누대인 진동루鎭東樓도 이제는 문인들의 시 속에서나 볼 수 있게 되었다.

이것만이 아니다. 동해비가 처음 세워졌던 섬도 사라졌다. 척주 동해비가 있던 곳은 만리도萬里島였다. 정라도汀羅島라 부르기도 했다. 이곳도 옛 지도나 시 속에서만 찾아갈 수 있는 곳이 되었다. 곽종석郭鍾錫, 1846~1919은 배를 타고 만리도를 구경한 후 「하진사河鎭使와 함께 배를 타고 만리도를 유람하다」를 남긴다.

군영 먼지 걷히자 전함은 텅 비고　海戍塵淸戰艦虛
장군은 일 없어 신선의 거처 찾네　將軍無事訪仙居
기미 잊은 수군은 백로와 노닐고　忘機津卒皆盟鷺
유유자적 관아 종은 낚시질 하네　取適官僮亦釣魚
솟구친 파도 외론 섬 넘으려 하고　浪跳欲過孤島末
쓰러진 돌은 남은 옛 비석 보호하네　石僵猶護古碑餘
식사하며 연주하니 태평세월 음악인데　厨傳鼓吹昇平樂
허름한 옷 배 함께 탄 것 꺼리지 않네　不妨同舟有布裾

한 폭의 그림 같은 평온한 삼척포진의 모습이다. 장군은 배를 타고 신선을 만나러 정라도로 가고, 병사는 바닷가에서 무기를 잠시 내려놓고 새와 노닐고 있다. 관청에서 따라온 종은 낚시질에 바쁘다. 만리도에 도착하니 비석이 놓였던 자리가 보인다. 비석을 세웠던 받침돌이 아직도 있다고 알려준다. 곽종석이 동해를 유람하다가 삼척을 찾았을 때가 1886년이었다. 비석은 이미 육향산 입구에 세워졌지만 받침돌은 아직도 정라도에 있었다.

많은 문인들의 문집에 실려 있는 시들은 아직도 정라도를 기억한다. 삼척에서 유배 생활을 했던 체재공의 『번암집』에 실린 「옥호공玉壺公과 바다에서 배를 타고 만리도를 방문하다」는 그 당시 삼척 사람들의 삶의 한 단면을 그린 풍속화다.

타향살이에 골수까지 병이 들어　羈旅病至骨
문 닫고 들어 앉아 날마다 칩거하다　閉戶日成蟄
드넓은 바다 위의 만리도를 찾아가려　曠然萬里島
상쾌히 창해에 노를 저어 나아가네　快意滄海楫
수평선은 해가 뜨는 곳에 가까웁고　水天迫日本
구름은 기궤하여 귀신이 서 있는 듯　雲詭似鬼立
미미한 이 몸은 진정 창해일속이라　身微儘一粟
기분이 불현듯이 구슬퍼지는구나　氣像歘悽惻
홍합이며 검은 미역이 자라나서　紅蛤與皁藿
자리 곁에 더부룩이 널려 있도다　離離羅座側
웃으면서 팔을 뻗어 따 보려 하다　一笑送臂摘
파도가 차가워 팔을 다시 움츠린다　波寒臂更踞
어부가 갑자기 옷을 벗어젖히고서　漁漢忽裸體
만 장 깊은 푸른 바다로 뛰어들어　躍投萬丈碧
검은 상투를 거꾸로 물속에 처박으니　烏髻倒能挿
눈 깜짝할 새에 어디로 간 자취도 없다　瞥然無去跡
잠시 뒤에 파도 헤치고 숨을 내뿜으니　俄頃出波咆
생복이 번쩍이며 손아귀에 가득하네　生鰒燦盈握

곧바로 늙은 용의 입술을 더듬어서 直搜老龍吻
애오라지 이것으로 가족을 봉양하니 聊以資事育
사람이 먹고사는 일이 아니었다면 人如非口腹
죽음을 무릅쓰고 어찌 이 일을 하랴 捐死豈此業(생략)

벼슬살이를 험난한 바다에 비유한 시지만, 당시 어부들의 모습을 눈앞에서 보는 듯이 생생하다. 목숨을 걸고 잠수하는 어부들의 강인함과 여러 해산물들이 날 것 그대로 드러난다. 옛날과 달리 지금 어부들은 배를 타고 더 멀리 나가지만, 가족을 봉양하기 위해 죽음을 무릅쓰는 일은 예전과 달라진 것이 없다. 정라도의 흔적은 삼척항 주변 간판에서 쉽게 찾아볼 수 있다.

삼척포진성지 옆에 '우전각禹篆閣'이 있다. 안에 '대한평수토찬비大韓平水土贊碑'가 세워져 있다. 허목許穆, 1595~1682은 중국 고대 우禹 임금이 썼다는 '형산신우비衡山神禹碑'를 보고 48자를 골라 글을 지은 후 목판에 새겨 군청에 보관하였다. 형산신우비를 대면했을 때의 충격을 허목은 이렇게 표현했다. "글씨는 천지의 조화를 모사하여 새가 높이 나는 듯, 들짐승이 빠르게 달리는 듯, 용이 승천하는 듯, 호랑이가 표변하는 듯, 각양각색의 신령스럽고 상서로운 모습에 찬란히 빛나고 위엄이 있으니 필력으로 모사할 수 있는 것이 아니다." 고종은 1904년에 칙사 강홍대康洪大와 삼척군수 정운석鄭雲晳에게 돌에 글씨를 새겨 세우게 하였다. 비의 내용은 우 임금이 물을 잘 다스려 사람들이 안심하고 잘 살 수 있게 된 것을 찬양하는 것이다. 허목은 우 임금이 한 역할을 자신이 삼척 지역에서 했다고 자부하면서 지었을지도 모른다. 그러면 고종은 왜 글씨를 새겨 세우라고 한 것일까? 본인도 우임금처럼 정치를 잘 해서 백성들을 안심하고 잘 살게 하고 싶어서일 것이다. 의도가 좋았듯이 결과도 좋았다면 얼마나 좋았을까?

조선시대에 삼척포진을 찾거나 육향대에 오른 사람들의 목적은 하나였다. 척주동해비를 보기 위해서였다. 유휘문柳徽文, 1773~1827은 「북유록北遊錄」에서 비석을 오랫동안 어루만지자 바르고 크며 강직한 기운을 생각할 수 있었다고 실토했다. 허훈許薰, 1836~1907은 「동유록東遊錄」에 육향대 아래 이르러 동해비를 읽었노라고 적어놓았다. 여행기보다 시에 훨씬 더 많이 남아있다. 동해비는 삼척에 오면 반드시 들려야하는 명소였으니 요즘 유행하는 말로 조선시대 버킷리스트Bucket list 중의 하나였다.

척주동해비는 허목이 1661년(현종 2)에 삼척부사로 부임해서 세웠다. 동해바다를 예찬하는 동해송東海頌을 짓고 독특한 전서체로 써서 비에 새겼다. "척주는 옛날 실직씨의 땅으로 예 지역의 남쪽에 있어 서울과의 거리가 700리쯤 되는데, 동쪽으로 큰 바다를 임하고 있다. 다음과 같이 기린다."라고 시작한다. 그는 비석에 대해 이러쿵저러쿵 말이 많으리라고 생각하지 못하였을 것이다. 동해비에 대한 논의는 크게 양분되어 회자되었다.

우호적인 입장에서 평한 대표적인 사람은 이익李瀷, 1681~ 1763이다. "두자미의 시는 학질 귀신을 내쫓고, 한퇴지의 글은 악어를 몰아냈으니, 문장이란 조화에 참여할 수 있는 것이다. 근세로 말하더라도 허미수許眉叟의 전서체 글은 종정鍾鼎의 고문과 근사하다. 세상에 참된 안목을 가진 자가 없으니, 역시 신神에 이르지 않았다는 것을 어찌 알랴? 공이 동해비를 지어 자필로 쓴 일이 있었는데, 어떤 사람이 귀신에게 홀려 병들었을 적에 비문 한 본을 가져다 곁에 두었더니, 귀신이 감히 접근하지 못하고, 또 가져다 문과 병풍 사이에 두었더니, 귀신이 또한 문밖에 그치고 문안을 넘어들지 못했다고 한다." 이익은 추가로 말한다. "미수 선생의 전서체는 사방에 널리 퍼져 집집마다 병풍으로 만들어 보관하였는데, 재상 아무개가 조정에 아뢰어 그 글자체를 금지하였다. (중략) 선생이 삼척 부사로 나가 동해비를 세웠는데 시어가 예스럽고 글자체가 기이하여 귀신까지도 조종할 정도였다. 선생을 좋아하지 않는 자들이 이마저도 부수어 버려 나중에 다시 새겨 놓았는데, 내가 그 탁본을 얻어다가 마주하니, 그때마다 경건한 마음이 들곤 하였다. 아, 저들 몇몇은 도대체 무슨 마음으로 그런 짓을 하였단 말인가."

이러한 논의는 비를 세운 이후 바다가 잠잠해지고, 아무리 심한 폭풍우에도 바닷물이 넘치는 일이 없어졌다는 단계로 발전한다. 퇴조비退潮碑나 척조비斥潮碑란 명칭이 나오게 된 배경이다. 동해비가 파손되었다는 이익의 음모설에, 탁본하기 싫은 사람들이 의도적으로 비를 파손시켰다는 이야기까지 추가된다. 이러한 주장은 대세가 되어 조선 땅에 널리 알려지게 되었다.

반대의 입장이 없는 것이 아니었다. 반대하는 사람들은 동해비의 신이한 능력에 대한 의심에서 시작된다. 강헌규姜獻奎, 1797~ 1860는 「유금강록遊金剛山錄」에서 이렇게 반론을 편다. "이른 바 척조비斥潮碑를 찾으니 비는 진영 앞 조그만 섬 가에 있다. 주전籒篆으로 글을 썼는데 문장을 읽으니 말할 수 없는 것이 많다. 비 위에 '척주동해송陟

州東海頌'을 쓰고 비음碑陰은 예서로 현종 2년(1661)에 새겼다. 선생이 이곳에 수령으로 와서 동해비를 짓고 전서로 써서 정라도에 세웠는데 풍랑에 의해 부딪쳐 물에 잠기니 선생이 듣고 다시 쓰고 새겨서 죽관도에 세웠다고 한다. 곁에 고을 사람이 있어, 내가 이것이 척조비냐고 물으니 그렇다고 한다. 어찌해서 '척조斥潮'라 하는가 하니, 동해에 예전에 조수가 있었는데, 선생이 송頌을 지어서 물리쳤다고 한다. 그 후에 다른 생각을 하는 사람이 수령이 되었는데 끌고 가서 넘어뜨렸고, 다시 조수의 환난이 있자 백성은 편안히 살 수 없었다. 고을의 늙은 관리가 말하길, "선생이 진실로 이미 이러한 것을 염려하여 하나의 비석을 새겨서 고을의 관아 건물 밑에 묻었고, 고을 사람이 비석을 취하여 세우자 조수는 다시 물러갔으니 선생은 이인異人이라고 말 할 수 있습니다." 내가 말하길, "이것은 진실로 지금 아이들의 익숙하게 들었던 것이고 나도 또한 일찍이 들은 바다. 그런데 지금 비음碑陰에 기록된 것을 보니 조수의 진퇴를 말하지 않았고, 단지 비석이 파도에 부딪쳐 물에 잠겼다는 것을 말하였다. 또 선생이 듣고 다시 썼다고 말했으니 비석을 묻었다는 말이 어찌 허망한 것이 아니겠는가? 심하다 사람이 귀를 믿고 눈을 믿지 않음이여! 비석의 전서를 탁본해서 돌아와서 『기언記言』 속의 글을 비교해 보니 '동북쪽의 사해라서[東北沙海], 밀물도 없고 썰물도 없네[無潮無汐]'는 있지만 '조수의 환난[潮患]'을 말하지 않았다."

장지완張之琬, 1806~?도 동해는 본래 밀물이 없기 때문에 허목의 글에 '밀물도 없고 썰물도 없네[無潮無汐]'란 구절이 있고, 현종 2년(1661)에 선생이 척주에 수령으로 와서 동해비를 짓고 전서로 써서 정라도에 세웠는데, 풍랑에 의해 부딪쳐 물에 잠기니 선생이 듣고 다시 쓰고 새겨서 죽관도에 세웠다고 하니, 이것을 읽는다면 '퇴조 退潮'했다는 의혹을 깨뜨릴 수 있다고 말한다.

척주동해비의 신이함에 대해서는 의견이 갈리지만 글자체의 미학에 대해선 의견이 일치한다. 중국의 영향에서 완전히 벗어난 독창적인 서체로, 품격 있고 웅혼한 아름다움이 있다는 평이다. 숙종은 허목의 제문에서 "틈틈이 익힌 전서는, 서체가 꾸불꾸불 웅건했다"라고 평가했다. 이유원은 『임하필기』에서 "글씨는 주나라 태사太史를 본받아 스스로 새로운 글씨체를 창출하였는데, 빳빳하면서도 꿈틀거리는 듯한 획이 꾸불꾸불해서 마치 천년이나 된 마른 등나무 같다."라고 하였다. 이덕무는 『청장관전서』에서 "동해비는 뛰어나고 기이하고 괴상하여 분명히 기이한 작품이다."라고 평하였다.

척주동해비

육향산에서 내려와 왼쪽으로 향하니 허목을 기리는 사당이 산 밑에 있다. 허목은 남인의 영수로, 현종 때 1차 예송논쟁에서 서인의 영수인 송시열과의 당파싸움에 밀려 삼척부사로 좌천되었다. 삼척으로서는 행운이었다. 그는 삼척의 인문지리지인 『척주지』를 지었고, '척주동해비'도 세웠다. 이밖에도 지역의 곳곳을 기록하고 노래하여 삼척의 오랜 역사에 문화를 추가하였다. 이러한 삼척의 역사를 알려주는 곳이 육향산이다.

감당나무를 자르지 마라 소공께서 쉬시던 곳이다
소공대

원덕읍 수룡삼거리에서 노곡3리로 향한다. '소공령생태체험마을'을 알리는 입간판이 보인다. 오른쪽 좁은 길로 들어서면 소공대비로 가는 길이 시작된다. 지금은 좁은 길이지만 예전에는 관동대로였다. 삼척과 울진 사이를 여행하는 이들은 반드시 거쳐야했던 고개였고, 와현瓦峴이라 하였다. 고개 정상에 소공대召公臺가 있어 고개 이름 대신에 소공대라 부르기도 했다. 여행기에 자주 등장한다. 권섭權燮, 1671~1759은 「유행록遊行錄」에서 "삼척 원수대에 올라 고래싸움을 보고 소공대에 올라 울릉도를 바라보았다."고 기록했다. 안경점安景漸, 1722~1789은 「유금강록遊金剛錄」에서 "소공대에 올라 우산도牛山島를 보았다."고 밝힌다. 우산도는 울릉도다.

류휘문柳徽文, 1773~1827은 1819년에 관동팔경을 둘러본 여정을 「북유록北遊錄」에 남겼다.

18일. 날씨가 맑다. 와현(瓦峴)에 이르렀다. 이곳이 소공대로 관동 지역 백성들이 방촌(厖村) 황공(黃公)을 기리기 위해 쉬던 곳에 비석을 세웠는데 소공(召公)을 빗댄 것이다. 동과 서와 북쪽의 큰 바다를 바라보니 끝이 없다. 마주 대하고 있는 울릉도는 하늘 밖에 아득히 멀고, 서쪽은 고개 등성으로 동쪽의 여러 산이 첩첩이 쌓여 둥글게 늘어섰다. 시야가 굉장히 시원하게 트였다.

소공대라 부른 이유와 소공대에서의 전망을 잘 보여준다. 소공$召$ $公$은 주나라 문왕$文王$의 아들이다. 성왕$成王$ 때 섬서성 서쪽 지방을 다스렸다. 순시하다가 한 시골 마을을 들렀을 때 팥배나무 아래서 백성들의 어려움을 해결해 주어 큰 신망을 얻었다. 소공이 죽자 백성들은 그를 잊지 못해, 그가 쉬어갔던 아가위나무[甘棠]를 두고 그 가지 하나라도 꺾지 말라는 노래를 불렀다. 그 내용이 『시경$詩經$』의 「감당편甘棠篇」이다. 여기서 대臺의 이름을 '소공대'라 한 것은 황희를 바로 소공에 비유했기 때문이다. 허훈許薰, 1836~1907도 「동유록」에서 "소공대를 넘었다. 황희를 기리는 공적비가 있다. 대의 이름이 소공인 까닭은 이 때문이다."라고 하면서 소공대와 황희를 연결시켰다.

황희에게 무슨 일이 있었던 것일까? 당시에 너무나 유명한 일이어서 옛 문헌 여기저기에 남아 있다. 『연려실기술』은 세종조의 재상 중 황희 정승의 일을 이렇게 적었다.

계묘년(1423)에 강원도에 크게 흉년이 들었다. 세종이 걱정하여 특별히 공을 관찰사로 삼았는데, 정성을 다하여 구제했기 때문에 백성들이 크게 괴로워하지 않았다. 세종이 크게 가상히 여겨서 숭정대부(崇政大夫) 판우군부사(判右軍府事)에 제수하고, 을사년(1425)에는 찬성사로서 대사헌을 겸직시켜 소환하였다. 『조야첨재』에 이르기를, "공이 돌아온 뒤에 관동 백성들이 그의 은덕을 사모하여 울진에서 그가 행차를 멈추었던 곳에다 대를 쌓고 소공대라 이름 하였으며, 남곤(南袞)이 글을 짓고 송인(宋寅)이 글씨를 써서 비를 세웠다." 하였다.

정약용은 『목민심서』 「진황賑荒」에서 황희의 선정을 대표적인 예로 든다. "큰 흉년이 든 뒤에는 백성들의 기진함이 마치 큰 병을 치른 뒤에 원기가 회복되지 않은 것과 같으니, 어루만져 구호하고 평안하고 화목하게 하는 것을 소홀히 해서는 안 된다."라고 전제한 후에 마지막 부분에서 이렇게 경고한다. "집과 마을이 한번 비게 되면 다시 채울 수가 없고, 논밭이 이미 거칠어지면 다시 일굴 수 없다. 얻는 바는 터럭만 하고 잃는 바는 산악과 같다. 근본이 이미 무너졌으니 국가는 장차 어디에 의지하겠는가. 조정에서 염려해야 할 바와 목민관이 힘써야 할 바는 평안하고 화목하게 하는 것보다 급한 것이 없다. 익성공翼成公 황희黃喜가 강원 관찰사로 있을 때 영동에 큰 흉년이 들었다. 공은 마음을 다하여 진휼해서 백성들이 굶주려 죽는 자가 없었다. 영동 백성들이 삼척의 굶주린 백성들을 도와주던 곳에 비를 세우고 대臺를 쌓아 소공대라 이름 하였다."

김시빈金始鑌, 1684~1729은 1709년에 강원도 황장목경차관黃腸木敬差官이 되었는데 이때 와현을 넘다가 고갯마루에서 「소공대」를 짓는다.

정승의 비석 오래돼 푸른 이끼 덮여 相公碑老蒼苔蝕
시간 지나 매만지니 손만 수고롭네 移晷摩挲手自勞
당시에 너그러운 마음 바다처럼 넓어 德量當時滄海濶
오래도록 명성은 푸른 산보다 높네 名聲終古碧山高
선정은 주나라 때 소공과 짝할 만하고 棠陰足配周時召
문서는 어찌 한나라 조식을 논하겠는가 刀筆寧論漢代曹
황홀하게 영령께서 이곳에 노니시니 恍惚英靈遊此地
석양에 술잔 들어 산초 술 올리네 寒杯落日薦椒醪

'당음棠陰'은 소공召公이 감당나무 그늘 아래에서 은혜로운 정사를 행했던 고사를 말한다. '도필刀筆'은 문서를 기록하는 것을 일컫는 말이다. 옛날 종이가 발명되기 전에 칼로 대나무에다 문자를 새겼다. 초주椒酒는 산초를 넣어 빚은 술로 옛날 정월 초하루에 이 술을 가지고 선조에게 제사하고, 또 가장에게 올려 무병장수를 기원하였다.

권섭과 안경점은 소공대에 올라 울릉도를 보았다고 밝힌 것처럼, 소공대는 황희 정승의 덕행을 기리는 소공대비로 유명하지만 맑은 날 울릉도를 볼 수 있는 곳으로도 유명했다. 옛날부터 많은 문인들이 울릉도를 바라보며 시를 읊은 곳으로 유명하다. 지도를 보니 울릉도와 소공대가 직선거리로 가장 가까워 보인다. 이산해李山海, 1539~1609는 「울릉도설蔚陵島說」에서 이렇게 말한다.

소공대

울릉도는 동해 가운데 있는 섬으로, 육지와의 거리가 몇백 리가 되는지 모른다. 매년 가을과 겨울이 교차할 즈음 흐릿한 기운이 말끔히 걷히고 바다가 청명할 때, 영동으로부터 바라보면 마치 한 조각 푸른 이내가 수평선 저편에 가로놓여 있는 것과 같다. 유독 진주부(眞珠府: 삼척)가 이 섬과 가장 정면으로 마주 보고 있기 때문에 행인들 중 소공대에 오른 이들은 더러 이 섬의 숲과 묏부리의 형상을 명료하게 볼 수 있으니, 이로써 거리가 그리 멀지 않음을 알 수 있다.

그는 또 「망양정기望洋亭記」에서 "소공대를 지나면서 아득히 보이는 울릉도를 바라보니 마음이 저절로 기쁘고 행복하다"라고 남겼다. 최근에도 소공대에서 울릉도를 촬영하는데 성공했다는 소식도 전해지지만 선택받은 자들에게 어쩌다 보여주는 것 같다. 임원항만이 한눈에 내려다 보일 뿐이다. 간절하게 몇 번 더 찾아야할 것 같다.

김창흡도 소공대에서 울릉도를 바라보았으나 볼 수 없자 아쉬움에 시 한 수 남기곤 고개를 내려갔다.

학이 동에서 오니 멀리서 신경 써 보며　一鶴東飛遠目勞
울릉도 소식 구름과 파도로 점치네　鬱陵消息占雲濤
계절 변화로 인간세계 복숭아꽃 시드나　人間節序桃花老
봄바람에 울릉도의 대나무는 커가네　鰲背春風竹藪高
푸른 옷 입고 몰래 선계 갈 수 있다면　可使青衣潛犯界
뱃사공 되어 거룻배로 통해도 무방하니　未妨黃帽稍通舠
험한 길 바람이 해결해주는 걸 아니　誠知鶻路風爲解
얼핏 보자 사람을 호탕하게 만드네　乍望令人亦足豪

울진

울진의 대표적 문화 공간

주천대

진짜 김시습이 이곳에 와서 머물렀을까? 아무리 『매월당집』을 뒤져봐도 주천대와 관련된 자료를 찾을 수 없다. 다만 울진과 관련된 몇 편의 시가 아쉬움을 달래줄 뿐이다. 월송정에서 노닐었다는 시가 보인다. 바다를 따라 올라오다가 망양정에 올라 달을 구경하고 시를 남겼고, 성류굴에서 잤다는 시도 찾을 수 있다. 「울진을 지나며」에서는 "울진은 외가가 많으니, 내려오는 혈통 울진에서 나왔네"라 하였다. 울진 이곳저곳을 유람하며 시를 지은 것은 확실하다.

윤사진尹思進, 1713~1792의 『황림선생문집篁林先生文集』에 실린 「고산서원사적기孤山書院事蹟記」는 매월당이 주천대와 인연이 있다고 말한다. 옛날 김시습이 세상을 피하여 다닐 적에 가끔 이곳에 와서 쉬고, 또한 시도 읊었다는 대목이 보인다. 오도일吳道一, 1645~1703의 편지는 매월당이 주천대에 들렀을 가능성을 짐작케 한다. 「정원경鄭遠卿에게 주다」에 이런 대목이 있다. "현에서 5리 떨어지진 곳에 주천대가 있는데, 기이한 경치가 삼일포와 비슷하네. 20리에 불영사가 있는데 절이 있는 산의 이름이 천축산이네. 세상에서 금강산에 버금간다고 칭하는데 모두 매월당이 품평한 것이네." 매월당이 불영계곡을 거쳐 불영사까지 갔고, 경치의 아름다움을 금강산과 견주어 평가를 내렸다는 이야기다. 불영계곡을 가기 위해서 하류에 있는 주천대를 그냥 지나쳤을 리 없다. 김창흡의 「영남일기」는 주천대를 직접 언급하지 않고 있지만 울진과의 친연성을 증명해준다. "주천대 남쪽에 임유후를 모시는 사당이 있고, 옆에 구암서원龜巖書院이 있는데 김시습을 제사하는 곳이다. 이 고을은 김시습의 외가이기 때문에 일찍이 발자취가 비교적 많았다"라고 한다. 임유후任有後, 1601~1673의 「주천대기」는 매월당의 자취에 대한 이런저런 논의에 대해 명쾌하게 결론을 내려준다. 옛날 매월당이 성류사에서 하룻밤을 쉬어가면서도 발자취가 여기까지 미치지 못하였다고 아쉬워했으니 매월당의 발길이 주천대까지 이르지 못했던 것이다. 성대중成大中, 1732~1812이 1766년에 울진 현령이 되어 주천대에 들렀다가 「주천대에서 여러 사람과 매월당의 운을 사용하여」란 제목의 시를 지었는데, 그렇다면 이 때 차운한 매월당의 시는 주천대를 노래한 시가 아니다. 울진 현감 오도일이 김시습의 학문과 덕행을 추모하기 위하여 주천대 주변에 동봉별묘東峰別廟를 세우고 구암사龜巖祠라 한 것은, 김시습의 자취가 주천대에 있어서가 아니라 울진이 김시습의 외가이고 울진의 여러 곳에 자취를 남겼기 때문이리라.

1626년에 정시문과에 병과로 급제하여 벼슬을 하던 임유후는, 반란을 음모하던 아우 임지후任之後와 숙부 임취정任就正 등이 죽게 되자 벼슬을 그만두고 주천대를 찾아왔다. 임유후가 주천대의 주인이 되면서 주천대는 비로소 세상에 널리 알려지게 되었다. 20여 년이 흘러 다시 벼슬길에 나가기 전까지 이곳에서 '자애로 가르치며 풍류를 즐기는[惠訓風流]' 생활을 하였다. 그는 주변의 곳곳을 유람하며 시를 남겼고, 시의 배경이 된 곳은 문화적 의미를 더하게 되었다. 주천대란 이름도 그에 의해 만들어졌다. 「주천대기」를 보면 고을 어른들은 임유후가 이곳에 온 것을 즐거워하며 대 위에 술과 음료를 벌여놓고 마시곤 하였다. 좌중에 한 어른이 오른손으로 대를 가키고 왼손으로 돌산을 가리키며 원래는 한 산이었는데 홍수가 나면서 끊어져서 수천대水穿臺라 한다고 말한다. 임유후는 원래는 주천대인데 수천대로 잘못된 것이라며 산을 소고산小孤山이라 하고 대를 주천대酒泉臺로 부르고자 하니 어른들은 어떻게 생각하냐고 묻자 모두가 좋다고 하였다. 이렇게 해서 수천대가 주천대로 바뀌게 된 것이다.

사실 황여일黃汝一, 1556~1622이 임유후보다 먼저 주천대의 주인이 될 뻔하였다. 그는 주천대의 먼저 명칭인 수천대水穿臺로 시를 지으며 이곳에서 살고 싶어 했다.

단박에 물이 뚫어 돌산 둘 만드니　一水穿成兩石峯
가운데 푸른 물과 우거진 낙낙장송　中環綠鏡蔭長松
예전부터 승지 독차지한 이 없으니　從來勝地無專管
이사 와 늙은 농부에게 배우고 싶네　我欲移家學老農

주천대 주변에 울창한 소나무와 주천대 밑을 휘감아 도는 물을 보면 이곳에서 머무르고 싶어진다. 먼발치에서 봐도 그렇지만 직접 주천대에 올라 소나무 사이에 앉으면 금방 속세를 떠난 듯하다. 생각과 달리 황여일은 이곳으로 이주하지 못하고 가까운 사동리에 해월헌을 짓고 살았다. 황여일 이후에 주천대를 찾아 머무른 사람이 임유후였다. 마을 어르신들은 임유후에게 주천대 주변의 뛰어난 경치에 이름이 없으니 이름을 지어달라고 부탁을 하자, 임유후는 주천대를 중심으로 위아래 경치가 뛰어난 곳 여덟 곳을 선정해 이름을 붙였다. 주천대에서 산으로 올라가면 바위가 있는데 바위 꼭대기에는 솔솔 솔바람 소리가 나서 송풍정松風亭이고, 송풍정 아래 바위는 무학암舞鶴岩이다. 시내는 족금계簇錦溪고, 시내 좌우로 수면과 열을 지어 있는 것은 창옥벽蒼玉璧이며, 창옥벽의 북쪽은 해당서海棠嶼고, 돌잔교 동쪽에 상투와 같은 것은 옥녀봉玉女峯이다. 고산孤山과 마주한 매달려 있는 듯한 돌은 비선탑飛仙榻이고, 오른쪽에 있는 모래밭은 앵무주鸚鵡洲라고 하였다. 임유후로 인하여 그냥 아름답기만 했던 경치가 자신의 모습에 어울리는 이름을 가진 명승으로 재탄생하게 된 순간이다. 주천대 주변 경관에 이름을 지어줌으로써 임유후는 명실상부한 주천대의 주인이 되었다. 임유후가 세상을 떠난 1673년(현종 14)에 제자들은 고산사孤山祠를 창건하고 임유후의 위패를 봉안했다.

오도일吳道一이 1683년에 울진 현령으로 오게 되었다. 현령에게 아첨하는 자가 있어 재임 당시에 생사生祠를 지었고, 그가 죽은 뒤 '고산孤山'이라는 사액을 받아 고산서원으로 승격되어 김시습, 임유후, 오도일을 함께 모시게 되었다. 오도일은 현령으로 오면서 주천대를 사랑하게 되었다. 자주 주천대에 와서 노닐며 여러 편의 시를 지었다.

온통 산이고 구비마다 연못이라　面面峯巒曲曲潭
한가한 날 지팡이 짚고 다시 나서네　一筇閒日更窮探
괴석에 겨울 소나무는 비선탑(飛僊榻)이고　寒松怪石飛僊榻
지는 해 외론 구름은 무학암(舞鶴巖)이며　落照孤雲舞鶴巖

쌀고[米庫]의 기이한 자취 노인이 말하고　米庫奇蹤村老說
몽천(蒙泉)의 이야기 읍 사람들 알고 있네　蒙泉故事邑人語
현령은 그윽한 흥취 다 찾지 못하고　使君不盡尋幽興
취하여 읊조리는데 비에 흠뻑 젖었네　扶醉狂吟雨滿衫

　　괴이하게 생긴 바위 위에 겨울 소나무가 우뚝한 곳이 비선탑飛儒榻이다. 임유후가 명명한 팔경 중 하나다. 어딜까? 소고산 쪽에서 주천대를 바라보면 소나무 보호수 세 그루가 있는 곳을 특별히 비선탑이라 하였다. 신선이 앉아 쉬는 의자처럼 보였기 때문이다. 날아가던 신선도 뛰어난 풍광에 마음을 빼앗겨 내려와 쉬던 곳이다. 지는 해에 외로운 구름이 인상적인 곳이 무학암舞鶴巖이다. 이곳도 팔경 중 하나다. 임유후유허비 뒤 등산로로 산을 올라가면 바위 사이에 울창한 소나무들이 눈길을 끈다. 바위에 걸터앉으면 솔바람 소리가 시원하다. 얼마 올라오지 않았는데 깊은 산속이다. 속세에서 묻은 때가 바람에 금방이라도 씻기는 것 같다. 걸터앉은 바위가 무학암이다. 「주천대기」에서 "주천대가 있는 이 마을의 이름은 쌀고米庫라 하는데 옛적에 마을 북쪽 산위에 천량암天糧庵이라는 암자가 있어 원효대사가 수도했다 한다. 전설에 의하면 그 암자 옆에 있는 돌 바위틈에서 매일 조석으로 한 되 가량의 쌀이 나왔다고 하여 암자 이름을 하늘이 '양식을 대주는 암자'라 하여 '천량암'이라 부르게 되었고, 따라서 동명을 '쌀 나오는 곡간'이라 하여 '쌀고米庫'라 부르게 되었다"고 소개한다. 전설이 있는 지명을 인용한 것이다. 몽천蒙泉은 울진군 원남면 금매리 몽천동에 있는 샘물이다. 나라에 큰 길흉이 있을 때 며칠 전에 물이 삼색[홍.청.백]으로 변하여 예고를 한다고 한다. 주민들은 이 샘물을 신령한 샘물이라 여겼다. 주천대 주변의 승경을 구경하고 전설을 듣고 시를 짓느라 몰두하는 바람에 비에 흠뻑 젖는 것조차도 모를 정도였다.

오도일의 발길은 주천대에서 출발하여 시내를 따라 올라갔다. 불영계곡에 있는 절경을 글로 남겼다. 주천대와 관련된 또 하나의 기문인 셈이다.

주천대부터 시내를 따라 올라가면 7~8리쯤 되는 곳에 두 산이 둘러싸며 길은 험하고 좁아진다. 좌우의 바위는 매우 기이하고 시냇물은 자못 트인다. 여기서부터 들어가면 골짜기는 조금씩 넓어지며 물과 돌은 점차 맑고 기이한 것이 대개 절경이다. 이곳은 지역민도 아는 자가 적은 곳이다. 임서하(任西河)의 「주천대기(酒泉臺記)」에 이르길, "시냇물은 천축산에서 발원하여 백련봉 아래 이르러 비로소 머무르는 것은 연못이 되고, 부딪치는 것은 여울이 된다. 꺾이며 둥글게 굽이쳐 흐르면서 아홉 굽이를 이루는데 주천(酒泉)은 아홉 굽이다."리고 한다.

나는 이에 주천대부터 물을 거슬러 올라가면 반드시 아름다운 곳이 있을 거라고 생각했다. 한가한 날 읍에 사는 주환벽(朱奐壁), 주한규(朱漢奎)와 스님 혜능(惠能) 등과 시내를 따라 깊이 들어가며 굽이마다 찾았다. 주천대 아래 이른바 족금계(簇錦溪)부터 6~7굽이 쯤 건너면 바위가 점차 높고 가파르다. 골짜기는 점점 깊고 그윽하며 시냇물은 더욱 맑고 차갑다. 8~9굽이 들어가니 더욱더 기이하고 뛰어난다. 돌로 이루어진 봉우리가 우뚝 외롭게 솟아난 것이 우뚝 솟은 오래된 탑 같다. 나는 비봉탑(飛鳳塔)이라 이름 지었다. 층진 바위는 용이 깎인 옥을 잡아당기니 병풍이 대나무처럼 에워싼 것 같다. 나는 옥병암(玉屛巖)이라 이름 지었다. 너럭바위가 흐르는 물에 임해 평평하고도 넓어 소요할 수 있다. 나는 자국대(煮菊臺)라 이름 지었다. 그날은 중구절(重九節)이라 그 위에서 국화를 지졌다. 그래서 이름붙인 것이다. 못은 음침하면서도 맑고 푸른데 깊어서 밑을 볼 수 없다. 나는 탁영연(濯纓淵)이라 이름 지었다. 이에 주군(朱君), 혜능(惠能)과 노닐며 읊조리며 뛰어난 경치를 품평하였다. 혜능은 노승이어서 영동의 산수를 두루 다녔는데, 이와 같이 뛰어난 경치를 많이 보지 못했다고 한다. 구룡연(九龍淵)과 엇비슷하다고 하며, 나머지는 모두 그 아래에 속한다고 한다. 대개 이 계곡은 기이한 승경이어서 한 구역 안에서 뛰어나다고 할 수 있는데 읍치와 떨어진 것이 겨우 10리쯤 된다. 임서하(任西河)가 경개를 간략하게 제기한 뒤에 사라져 칭하지 못했는데, 나에 이르러 비로소 알려지게 되었다. 산수가 만나고 만나지 못하는 것도 운수가 존재한다.

주천대 아래 시내가 족금계簇錦溪라는 것을 이 글이 다시 알려준다. 오도일이 상류로 올라가서 만난 절경은 행곡리에 속한다. 도로 옆에 우뚝 선 바위를 비봉탑飛鳳塔이라 명명하고 흥취를 이기지 못하여 시를 남긴다.

주천대

불영계곡 입구에 있는 비봉탑

구름 밖으로 우뚝 섰는데 卓立干雲表

솟은 모양 날아갈 듯 괴이하네 亭亭怪欲飛

천만겁 세월 흘러왔건만 閱來千萬劫

귀신이 비밀 숨기고 있었네 神鬼祕天機

비봉탑 뿐만 아니라 주변에 있는 옥병암玉屛巖, 자국대煮菊臺, 탁영연濯纓淵에 대해서도 시를 남겼으니, 임유후와 오도일은 주천대부터 시작해서 시내를 거슬러 오면서 뛰어난 곳마다 이름을 붙이고 시를 남겼다.

임유후가 주천대의 주인이 된 이래 오도일도 주천대를 사랑하여 자주 발걸음 하였다. 이후에 수많은 문인들이 뒤를 이어서 문화적인 요소를 켜켜이 쌓았다. 조덕린趙德鄰, 1658~1737은 「관동속록關東續錄」에서 주천대 아래 눈같이 흰 모래와 주천대 위 늘어진 소나무가 인상적이었노라고 적었다. 조술도趙述道, 1729~1803는 「동유록東遊錄」에서 주천대가 있는 곳을 중국 시인 왕유가 머물렀던 망천輞川에 비유하였다. 주천대를 사랑한 사람들로 인하여 행곡리 일대의 계곡은 자연의 아름다움에 문화의 향기를 더하게 되었다.

신성한 공간
성류굴

560년, 진흥왕이 성류굴에 행차했다. 입구에서 230m쯤 떨어진 광장에 50인의 보좌를 받으며 행차했다는 내용을 새겼다. 798년인 원성왕 14년에 새긴 것으로 추정되는 글씨 30여 자도 발견되었다. 글씨 중에 화랑 이름인 '공랑共郎', 승려 이름 '범렴梵廉' 등이 확인되었다.

성류굴은 『삼국유사』에도 등장한다. 「명주오대산보질도태자전기溟州五臺山寶叱徒太子傳記」에 "보질도태자는 항상 골짜기의 신령스러운 물을 마시더니 육신이 공중으로 올라가 유사강流沙江에 이르러 울진대국蔚珍大國의 장천굴掌天窟에 들어가 도를 닦았다. 다시 오대산 신성굴神聖窟로 돌아와 50년 동안이나 도를 닦았다고 한다." 보질도태자는 보천寶川태자를 말하고, 성류굴을 장천굴, 탱천굴이라 부르기도 했다. 위 내용은 『삼국유사』「대산오만진신臺山五萬眞身」편에 더 자세하다.

보천은 항상 영험 있는 계곡의 물을 길어다 마시더니 만년에는 육신이 공중을 날아 유사강(流沙江) 밖 울진국(蔚珍國) 장천굴(掌天窟)에 이르러 머물렀다. 여기에서 수구다라니경(隨求陀羅尼經)을 외는 것을 밤낮의 과업으로 삼았다. 어느 날 장천굴의 귀신이 인사를 하고 말했다. "내가 이 굴의 신이 된 지가 이미 2,000년이나 되었지만 오늘에야 수구다라니경의 진리를 들었습니다." 말을 마치고 보살계 받기를 청했다. 계를 받고 나자 이튿날 굴이 없어져서 보천은 놀라고 이상하게 생각하였다. 보천은 장천굴에 머문 지 20일 만에 오대산 신성굴로 돌아왔다.

신라 신문왕의 아들 보천과 효명은 저마다 일천 명을 거느리고 강원도 진부 성오평에 이르러 여러 날 놀다가, 함께 오대산에 들어와서 부처님의 가르침을 따라 열심히 수도를 했다. 신문왕이 승하하자 궁중에서는 두 왕자를 찾아 나섰다. 보천은 경주로 돌아가기를 거부하며 오대산에서 수도하기를 원했고, 동생 효명이 서라벌로 돌아가 왕이 되었으니 바로 33대 왕인 성덕왕이다. 위 『삼국유사』의 기록은 형제가 헤어진 이후의 일이다. 보천태자가 굴에서 도를 닦은 행위에서 토속 신앙인 굴신窟神과 산천신山川神에 대한 숭배가 결국 불교 신앙, 즉 중앙 세력에 흡수되는 과정을 보여 준다는 견해도 있지만, 기본적으로 성류굴이 성스러운 장소여서 도를 닦는데 적합한 장소라는 것을 알려준다.

고려 말인 1349년에 이곡李穀, 1298~1351은 성류굴을 답사하고 성류굴에 관한 불후의 기록을 「동유기東遊記」에 남겼다. 성류굴과 관련된 글 중 가장 자세하며 길 것이다.

굴 입구가 좁아 무릎으로 사오 보를 가야 점차 넓어진다. 일어서서 또 몇 보를 가면 끊어진 벼랑이 있는데 세 길 가량 된다. 사다리를 놓고 내려가면 점점 평탄하고 높고 넓어진다. 수십 보를 가면 평지가 있어 두어 무(畝) 가량 되는데 좌우 돌의 형상이 기이하다. 또 십 보쯤 가면 구멍이 있는데 구멍의 북쪽 입구가 더욱 좁아 엎드려 가야한다. 아래가 진흙물이어서 자리를 깔아 젖는 것을 방지한다. 칠팔 보 가면 점차 트이고 넓어져 좌우가 더욱 기이하다. 혹은 깃발 같기도 하고 혹은 부처 같기도 하다. 또 십 수 보를 가면 돌들이 더욱 기괴해지고 형상도 더욱 다채로워져 무슨 모양인지 알 수가 없다. 깃발 같고 부처 같은 것이 더욱 커지고 더욱 높아진다. 또 사오 보를 가면 불상 같은 것이 있고 고승 같은 것이 있다. 또 연못이 있어 매우 맑고 넓은데 여러 무(畝) 될 만하다. 가운데 두 개 돌이 있는데 수레바퀴 같고 하나는 물병 같은데 위와 곁에 드리운 깃발이나 일산 같은 것이 모두 오색찬란하다. 처음에는 종유석이 엉겨 아직 그렇게 딱딱하지 않을 것이라 여겨 지팡이로 두드리니 각각 소리가 난다. 길이의 길고 짧은 것에 따라 맑기도 하고 흐리기도 하여 편경 같다. 사람들이 만약 연못을 따라 들어가면 매우 기괴하다고 하는데 나는 이곳이 세속 사람으로서 함부로 구경할 곳이 아니라고 여겨서 뛰듯이 나왔다. 서쪽에는 구멍이 많은데 사람이 잘못 들어가면 나올 수가 없다고 한다. 굴의 깊이가 얼마나 되는지 물으니 근원까지 다 가본 사람이 없다고 대답하면서, 어떤 이는 평해군 바닷가에 이를 수 있다고 하니 아마도 여기서 이십 리 남짓될 것이라고 한다. 처음에 그을음과 더러움을 염려하여 하인들의 옷과 수건을 빌려서 들어갔는데, 나와서 옷을 갈아입고 세수와 양치질을 하고 나니 마치 꿈에 화서국(華胥國)*에서 놀다가 갑자기 깨어난 것 같다.

※ 화서국(華胥國) : 옛날 황제가 꿈에 화서국에서 놀아보고 태평하고 안락하게 지내는
  것에 놀랐다는 고사가 있다.

이곡에게는 성류굴이 기이함을 체험하는 유람의 공간이었다. 자세하고도 섬세한 묘사에 절로 감탄하게 된다. 이것보다 더 자세하게 성류굴을 표현할 수 없을 것 같다. 전등으로 내부를 밝혀놓고 중간 중간 계단과 다리를 설치했는데도 조심하지 않으면 머리를 부딪치기 일쑤인데 예전에는 어떻게 다녔을까 짐작하기 어렵다. 또한 주변에 사람이 있는데도 문득문득 몸서리를 치곤하는데, 두려움을 이겨내고 도를 닦았던 선현들께 절로 머리가 숙여질 뿐이다.

화가들도 성류굴 유람 대열에 합류하였다. 그들에게 성류굴은 화폭에 옮기기에 적절한 대상이었다. 진경산수화의 대가 정선鄭敾, 1676~1759은 1734년 경상도 청하현감으로 있으면서 여러 점의 그림을 남겼는데, 성류굴 그림도 그중 하나다. 깎아지른 듯 우뚝 솟아있는 암봉이 굳세다. 동굴을 품고 있는 산의 인상을 진한 먹으로 표현하였다. 굴 앞을 흐르는 왕피천의 모습도 사실적이다.

정조의 어명으로 금강산 및 관동팔경 지역을 사생 여행하게 된 김홍도의 발길도 이곳에 머물렀다. 정조가 김홍도에게 그려오라고 지시한 이유는 자신도 금강산과 관동팔경을 무척이나 가보고 싶었기 때문이었다. 정선이 왕피천 건너서 그렸다면 김홍도는 성류굴이 있는 산 아래서 위를 쳐다보며 그렸다. 바위산이 얼마나 웅장한지 성류굴과 유람객을 발견하기 어려울 정도다.

성류굴은 문화의 공간으로도 변해간다. 김시습은 「성류굴에서 하룻밤 자며」라는 시를 남겼고, 수많은 문인들이 다투어 시와 여행기를 남겼다. 신즙申楫, 1580~1639은 특이하게 「석유石乳」를 남긴다.

기이하도다, 조물주의 공이여 異哉造化功
연꽃술을 새긴 듯 만들었네 刻作蓮花蕊
하늘이 백성 장수하게 하려고 天欲壽吾民
일부러 돌 진액을 열게 했네 故令開石髓

석유石乳는 고드름처럼 동굴의 천장이나 벽에 매달려 있는 종유석이다. 종유석에서 흘러나오는 진액을 석수石髓 혹은 석종유石鍾乳라 하며, 복용하면 신선이 되어 장생불로한다는 도가의 전설이 있다. 위나라 왕렬王烈이 태항산에 갔는데, 산이 쪼개지면서 그 속에서 골수 같은 푸른 진액이 나왔으므로, 그것을 환약으로 만들어 복용하니 3백 28세가 되도록 젊은이의 얼굴과 같았다는 이야기가 전해져 온다. 『동의보감』은 약으로 쓰는 돌의 하나로 성질은 따뜻하고 맛은 달며 독이 없다고 소개한다. 정약용은 편지에서 "황해도에는 동굴과 석혈이 많아 종종 석종유의 진품이 있다고 하던데, 구할 수 있는지 물어보아 구해 주십시오. 그동안 앓아온 병근이 끝내 떨어지지 않아서 석종유를 복용하기로 결심하였습니다. 구공歐公이 석종유의 복용을 조심하라 한 것은 바로 위조품을 지적한 것이지 진품은 본시 해가 없는 것입니다."라고 한 것으로 보아 조선시대에 귀한 약으로 쓰였다는 것을 알 수 있다.

성류굴에 온 사람은 기념품으로 돌을 가져오곤 했었던 것 같다. 이수인李樹仁, 1739~1822은 최진사가 관동을 유람하다가 성류굴에서 조각돌을 가지고 돌아와 보여주자, 일찍이 실컷 듣고 유람하며 감상하려고 했으나 가보지 못해 어루만지며 「성류굴 조각돌」이란 시를 지어 아쉬움을 달랬다.

> 평생 기이한 성류굴 실컷 들었는데　平生聞飽聖留奇
> 한 조각 구슬 모양 앉아서 얻었네　一片瑰形坐得之
> 깃털로 기이한 문채 볼 수 있으니　一羽可見文彩異
> 봉황새 전체를 볼 필요 없네　鳳凰全體不須窺

성류굴의 기이함은 조선시대에도 널리 알려졌던 것 같다. 명산을 유람하지 못한 사람들이 그림을 보며 방안에 누워서 유람臥遊하는 것처럼 성류굴에서 가져온 돌을 만지며 아쉬움을 달래곤 했다. 아마도 종유석을 가져왔을 것이다. 이수인은 돌을 매만지며 방안에서 성류굴 유람을 체험했다. 돌을 어루만지는 것만으로 간접 체험을 할 수 있는 것은 아니다. 시를 감상하는 것도 성류굴을 간접 유람하는 방법이다. 성류굴을 노래한 시 중에는 성현成俔, 1439~1504의 장편시가 압권이다. 일부분만 읽어도 어느새 굴속에 있는 것 같다.

돌들은 어지러이 들쭉날쭉한데　石勢亂參差
영롱하여 교묘히 조각해 놓은 듯하네　玲瓏巧刻畫
혹은 마룻대 들보를 걸쳐 놓은 듯　或如架棟樑
혹은 수많은 창들을 모아 놓은 듯　或如攢矛戟
혹은 백의존이 우뚝 서 있는 듯　或立白衣尊
혹은 황금적이 쭈그리고 앉았는 듯　或蹲黃金狄
불탑은 높다랗게 우뚝 솟아 있고　浮屠聳嶙峋
불당의 깃발은 곱고도 선명하니　幢幡明的皪
혹은 예스럽고 아담한 선비가　或如古雅士
큰옷 차림에 옷깃을 펄럭이는 듯　翩翩衣縫掖
혹은 수줍고 얌전한 아가씨가　或如窈窕娘
아름다운 팔뚝을 드러낸 듯도 하네　娟娟露肘腋
혹은 아득한 교외를 넘어가는 듯　或越綿邈郊
혹은 질펀한 늪가를 따라가는 듯　或遵瀰漫澤
혹은 수홍교를 건너가는 듯　或渡垂虹橋
혹은 동주의 밑돌을 안은 듯도 하네　或抱銅柱碣
종 틀 같은 것도 엄연히 설치되어　鍾簴儼懸設
두드리면 적막 속에 메아리치고　叩之應空寂
맑고 시원한 골짝의 물은 흘러　泠泠谷中水
파도가 서로 세차게 부딪곤 하네　波濤相盪激
푸른 안개는 공중 가득 날아 흩어져　滿空綠霏霏
하 많은 영액을 얼굴에 뿌려 대는데　灑面多靈液
수분은 마치 종유석의 진액 같고　有汁如鍾乳
단맛은 마치 엿물 같기도 하여　味甘如飴瀝
먹으면 오래도록 배고픈 줄 몰라서　餐之久忘飢
배 속을 충실히 조양할 수도 있네　可以調肝膈

마치 아름다운 옥처럼 굳게 어리어　堅凝若瓊玖
찬란하게 호박 모양을 이루었는데　燦爛成琥珀
기괴하고 장엄한 천만 가지 형태에　奇壯千萬狀
붉고 푸르러 오색이 현란도 하지　五色絢丹碧

　성류굴은 유람의 공간, 시문이 창작되던 문화의 공간이기도 했지
만 목숨을 유지하기 위한 피난의 공간이기도 했다. 임진왜란 때 성
류사의 부처를 굴로 피난시켜 보호했기 때문에 성류굴이라 했다는
유래가 있지만, 굴 입구에 흩어져 있는 돌들은 임진왜란 때 성류굴
로 도피했던 500여 명의 주민들을 몰살시키기 위하여 왜병들이 굴
입구를 막을 때 사용했던 것이라고 안내판이 알려준다. 역사를 잊
은 민족에게 미래는 없다는 구절이 떠오르는 성류굴 탐방이다.

성류굴을 품고 있는 선유산

기를 함양시켜주는 곳
망양정

정선과 김홍도가 그린 망양정을 뚫어져라 쳐다본다. 그림의 배경이 어디일까? 울진 지역을 오르락내리락할 때마다 풀리지 않는다. 다른 그림들은 진경산수화라는 말에 걸맞게 현재의 모습에서 크게 벗어나지 않는다. 그런데 망양정 그림은 그 배경을 쉽게 찾을 수 없다. 옛 망양정터가 그림의 배경이라고 하지만 동의하기 어렵다.

현재 망양정은 울진군 근남면 산포리 뒷산에 있다. 북쪽으로 왕피천이 흐르고 동쪽으로 동해를 마주보며 우뚝 선 망양정의 역사는 그리 오래되지 않았다. 1860년(철종 11)에 울진현령 이희호가 지금의 자리로 옮겨 세우면서 역사는 시작되었다. 이후 1957년에 보수하였으며, 두 차례 보수를 더하다가 2005년 울진군이 완전 해체한 뒤 새로 지었다.

이 시기에 지어진 한시는 흔치 않다. 1889년(고종 26)에 울진 현령으로 부임한 박영선朴永善, 1828~?의 시가 보인다.

손으로 부상(扶桑) 나뭇가지 꺾고　手折扶桑第一枝
시 읊조릴 때 하늘 바람 불어오네　天風飛下朗吟時
여러 해 온 세상 노닐던 나그네가　多年六海遨遊客
여기에 오니 도리어 작은 못 같네　對此還如一小池

부상扶桑은 해 뜨는 동쪽 바다에 있다는 전설 속의 나무다. 나뭇가지를 꺾게 되었다는 것은 울진 현령으로 오게 된 것을 비유한 것이다. 망양정에 올라 시를 읊조리는데 하늘에서 시원한 바람이 불어온다. 그는 1876년(고종 13)에 수신사의 서기가 되어 일본에 가서 종두법을 배운 적이 있었다. 여섯 바다에 노닐었다는 것은 해외에까지 갔다 온 것을 말한다. 넓은 세상을 보고 왔기 때문에 망양정에서 보는 바다에 압도당하지 않는다. 호기로운 기상은 이전의 경험 때문일 수도 있지만 망양정에 오르자 호방하게 된 것일 수도 있다. 누구나 망양정에 올라 동해를 마주하면 가슴이 트이고, 읍내 건물들은 조그맣게 보인다. 자연스레 가슴이 넓어지니 틀린 말도 아니다. 정자에서 내려오니 옛터에서 가져온 주춧돌이 옆에 박혀있다. 지금의 망양정의 역사는 19세기에 시작되었지만 옛 망양정의 역사는 오래전부터였다는 것을 보여준다.

망양정이 이곳으로 오기 전의 모습을 정선과 김홍도의 그림 속에서 볼 수 있다. 최초의 망양정은 기성면 해안가에 세워졌는데, 1471년(성종 2)에 평해 군수 채수蔡壽, 1449~1515가 현종산 기슭으로 옮겨놓았다. 1517년(중종 12)에 비바람으로 정자가 파손되자, 다음해 안렴사 윤희인尹希人이 울진 군수 김세우金世瑀와 협의하여 중수하였다. 그 후 1590년(선조 23)에 평해 군수 고경조高敬祖가 중수하였다. 정선과 김홍도가 그린 망양정은 이러한 역사를 갖고 있는 정자다. 숙종이 내린 '관동제일루' 현판도, 정철의 관동별곡에 등장하는 정자도 이러한 역사를 공유한다.

정선의 망양정 그림

　그렇다면 이곳에 있었던 망양정은 어떤 조건을 충족해야만 할까? 채수와 이산해의 「망양정기」 뿐만 아니라 수많은 시와 여행기, 지리지 등은 망양정의 옛 모습을 알려준다. 먼저 행정구역상 위치를 확인해본다. 『대동지지』는 망양정이 북쪽으로 40리인 울진과 경계인 해안에 있는데 기이한 돌들이 울퉁불퉁하다고 알려준다. 『관동지』에 의하면 평해군에서 북쪽으로 40리 떨어진 곳에 있는 곳은 망양정리와 월야동리다. 『임하필기』도 망양정은 평해현에서 북쪽으로 40리 떨어진 지점에 위치하는데, 울진현에 가깝다고 기록하고 있다. 『연려실기술』은 울진의 망양정이 『여지승람』에는 평해에 들어 있다고 기록한다. 여러 기록들은 망양정이 울진과 평해 경계에 있었다는 것을 알려준다. 현재 망양리와 경계를 이르는 마을은 덕신리다. 예전의 정확한 마을의 경계를 알 수 없으나 망양리와 덕신리 경계에 정자가 있었다고 추측하여도 크게 어긋나지 않을 것이다.

정자가 위치했던 곳의 지형이 궁금하다. 송광연宋光淵, 1638~1695의 「남해록결어南關錄結語」를 읽으면 망양정 주변의 지형이 그려진다. 「남해록결어南關錄結語」는 「남관록南關錄」을 마무리 하는 글이란 뜻인데, 남관이란 강릉 사람이 삼척 이남의 동해안 지역을 지칭하는 용어다. "망양정에 올랐다. 현종산 산줄기 하나가 바다 속으로 뾰족하게 도드라진 것이 누에머리 모양과 같다. 좌우의 돌부리가 줄지은 것이 바둑돌을 놓고 별이 열 지어 있는 것 같다." 현종산 산줄기가 누에머리처럼 뻗어 바다로 들어간 형국을 묘사한 것이다. 유휘문柳徽文, 1773~1832은 「북유록北遊錄」에서 망양정이 있는 공간을 이렇게 묘사한다. "식사 후 출발해서 망양정에 이르렀다. 바닷가에 돌벼랑이 십리 가량 널리 펼쳐져 있는데, 가운데 석대石臺가 바다 쪽으로 깊숙하게 쑥 들어갔다. 세 방향은 자른 듯이 경계가 확실하

산포리 뒷산의 망양정

다. 큰길이 뒤를 가로지른다. 바다를 빙 둘러보니 눈에 보이는 것이 끝없다." 현종산에서 흘러온 산줄기가 누에머리 모양으로 바다 속으로 들어갔다. 누에머리는 온통 바위다. 큰 길이 정자 뒤를 가로지른다는 것은 김홍도 그림과 일치한다. 정자 뒤로 울진과 평해를 연결하는 길이 있었다.

정자가 서 있는 공간에 또 다른 건물이 있었다. 채수는 「망양정기」에서 정자의 조금 북쪽을 둘러 8칸을 짓고 영휘원迎暉院이라 하였다는 기록이 보인다. 8칸 건물이면 정자보다도 더 큰 건물이다. 권섭權燮, 1671~1759은 「유행록」에서 영휘원은 망양정 북쪽에 둘러지었는데 술과 음식을 바치는 곳이라고 적었다. 정선의 그림에는 정자 뒤에 제법 큰 건물이 자리 잡고 있고, 김홍도의 그림엔 조그만 건물 한 채가 보인다. 누에머리처럼 생긴 석대 위에 망양정뿐만 아니라 편의를 제공하기 위한 건물인 영휘원이 있었다. 공간이 넓지 않으면 두 건물이 들어서지 못한다.

정자가 위치한 석대에서 바다로 내려가 본다. 채수는 벼랑을 따라 내려가면 한 바위가 우뚝 솟아 그 위에 7~8명은 앉을 만하며, 아래는 땅이 보이지 않을 정도여서 임의대臨漪臺라 한다고 기록한 바 있다. 정자 아래 바닷가로 내려가자마자 눈앞에 펼쳐진 광경이다. 권섭도 임의대는 망양정 아래에 있다고 알려준다. 임의대는 유명하여 '평해팔영平海八詠'에 속할 정도다. 여러 사람들이 평해팔영을 노래했는데 성현成俔, 1439~1504의 작품이 마음에 든다.

망양정 앞에 우뚝한 천 척의 높은 대　望洋亭前千尺臺
용호가 서로 싸우는 듯 험준도 해라　龍拏虎攫靑崔嵬
들쭉날쭉 수많은 돌들 바닷가에 꽂혀　槎牙亂石揷海溏
만 길 파도 부딪쳐 눈 무더길 날리누나　波湧萬丈飛雪堆
안기생 연문자 그 어디에 있는가　安期羨門在何許
단구의 섬에 오잠이 보일락 말락 하네　鼇岑隱映丹丘嶼
아마도 구슬풀 향기가 성대히 퍼질 테니　想應瑤草香紛敷
이 맑은 바람 타고 한번 가보고 싶구나　乘此淸風欲歸去

바닷가에 솟은 바위가 임의대다. 천 척 높이라고 할 정도로 파도
를 맞서고 있는 모습이 늠름하다. 용과 호랑이가 싸우는 듯 맹렬한
힘이 느껴진다. 파도가 칠 때마다 하얗게 부서지는 파도는 흩날리
는 눈이다. 임의대에 서서 바다를 보노라면 신선이 산다는 이상향
이 보이는 것 같다. 송광연이 「남해록결어」에서 말한 "좌우의 돌부
리가 줄지어 있는 것이 바둑돌을 놓고 별이 열 지어 있는 것 같다."
고 했는데 여러 바위가 모여 있는 임의대를 말한다. 윤기헌尹耆獻,
1548~?은 「장빈거사호찬長貧居士胡撰」에서 파도치는 임의대를 간취하
였다.

　공이 순시 길에 망양정에 이르렀는데, 바다 속에 바위가 솟아 있어 파도
가 치면 부딪쳤다가 부서지는 광경이 기이하고 장관이었다. 공이 아래와
같이 시를 지었다.

　옥산을 깎아내어 조각조각 날리고　劃却玉山飛片片
　은기둥 꺾어다가 층층이 떨어뜨리네　折來銀柱落層層

　매번 이 시의 묘사가 잘 되었다고 자랑하였다.

망양정의 아름다움 중 하나가 임의대인 것은 확실하다. 정철이 「관동별곡」에서 망양정을 노래한 부분 중에 "하늘의 맨 끝을 끝내 못보고 망양정에 오르니, 바다 밖은 하늘인데 하늘 밖은 무엇인가? 가뜩이나 성난 고래를 누가 놀라게 하기에, 물을 불거니 뿜거니 하면서 어지럽게 구는 것인가? 은산을 꺾어 내어 온 세상에 흩뿌려 내리는 듯, 오월 드높은 하늘에 백설은 무슨 일인가?"라고 한 것도 임의대에 부딪히는 파도를 묘사한 것이다.

　　임의대에서 북쪽을 바라보면 백 보쯤 밖에 위험한 사다리가 구름을 의지하고 있었다. 그 위로 사람이 가는 것이 공중에 있는 것 같은 것이 조도잔鳥道棧이다. 권섭은 "망양정은 오산암벽 남쪽에 있는

임의대

데 정자가 울진에 속했으나, 실은 평해 땅이다. 앞은 너른 바다이니, 곧 팔경의 하나다. 조도잔에서 1리다."라고 기록한다. '조도잔'도 평해팔영에 해당한다. 성현의 작품이다.

청산이 바다에 거꾸러져 높은 봉 이뤘는데　青山倒海成高岡
벼랑에 얽힌 구름다리가 양장처럼 서렸네　縈厓雲棧盤羊腸
새들도 날아 못 넘고 원숭이도 걱정하여라　鳥飛不度猿狖愁
맹문 왕옥이 태항산에 서로 연한 듯하구나　孟門王屋連太行
이끼 낀 돌층계 기어올라 두 다리 걷고 서서　攀緣蘚磴露雙脚
바다를 내려다보니 술잔만큼 작아 보이네　傲睨溟渤如杯酌
삼성을 만지고 정성을 지났던 적선옹은　捫參歷井謫仙翁
일생에 단지 금성이 좋은 것만 알았었지　一生徒知錦城樂

위험한 길이었던 조도잔은 사라져버렸다. 길을 넓히면서 아슬아슬하던 길은 그림과 시 속에만 볼 수 있다. 다시 망양정이 있는 곳으로 올라간다. 망양정에서 볼 수 있는 광경은 채수가 기문에 다 기록하였다. "바람 자고 물결 고요하며 구름 걷고 비 갤 때에, 눈을 들어 한 번 바라보면 동쪽은 동쪽이 아니요, 남쪽은 남쪽이 아닌데 신기루는 보이다 말다하고, 섬들은 나왔다 들어갔다 한다. 가다가 큰 물결이 거세게 부딪치고, 고래가 물을 내뿜으면 은은하고도 시끄러운 소리에 하늘이 부딪치고 땅이 터지는 것 같으며, 흰 수레가 바람 속을 달리고 은산銀山이 언덕에 부서지는 것 같다. 가까이 가서 보면 고운 모래가 희게 펼쳐지고 해당화는 붉게 번득이는데, 고기들은 떼 지어 물결 사이에서 희롱하고 향백香柏은 덩굴 뻗어 돌 틈에 났다. 옷깃을 헤치고 한 번 오르면 유유히 드넓은 기운과 짝하여 놀아도 그 끝이 어디인지 모르며, 널리 조물주와 함께 하여 그 끝을 알지 못하는 것 같다. 여기서 비로소 이 정자가 기이하고, 하늘과 땅이 크고 또 넓은 줄을 알게 된다."

이제 정리할 시간이다. 망양정은 울진과 평해의 경계에 있었으며, 현종산에서 흘러온 누에머리 모양의 산줄기가 바다 속으로 들어간 곳에 있었다. 이곳은 망양정뿐만 아니라 영휘원을 품을 수 있는 넓은 공간이었고, 뒤로 길이 있었다. 망양정에서 바닷가로 내려가면 우뚝 솟은 바위 위에 7, 8명은 앉을 만하며 그 밑에 파도가 하얗게 부서진다. 북쪽을 보니 위험한 사다리 같은 길이 보인다. 이곳이 어딜까? '망양정 옛터'가 이곳이라는 설이 널리 알려졌지만 여러 의문이 일어난다. 여러 건물이 들어설 수 있고 정자 뒤로 길이 있기에는 정자가 있는 공간이 너무 협소하다. 정자 아래 임의대가 도로 공사로 훼손되었다고 하더라도 현종산 산줄기가 바다로 향해 길게 뻗어야 하는 것도, 울진과 평해의 경계라는 조건도 만족시켜주기에는 많이 부족하다. 여러 조건을 만족시키는 공간은 지금 망양휴게소가 있는 자리가 아닐까.

망양리에 복원된 '망양정 옛터'는 어떻게 된 것인가. 채수는 「망양정기」에서 정자는 여덟 기둥으로 둘렀는데 기와는 옛 것을 사용하고, 재목도 새로운 것을 사용하지 않았다고 밝혔다. '망양정 옛터'에 있던 건물을 헐어 망양휴게소가 있는 곳에다 망양정을 지은 것은 아닐까? 이 가설이 맞는다면 망양정 옛터에 있던 망양정이 '1기 망양정'이고, 망양휴게소 자리에 세워진 정자는 '2기 망양정', 산포리 뒷산에 세워진 정자는 '3기 망양정'이라고 보아도 될 것 같다.

망양정이 언제 처음으로 세워졌는지 알 수 없다. 안축과 이곡의 기문과 시에 없는 것으로 보아 그 이후에 세워졌을 것이다. 대부분의 시와 기문과 그림은 '2기 망양정'에 대한 것이다. 김시습金時習, 1435~1493의 「망양정에 올라 달을 보다」는 '1기 망양정'에 올라 지은 것 같다.

평평한 모래서 넓은 바다를 보니　十里沙平望大洋
바나와 하늘 아득한데 달빛 푸르네　海天遼闊月蒼蒼
봉래산 정히 인간 세상과 떨어졌으니　蓬山正與塵寰隔
사람은 물 위 마름 잎에 사는 게지　人在浮萍一葉傍

김시습이 경주 금오산에서 은거하던 시기가 1468년이다. 평해 군수가 정자를 옮긴 시기는 1471년이다. 김시습은 경주에 있으면서 울진 지역을 유람하면서 몇 군데 시를 남겼고, 위 시도 그 때 지은 것이다. 이 시는 바닷가 모래에서 바다와 달을 보면서 시를 지은 것으로 보인다. 모래가 넓게 펼쳐진 곳은 '망양정 옛터' 앞이다.

숙종이 화공에게 명하여 관동팔경을 그려서 바치라고 한 후, 한 곳에 낙점을 하고 편액을 '관동제일루'라 하게 한 곳이 어딜까?『강원도지』에 의하면 바로 망양정이다. 숙종 전에 채수는 「망양정기」에서 망양정에 대해 극찬한 바 있다.

아, 우리나라에서 봉래와 영주를 산수의 고장이라 하지만 그중에도 관동 지방이 제일이 되며, 관동지방의 누대가 수없이 많지만 망양정이 제일 으뜸이 된다. 이는 하늘도 감추지 못하고 땅도 숨기지 못하니, 모습을 드러내어 바쳐서 사람에게 기쁨을 줌이 많다. 어찌 이 고을의 다행이 아니 겠는가.

　이후 망양정에 오른 사람들은 대부분 칭송의 대열에 합류했다. 그러나 심미안이 사람마다 다르듯 망양정에 대해 견해를 달리 하는 사람도 있기 마련이다. 이진택李鎭宅, 1738~1805은 「북정일기北征日記」에서 "망양정에 오르니 별다른 경관과 기이한 볼거리가 없으나 넓은 바다가 한눈에 바라볼 수 없을 정도로 끝이 없다. 강의 신 하백河伯이 감탄할 곳이 아니겠는가?"라 하였다. 별로 볼 게 없으나 일망무제인 바다는 감탄할 만하다고 했으니 칭찬인지 비판인지 모르겠다. 남한조南漢朝, 1744~1809는 「팔경소기八景小記」에서 야박한 평가를 내린다. 그의 시각에 의하면 삼일포가 가장 뛰어나며, 낙산사와 경포대가 다음이고, 죽서루와 총석정이 그 뒤고, 월송정이 다음이

김홍도의 망양정 그림

다. 망양정과 청간정은 큰 바다에 임하여 막히거나 걸리는 것이 없어 상쾌함은 있지만, 기이한 정취를 기록할 만한 것이 없다고 평한다. 참으로 야박하다.

망양정에 대해 가장 뛰어난 심미안을 갖고 평가한 사람은 이산해李山海일 것이다. 「망양정기」는 망양정에 대한 헌사다. 그는 글쓰기와 망양정을 연관 짓는다. 글이란 기氣가 주가 되므로 기가 충실하지 못하고서 글을 잘할 수 없다는 입장이다. 사마천은 명산대천을 두루 유람하여, 기에서 얻어 말로 나타내었던 까닭에 글이 뛰어났다고 보았다. 자신은 나라 안의 기이한 경관들도 다 보지 못하였는데 영동으로 귀양 오는 길에 여러 명소를 구경하였고, 마지막으로 망양정에 오르게 되면서 변했다고 고백한다. 여기서부터가 중요하다. 아무 생각 없이 눈으로 보기만 해서는 안 된다. 느껴야 하고 깨달아야 한다. 하늘은 푸르고 바다는 깊어 크기가 밖이 없고 넓이와 깊이가 끝이 없음을 본 뒤에 달라지는 것이 있어야 한다.

정자에 올라 천지를 굽어보고 우러러보니 인간의 존재가 겨나 하루살이보다도 더 보잘 것 없지만, 높푸른 하늘과 드넓은 땅, 아득한 바다와 수많은 만물이 갖가지 괴이한 변화를 일으키면서 가슴 속으로 달려 들어와 그를 변화시켰다. 천지가 하나의 이부자리이고 창해가 하나의 도랑이고 고금이 한 순간이라는 것을 깨달았다. 시비니 득실이니 영욕이니 희비니 하는 따위는 남김없이 융해되고 세척되어 혼돈의 세계에서 조물주와 서로 만나게 되었다. 이러한 변화와 깨달음이 그의 기氣를 배양시켰다. 기문은 이렇게 끝난다.

"이러한 뒤에 붓을 잡고 종이를 펴서 시험 삼아 내 흉중에 간직한 것을 쓴다면, 글을 보고 필시 무릎을 치며 탄복하는 이가 있을 터이니, 오늘 이 정자에서 얻은 바가 훌륭하지 않겠는가?"

　망양정은 이산해를 변화시켰다. 기가 넉넉히 함양되었고 웅장해졌다. 덕분에 좋은 글을 쓰게 되었다. 글 쓰는 일이 천직인 이산해에게 최대의 축복을 내린 곳이 망양정이었다.

군자의 마음은 변치 않는 바다와 달
해월헌

1768년에 관동지역을 유람하던 조술도趙述道, 1729~1803의 발길은 울진 망양정에서 멈췄다. 주변을 돌아보고 시를 한 수 남긴다. 발길을 재촉해 어둑어둑해질 무렵에 사동沙洞 황해월黃海月의 옛 집에 이르렀다. 사동은 지금의 기성면 사동리다. 황해월黃海月은 황여일黃汝一, 1556~1622이다. 어려서부터 문장으로 이름난 그는 1576년 사마시를 거쳐 1585년 별시문과에 을과로 급제한다. 1592년에 임진왜란이 일어나자 도원수 권율의 종사관으로 공을 세우고 1594년 형조정랑을 거쳤으며, 1598년 명나라에 서장관으로 갔다 왔다. 광해군 때 동래부사, 공조참의를 지냈으며, 사후 가선대부 이조참판에 증직되었다. 조술도는 황여일의 집에 머무르며 법서法書와 명장名章을 보았다. 뛰어난 사람들과 주고받은 시문도 많았다. 법서法書는 옛 서예가의 글씨를 나무나 돌에 새기고 탁본하여 만든 서첩이고, 명장名章은 이름이 새겨진 도장이다. 황여일에게 시를 준 사람들을 일별하니 당대에 일가를 이룬 이수광, 차천로, 임제, 이항복, 신흠 등 일일이 헤아리기 어렵다. 관동지역을 유람하고 남긴 「동유록東遊錄」의 내용이다.

허훈許薰, 1836~1907도 1898년에 동해안 일대를 유람하고 「동유록東遊錄」을 남겼다. 월송정을 지나는데 정자는 이미 훼손되었고, 소나무도 도끼에 잘려졌다. 경치가 쓸쓸하여 볼만한 것이 없었다. 사동

沙洞 황씨 집에서 잤다. 다음날 해월헌海月軒에 올랐다. 현판 위에 이름난 재상들이 쓴 아름다운 작품들이 많았다. 양사언楊士彦과 이산해李山海의 글씨를 모은 서첩을 보았다. 모두 대단한 작품으로 마음이 상쾌해졌다.

두 사람의 유람기를 통해 울진 바닷가를 여행하는 사람들은 종종 망양정과 월송정 사이에서 사동리의 황여일 집을 방문하였다는 것을 알 수 있다. 사동리는 이산해李山海, 1539~1609가 「사동기沙銅記」에 자세하게 묘사하였다. 이산해는 1592년에 탄핵을 받아 울진군 기성면 황보리에서 유배 중이었는데, 황여일의 부친을 뵙고 「사동기」를 남겼다.

이산해의 눈에 비친 사동리는 어떠했는가. 이산해는 삼척부터 울진으로 내려오면서 맑은[淸淑] 기운이 다했다고 보았다. 그러나 기운은 다하는 곳에서 가득 차되 넘치지 않아 반드시 감돌아 서리고 가득 엉기게 되는 것이 필연적인 이치라고 생각했다. 사동리의 풍수를 보니 묏부리가 구불구불 뻗어 흡사 엎드렸다 일어나는 듯, 뛰어올랐다 달려가는 듯, 난새와 봉황이 날개를 편 듯한 형국으로 둘러싸고 감싸 안아 한 동네를 이룬다. 이에 마음속으로 기이하게 여겨, 굽이쳐 서리고 힘차게 맺힌 기운이 필시 물物에 모이고 사람에 모였으리라고 추측한다. 그런데 물은 기운을 홀로 많이 가질 수 없으므로, 반드시 걸출하고 재주가 뛰어난 선비가 이곳에 태어날 것이라고 생각했다. 2년 뒤 황여일이 어버이를 뵈러 왔다가 이산해를 방문하였다. 10여 일을 함께 머물면서 서로 흉금을 터놓아보였는데, 이때 이산해는 굽이쳐 서리고 힘차게 엉긴 기운이 황여일에게 있음을 알았다.

사동항에서 해월헌을 찾아 나선다. 길은 하천을 따라 양쪽으로 달린다. 출발할 때는 마을 입구가 좁게 보였으나 안으로 들어가니 넓은 논 바깥으로 낮은 산이 둘러싸고 있다. 조그마한 분지다. 집들이 모여 있는 마을이 사동1리다. 길가에 세워진 '평해황씨 해월종택'이란 안내판을 따라가니 독립운동가 황만영1875~1939 선생의 생가가 먼저 보인다. 선생은 1907년 고향 기성면 사동리에 대흥학교를 세워 인재를 양성했으며, 일제에게 나라를 빼앗기자 신흥무관학교의 모태인 신흥강습소 설립에 참여했다.

황만영 생가 뒤쪽 산 아래에 사계당沙溪堂이 있다. 사계沙溪 이영발李英發이 집 옆에 서재로 사용하기 위해 지은 정자이다. 이영발은 어려서부터 영민하여 영동과 영서의 시회에 참가하여 여러 번 장원을 차지하는 등 글재주를 발휘하였다. 그러나 그는 과거의 뜻을 버리고 사계당에서 후학 양성에 힘을 쏟는다. 그는 사계당을 중심으로 울진과 평해 지방의 문사들과 두루 교유하면서 두 지역의 학문교류를 연결하는 중간자 역할을 하였다는 평가를 받는다. 울진 지역에서 중요한 공간이었던 사계당은 세월 속에서 많이 퇴락한 상태다.

사동리에 송곡헌松谷軒이 있었다. 현감 이명유李命裕는 1517년에 홍천군수를 역임하였다. 1519년에 기묘사화가 일어나자 벼슬을 버리고 기성면 사동리로 낙향하여 송곡헌에서 후학을 양성하며 전의 이씨 평해 입향조가 되었다. 이영발은 이명유의 고손자이다. 이산해가 사동리의 풍수를 보고 굽이쳐 서리고 힘차게 맺힌 기운이 사람에 모여 반드시 걸출하고 재주가 뛰어난 선비가 이곳에 태어날 것이라고 예언한 것이 틀리지 않다는 것을 증명해준다.

해월헌

　지척에 해월헌이 보인다. 해월헌이 사동리 마악산 아래 세워진 때가 1588년이다. 1847년에 후손들이 종택 안으로 옮겨왔다. 해월헌의 주인인 황여일이 과거에 급제하였을 때 이산해가 좨주였다. 유배객이었던 이산해에게 황여일은 해월헌에 대한 기문을 지어주기를 청하자 이산해는 「해월헌기海月軒記」를 지어서 의미 있는 공간으로 만들어주었다.

　천하 만물 중 본체를 잃지 않는 것이 드물다. 유독 바다는 온갖 시내를 다 받아들이고도 넘치지 않고 바닷물이 빠져나가는 구멍이 끊임없이 물을 삼키는데도 줄어들지 않으며, 눈처럼 흰 풍랑이 이리저리 미친 듯이 치달리고 교룡과 고래, 악어 등이 물기둥을 내뿜으며 출몰하여도, 결코 터지거나 깨어질 근심이 없다. 달은 구름이 가리면 볼 수 없지만 구름이 걷힌 다음 우러러보면 밝은 빛은 여전하다. 사람의 마음은 외물(外物)에 따라 쉽게 옮겨가니, 유혹하면 잠깐 사이에 만 가지로 변하곤 한다. 따라서 만약

이 마음을 붙잡음이 독실하지 못하고 지킴이 긴밀하지 못하면 마치 미친 물결과 사나운 말이 치닫는 것과 같아, 상실하지 않는다고 보장하기 어려울 것이다. 군자는 혼탁한 시속(時俗) 가운데 섞이어도 심지(心志)는 더욱 고결하고 급박한 환난의 즈음에 처해서도 지조는 더욱 확고하여, 부귀에도 흔들리지 않고 빈천에도 옮겨지지 않으며 위무(威武)에도 굽히지 않는 것이 마치 바다가 그렇게 뒤집히는 거센 파도에도 차거나 준 적이 없고 달이 저렇게 차고 이울면서도 끝내 본체에는 결손(缺損)이 없는 것과 같다. 군자의 마음은 바로 광대하고 고명(高明)하여 길이 변치 않는 바다와 달인 것이다. 바다와 달[海月]에서 뜻을 취함이 매우 크지 않겠는가.

옛사람은 벼슬의 바다는 마치 물결치는 파도 위에 떠 있는 갈매기처럼 부침이 심하다고 비유했다. 벼슬살이를 환해풍파宦海風波라 했다. 위태위태한 항해에서 항심恒心을 갖고 나가기 어렵다. 권력을 따라 소신을 쉽게 바꾼다. 돈의 유혹에도 쉽게 넘어간다. 이산해가 활동하던 시기는 환해풍파가 심한 시기였다. 환해 속에서 군자는 심지를 더욱 고결하고 확고하게 하여, 흔들리지 않고 옮겨지지 않으며 굽히지 말아야 한다. 그러나 인간의 마음은 날뛰는 말과 같고 떠드는 원숭이 같아 진정시키고 다잡기 어렵다. "마음은 원숭이처럼 안정되지 않고 뜻은 말처럼 사방으로 내달아 신기가 밖으로 어지럽게 흩어진다心猿不定 意馬四馳 神氣散亂於外"는 말이 나온다. 원래 불가에서 쓰이는 말로 감정이 요동치고 온갖 생각에 휩싸여서 다스릴 수 없는 상태 즉 인간의 번뇌와 망상을 일컫는 말이다. 바다와 달海月은 변치 않음을 상징한다. 이산해는 스스로 그렇게 다짐했을 것이다.

해월헌에 대한 여러 시 중 한문 4대가의 한 사람인 이정구李廷龜, 1564~1635의 시가 해월헌에 걸려있다.

해동이라 봉래산의 기슭에는　左海蓬萊岸
이름난 구역이라 태백이 있다오　名區太白墟
고아한 분의 고요한 별업 있나니　高人仙業靜
맑은 밤 작은 정자는 텅 비었어라　淸夜小亭虛
만 리에 금빛 물결은 움직이고　萬里金波動
삼경에 대 그림자는 성글어라　三更竹影疏
어느 때나 좋은 완상을 하면서　何時挓勝賞
높은 난간에서 구름 소매 펄럭일까　危檻颻雲裾

　해월헌은 야산을 등지고 남쪽으로 향하고 있다. 포근하고 평안하다. 대문을 들어서면 넓은 마당을 사이에 두고 정침과 해월헌이 나란하다. 뒤에는 사당이 자리 잡고 있다. 해월헌 편액과 툇마루에 빼곡하게 걸려 있는 시 편액이 이 집의 역사와 권위를 보여준다. 아니 몸소 느끼게 한다. 화려하고 웅장하지 않지만 정갈한 선비의 기운이 나그네를 정숙하게 한다. 이것이 종택에서 나오는 아우라가 아닐까. 건물 뒤로 가니 엄숙한 분위기가 조금 누그러진다. 장독대에서 어머니의 품처럼 포근함을 느낄 수 있다. 옹기로 만든 굴뚝은 고향 시골집으로 이끈다. 정신을 차리니 뒤뜰 담 뒤로 대나무 숲과 소나무가 청청하다. 다시 옷깃을 여미게 한다. 정숙해진다.

소나무와 달과 백사장, 그리고 정자
월송정

　어떤 존재를 무엇이라 부르는 것. 그것이 이름이다. 이름은 존재
가치나 의의를 뜻한다. 이름이 없으면 무심히 지나치게 된다. 사물에
이름이 있으면 다시 돌아보게 된다. 이름이 있는 바위와 없는 바위는
천양지차다. 이름이 있는 산과 없는 산도 그렇다. 이름이 주어짐으로
써 비로소 의미를 얻게 되고, 의미를 얻게 됨으로써 존재가치를 지니
게 된다. 이름의 의미를 어떻게 규정하는가도 중요하다. 어떻게 규정
하느냐에 따라 사물이 다르게 보이고 다르게 해석되어진다.

　월송정을 월송정越松亭으로 적기도 하고 월송정月松亭으로 쓰기
도 한다. 한자를 어떻게 쓰고 해석하는가에 따라 다양한 시선이
교차된다. 『강원도지』는 세 가지 견해를 보여준다. 신라시대에
영랑, 남랑, 술랑, 안랑 등 사선이 이곳에서 노닐고 쉬었는데, 처
음에는 이곳이 절경인 줄 몰라 지나갔기 때문에 '뛰어넘을 월越'
을 써서 월송越松이라 했다는 것이 첫 번째다. 동해안은 신선과 관
련된 곳이 많아 신선을 소재로 시를 짓는 사람들은 이 견해를 좋
아한다. 울진의 옛 이름이 선사仙槎라 동의하기 쉽다. 옛날 누군
가가 배에 월越나라 소나무를 싣고 와서 심었기 때문에 월송越松
이라 했다는 견해는 두 번째다. 황윤석黃胤錫, 1729~1791은 「월송황
씨선적고越松黃氏先跡考」에서 이 견해를 옹호한다. "황락黃洛이 구
대림丘大林과 옛날의 남월南越인 교지국交趾國에 사신으로 가던 중 풍

랑을 만나 표류하다가 신라와 고구려의 경계에 이르렀는데 각기 장군이라 불렀다. 황장군은 바닷가에 흙을 쌓아 부족한 곳을 채워 굴산崛山을 만들었으니 굴봉崛峯이라고도 한다. 배에서 솔방울을 꺼내 산에 가득 심었다. 그래서 월송봉越松峯이라 하고 또한 월송정越松亭이라 한다." 황락이 신라에 귀화하여 평해에 정착하면서 한국 황씨의 시조가 된 사실을 밝히면서 월越나라 소나무 씨를 가져와 심어서 월송越松이 되었다고 주장한다. 지금도 평해에 평해 황씨 시조 종택과 황장군 묘가 있다.

밝은 달이 떠올라 맑은 그림자가 은은한 소나무 그림자 가운데서 배회하였기 때문에 월송月松이라 이름 지었다는 설은 세 번째다. 달밤 월송정의 아름다움을 예찬하는 사람들은 이 주장을 받아들인다. 이산해李山海는 「월송정기」에서 두 가지 견해를 더 제안한다. 신선이 솔숲을 날아서 넘는다[飛仙越松]는 뜻을 취해 월송越松이라는 설이 하나다. 사선四仙과 연관 지은 설명이다. 월月 자를 월越로 쓴 것으로 성음聲音이 같은 데서 생긴 착오라는 설도 소개한다. 본인은 어느 것이 옳은지 알 수 없으나 정자의 편액을 따라 월송越松이라고 한다고 글을 맺는다.

월송정의 역사가 궁금하다. 안축의 「취운정기翠雲亭記」에서 힌트를 얻을 수 있다. 그가 1312년에 울진에 왔을 때 군의 남쪽 흰 모래가 평평한 둑에 어린 소나무 수천 그루를 보면서 이곳에 정자를 짓는다면 한송정, 월송정과 함께 겨룰 만하겠다는 대목이 보인다. 1312년 이전에 월송정이 있었다는 것을 증명해준다. 1349년 이곡이 쓴 「동유기」에도 월송정이 등장한다. 소나무 만 그루가 서 있는

가운데 정자가 있는데, 사선이 유람하다가 우연히 이곳을 지나갔기 때문에 이름이 붙여졌다고 설명한다.

조선 중기에 관찰사 박원종朴元宗이 처음으로 지었다는 기록은 중건한 것을 오해했을 것이다. 이후의 역사는 수리와 중건의 역사다. 1898년 허훈許薰, 1836~1907이 월송정을 지나게 되었다. 정자는 이미 무너지고 소나무 또한 도끼에 잘려져서 볼만한 것이 없다고 「동유록」에 적어놓았으니 이전에 퇴락된 상태였던 것 같다. 1933년에 고을 사람 황만영黃萬英·전자문全子文 등이 중건하였으나 일본군이 강제로 철거하여 터만 남았다. 1969년 울진 출신의 재일교포로 구성된 금강회金剛會의 김정문金正門·박선규朴善奎·김익만金益萬을 비롯한 80여 명이 정자를 신축하였으나 옛 모습과 달라 해체하고, 1980년 지금의 모습이 되었다.

고려시대부터 월송정을 찾은 사람들은 시를 남겨 월송정을 문화의 공간으로 만들었다. 안축과 이곡의 작품이 보이고, 고려 말에 원천석도 다녀갔음을 알 수 있다. 허목은 「청사열전」에서 김시습의 발자취에 대해 "풍악산과 오대산에 올랐고 바닷가를 유람하였으며 월송정을 거닐었고 울릉도와 우산도를 멀리 바라보았다."라고 할 정도로 월송정에서 노닌 것을 특이한 일로 기록하였다. 김시습은 「평해 월송정에서 노닐다」란 시를 남긴다.

봄바람은 월송정에 넘실대며 부는데　春風駘盪越松亭
바다는 푸르고 모래 하얀 십리 바닷가　海碧沙明十里汀
평원을 바라보니 생각은 끝없는데　一望平原無限思
불탄 흔적 있는 풀빛은 더욱 푸르네　燒痕草色更青青

김시습의 눈에 보이는 것은 푸른 바다다. 하얀 모래가 넓게 뒤덮은 바닷가다. 바다와 모래를 볼 수 있는 곳이다. 뒤로 시선을 돌리니 넓은 벌판이 보이고, 풀빛은 짙어져만 간다. 작년에 들판을 태울 정도의 변고가 있었던 것 같다. 그럼에도 불구하고 해가 바뀌니 어김없이 풀은 자란다. 힘든 삶이지만 푸르러가는 풀을 보며 다시 살아보자고 다짐하는 것 같다.

이후 월송정을 노래한 시는 이루 헤아리기 어려울 정도다. 본관이 평해인 황준량黃俊良, 1517~1563도 월송정에 오른 감회를 자랑하고 싶었다.

> 푸른 바다 하늘에 연하고 땅이 끝난 동쪽　碧海連天地盡東
> 맑은 모래 십 리에 큰 소나무 무성하네　明沙十里蔭長松
> 퉁소 불며 신선은 밤중에 놀러오고　吹簫仙子來中夜
> 나막신 신은 나그네 저물녘에 이르렀네　散屐遊人至下春
> 달빛이 가지 끝에 부서지자 학은 놀라고　月碎枝稍驚白鶴
> 바람은 잔물결 뒤집자 푸른 용 일어나네　風翻鱗甲起蒼龍
> 소매 속에 차가운 파도 넣어 가서　袖中卷得寒濤去
> 옛날의 내가 아니라고 자랑하리　自記吾非舊日容

월송정이 있는 곳은 땅이 바다와 연결되고 수평선이 보이는 곳이다. 주변은 깨끗한 흰 모래가 길게 펼쳐져 있고 푸른 소나무가 바다를 따라 무성하다. 너무나 깨끗하여 까마귀나 솔개가 깃들지 못한다. 개미나 땅강아지가 다니지 못하며, 온갖 풀들이 이곳에 뿌리를 내리지 못할 정도다. 깊은 밤 인적이 끊기고 모두 잠들 때면 신선이 학을 타고 생황을 부는 듯한 소리가 들려오는듯하다. 이때 나그네는 월송정으로 향한다. 달이 떠올라 솔잎에 달빛이 하얗게 빛나고, 바람에 바다가 뒤척이자 나그네는 신선이 된 듯하다. 월송정에 부는 바람은 속세에 찌는 나그네를 깨끗하게 씻어준다. 딴 사람이 된 것이다. 얼른 속세로 돌아가 바뀐 나를 자랑하고 싶어진다.

월송정에서 시만 지은 것이 아니다. 정선鄭敾, 1676~1759은 먹을 짙게 묻혀 월송정을 그렸다. 울창한 소나무 숲이 먼저 눈에 들어온다. 먹의 농담으로 표현된 송림은 먹구름을 연상하게 하지만 미세한 농도 차이로 수만 그루의 소나무를 만들었나. 왼쪽에 우뚝한 봉우리는 굴미봉이다. 황윤석黃胤錫은 황장군이 흙을 쌓아 부족한 곳을 채워 만든 산이라고 하였고, 권섭權燮은 「유행록遊行錄」에서 '굴산崛山은 월송정 솔밭 밖에 있는데, 선인들이 놀다간 곳'이라 한 곳이다. 이산해는 「월송정의 우거하는 집에서 20수를 읊다」에서 굴봉堀峯을 노래할 정도로 굴미봉은 월송정 주변의 명소다.

기암 고목이 얽혀 있는 갈림길 奇巖古木路岐頭
다들 말하길 이곳 신은 모든 요구 들어 준다네 共說明神聽有求
세간에 곧은 도를 지키다 고초를 겪었으니 直道世間曾折臂
이제부턴 바라건대 갈고리처럼 굽어지이다 從今願乞曲如鉤

그림 오른쪽에 월송정이 있다. 성문 위에 있으니 문루門樓다. 월송정은 해안경비를 담당하던 월송포진성越松浦鎭城의 성문 역할을 하였다. 월송정 뒤 나무 사이로 기와집과 초가가 보인다. 그 뒤로 하천이 흐른다. 하천은 바다를 향해 흐르다가 바닷가에 호수를 만들었다. 그림에 호수가 보이지 않지만 이곳에서 배를 띄우고 노는 것이 하나의 풍류였다.

　오도일吳道一, 1645~1703은 「기성창수시첩서箕城唱酬詩帖序」에서 수령이 술자리를 베풀자 앞 호수에서 함께 뱃놀이 할 것을 요청했다는 표현이 나온다. 유휘문柳徽文, 1773~1827의 「북유록北遊錄」은 호수의 존재를 보여준다. "동쪽을 돌아보니 큰 바다가 멀지 않은데 은빛 파도와 물결이 갑자기 뛰어 올랐다가 합쳐진다. 남쪽으로 홍건이 괴어있는 호수와 임하고, 호수 밖은 큰 들이 평평하다."라고 월송정에서 바라본 주변을 묘사하였다. 뱃놀이 하던 호수는 습지로 변하였고, 일부는 생태공원이 되었다.

　정선의 그림은 월송정이 지금 자리에 있지 않았다는 것을 보여준다. 최근의 발굴조사에 의하면 월송리 303-17번지 일대에서 성벽과 문루, 우물, 기와무지 등이 발견됐다. 이는 조선시기 수군 병영인

김홍도의 월송정 그림

월송포진의 남쪽 성벽 일대에 해당하는 유구로, 월송포진의 성벽과 문루 유적이 정선이 묘사한 것과 일치하는 것으로 확인되었다.

김홍도金弘道, 1745~?의 그림도 정선의 그림과 거의 비슷하다. 다만 화면 좌측 위에 구산리가 보이는 것과, 월송정을 중심으로 좌우로 연결된 성벽이 뚜렷하게 보인다는 것, 굴미봉 주변에 과녁이 설치된 것이 김홍도 그림의 특징이다. 조선 성종이 화가를 시켜 활을 쏘는 활터의 정자 중 가장 풍경이 좋은 곳을 그려오라고 하자 영흥永興의 용흥각龍興閣과 평해의 월송정을 그려 올렸다고 한다. 이를 본 성종은 용흥각의 연꽃과 버드나무가 아름답기는 하나 월송정에 비할 수 없다며 월송정과 그 주변의 경치에 감탄했다는 이야기를 그림 속의 과녁이 증명해준다. 또 하나는 바닷가 백사장 양 옆에 솟아오른 언덕이다. 그냥 언덕이 아닌 모래 언덕을 묘사한 것이고 이것도 월송정 주변의 명소다. 이산해는 이곳을 주목해 「모래언덕[沙阜]」을 남긴다.

높으락 낮으락 보일락 말락 조용한 자태 高低隱約態雍容
은으로 구릉을 빚고 옥으로 봉우리 빚었네 銀作丘陵玉作峯
깎아도 뿌리엔 못 이르고 불어도 흩어지지 않으며 斲不到根吹不散
놀란 파도가 날마다 침노해도 아랑곳 않는다네 任他驚浪日相舂

이산해가 보았던 모래언덕은 '울진 평해사구'다. 국립환경연구원에 의하면 우리나라에서 드물게 해안에서부터 차례대로 3개의 해안사구열이 잘 보존되어 있는 곳으로, 동해안 해안사구의 형성 과정 연구와 관련하여 학술적 보전 가치가 큰 것으로 평가받는 곳이다. 해안사구의 식생을 보존하기 위해서는 훼손을 최소화시킬 수 있는 제도적인 장치가 필요한 이곳은 생태공원의 일부로 편입되고 있다.

그림은 직접 명소를 가지 못한 사람들에게 간접 체험의 기회를 준다. 그림을 감상한 후 제화시를 남기기도 한다. 정조는 「어떤 사람이 풍악에서 돌아와 관동도關東圖의 병풍을 나에게 보여 주므로, 그 병풍에 써서 돌려보내다」란 제목 아래 8편의 시를 짓는데, 그 중에 월송정이 들어있다. 어떤 사람이란 김홍도일 것이다.

정자를 두른 솔과 잣나무 짙게 푸르고 環亭松柏太蒼蒼
겹겹의 껍데기엔 오랜 세월이 쌓였네 皮甲嶙峋歲月長
광대한 바다는 끝없이 흐르기만 하는데 浩蕩滄溟流不盡
수많은 배 돛대들은 석양빛 띠었네 帆檣無數帶斜陽

월송포진터

월송정 주변의 울창한 소나무와 용의 비늘 같은 껍질, 월송정 너머로 펼쳐진 동해를 주목한 정조의 시선을 볼 수 있다.

성문 위의 문루인 월송정은 언제 세워졌을까. 1530년에 편찬된 『신증동국여지승람』은 월송정이 고을 동쪽 7리에 있다고만 설명한다. 1860년대에 편찬한 『대동지지』가 월송정은 월송진越松鎭에 있다고 기록한 것과 거리가 있다. 『관동읍지』는 월송포에 만호萬戶가 있는데, 1555년에 석성을 쌓았다고 전해준다. 월송포진성의 성문 위에 정자인 월송정은 1555년 이후에 세워진 것이다.

1555년 이전에 월송정은 어디에 있었던 것일까. 안축의 「취운정기」를 다시 살펴본다. 그가 1312년에 울진에 왔을 때 군의 남쪽 흰 모래가 평평한 둑에 어린 소나무 수천 그루를 보면서 이곳에 정자를 짓는다면 한송정·월송정과 함께 겨룰 만하겠다고 했다. 월송정이 자리하고 있는 공간의 특징을 간접적으로 보여준다. 흰모래 평평한 둑과 소나무가 많은 곳이다. 이곡은 소나무 만 그루가 있고, 그 가운데 정자가 있다고 증언해준다. 『신증동국여지승람』은 푸른 소나무가 만 그루이고, 흰 모래는 눈 같다고 기록한다. 원천석은 「월송정」에서 "솔 그늘 십리에 백사장은 평평한데, 정자밖엔 마른 우레 파도 소리 빠르구나"라고 했다. 1555년 이전의 월송정은 월송포진성에 있지 않았고, 바닷가로 더 가까운 곳에 있었을 것이다. 그래야 정자에서 마른 우레 소리와 파도 소리를 들을 수 있다. 김시습과 황준량의 월송정 시도 바닷가에 서서 읽어야 제대로 감상할 수 있다. 지금 월송정이 있는 곳이 바닷가에서 정자를 세우기에 제일 적합한 장소일 것 같다.

정자 앞 만 리 푸른 파도

망사정

강원도 존무사로 재임 중이던 안축安軸, 1287~1348은 관동지방의 뛰어난 경치와 유적을 보고 감흥이 일어 「관동별곡」을 짓는다. 그것으로 부족하여 기행시로 노래한 한시를 『관동와주』에 실었다. 「관동별곡」은 마지막에 정선군을 노래했지만 지형적으로 남쪽 지역의 끝은 평해에 해당된다. 평해에서 월송정이 있는 곳보다 더 아래가 후포리고, 후포리에 있던 망사정望槎亭이 8장 마지막을 장식하게 되었다.

> 망사정 가 만 리 푸른 파도 望槎亭上 滄波萬里
> 아, 갈매기 반갑구나! 爲 鷗伊鳥 蘇甲豆斜羅

예전엔 평해군 후포리가 강원도와 경상도의 경계였다. 1349년에 이루어진 이곡의 동해안 유람을 기록한 「동유기東遊記」도 평해군에 도착하면서 끝났다. 후포리가 강원도의 최남단에 있었기 때문에 관찰사들은 이곳까지 발걸음을 해야 했다. 안축은 후포리에 있는 망사정에 올라 「평해 망사정에서 짓다」를 남긴다. 망사정을 노래한 가장 오래된 한시다.

> 울긋불긋 정자 공중에 떠서 물결 비추어 金碧浮空映水陰
> 올라와 바라보니 속세 옷깃 씻겨지네 登臨一望灑塵襟

비 갠 푸른 나무에 꾀꼬리 지저귀고 雨晴綠樹黃鸎語
바람 잔잔한 물결에 갈매기 한가하네 風軟滄波白鳥心
팔월엔 신선의 배 은하수에 통하고 八月仙槎通上漢
오래된 생선 가게 앞 숲 너머에 있네 百年漁店隔前林
높고 넓은 이곳 만고에 아는 이 없더니 峨洋萬古人無眼
하늘이 몰래 감추고 오늘을 기다렸네 祕蓄天慳直待今

마지막 연은 망사정의 건립 시기를 추정할 수 있는 실마리다. 안축은 시 뒤에 "읍 남쪽에 옛날에 누대가 없었으나, 존무사存撫使 박공朴公이 처음으로 누대를 세웠기 때문에 한 말이다."라고 주석을 달아놓았다. 후포의 아름다움이 널리 알려지지 않은 이유는 하늘이 존무사 박공을 기다려 정자를 짓기 위해서였다는 것이다. 그렇다면 망사정을 처음 지은 사람은 존무사 박공이다. 존무사 박공은 누구인가. 고려 충숙왕 17년에 충혜왕이 평양도平壤道 존무사를 순무사巡撫使로 삼았다는 기록과, 충숙왕 때에 안정도安定道 존무사로 하여금 평양부윤平壤府尹을 겸하게 했다는 기사로 보아, 존무사란 벼슬은 충숙왕 때에 임시로 존재했던 지방관으로 추정된다. 옛날에 강릉 경포에 정자가 없었는데, 고려 충숙왕 병인년(1326)에 이르러서 존무사 박공이 그 위에 정자를 짓고 안축이 기문을 지었다는 기록이 보인다. 여기서 박공은 박숙정朴淑正이다. 망사정을 지은 박공朴公은 박숙정朴淑正이 아닐까?

『신증동국여지승람』은 평해 남쪽에 망사정이 있었다고 기록하고, 『울진군지』는 "평해읍 남쪽 10리 밖인 등기산 관어대觀魚臺에 위치하며 관찰사 박원종朴元宗이 창건하였으나 지금은 잔존하지 않고 시만 남아 있다."고 알려준다. 박원종朴元宗, 1467~ 1510이 창건했다고 하지만 중창을 잘못 기록했을 것이다.

　박원종이 중창하기 전에 원천석元天錫, 1330~?이 망사정에 올라 시를 남겼다. 서거정徐居正, 1420~1488이 평해 지역의 대표적인 여덟 승경을 노래한 평해팔영平海八詠 중 망사정을 노래한 것도 박원종 이전일 것이다. 심언광沈彦光, 1487~1540이 평해팔영에 차운하여 시를 남긴 것은 아마도 박원종이 중창한 이후일 것이다. 최연崔演, 1503~1549은 서거정의 시에 차운하여 망사정의 아름다움을 노래했다. 망사정을 마지막으로 노래한 사람은 강석규姜錫圭, 1628~1695인

망사정

것 같다. 그 이후의 작품이 보이질 않는다. 아마도 강석규 이후에 망사정은 퇴락했을 것이다.

원도관찰사를 역임한 성현成俔, 1439~1504도 후포에 와서 「평해팔영」 중에 망사정을 노래했다.

박망후(博望侯)의 뗏목 천상에 당도하여　博望靈槎天上落
직녀의 지기석(支機石) 얻어 돌아왔지　手中探得支機石
당시엔 나그네별이 하늘을 범했는데　當時客星犯青冥
그가 떠난 뒤로 은하가 멀기만 하구나　去後銀潢空遠隔
정자가 아스라이 끝없는 동해에 임하여　亭臨東海渺無涯
큰 파도가 번쩍번쩍 눈꽃을 번득이어라　鯨濤閃閃翻空花
혹시 은하의 근원 찾아 우저(牛渚) 이르거든　倘尋靈源到牛渚
응당 섬섬옥수가 와서 깁을 빨고 있겠지　應有素手來浣紗

박망후博望侯는 한무제漢武帝 때 장건張騫의 봉호다. 지기석支機石은 베틀 괴는 돌을 말한다. 장건이 일찍이 사신의 명령을 받고 서역에 나갔던 길에 뗏목을 타고 황하의 근원을 한없이 거슬러 올라가다가 어느 성에 이르렀다. 한 여인은 방 안에서 베를 짜고, 한 남자는 소를 끌고 은하의 물을 먹이고 있었다. "여기가 어디인가?"라고 묻자, 그 여인이 지기석 하나를 장건에게 주면서 "성도成都의 엄군평嚴君平에게 가서 물어보라."고 하였다. 돌아와서 엄군평을 찾아가 지기석을 보이자, 엄군평이 "이것은 직녀의 베틀 괴는 돌이다. 아무 연월일에 객성이 견우와 직녀를 범했는데, 지금 헤아려 보니, 그 때가 바로 이 사람이 은하에 당도한 때였도다."라고 했다는 전설이 전해져 온다. 성현은 정자의 이름 망사정望槎亭을 '박망후博望侯의 신령스런 뗏목'으로 비유하였다. 우저牛渚는 견우성牽牛星이 소에게 물을 먹이던 물가란 뜻으로, 여기서는 곧 은하의 물가를 가리킨다. 섬섬옥수는 직녀성織女星을 가리킨다.

성현은 망사정에서 견우와 직녀를 떠올리고, 뗏목을 타고 가서 그들을 만난 장건을 낭만적으로 그리고 있다. 망사정은 선계로 향하는 길목이다. 선계를 가지 못해도 바라보려면 어두운 밤이어야 한다. 은하수가 흐르고 견우성과 직녀성이 또렷하게 빛나는 밤에 망사정에 오르면 어느덧 장건이 되어 배를 타고 은하수를 향하는 꿈을 꾸게 될 것이다.

사라졌던 망사정이 등기산 산자락에 복원되었다. 등기산은 온 산이 공원이다. 여기저기 조형물이 설치되어 있다. 망사정에서 스카이워크까지 다리로 연결되었고, 스카이워크는 바다를 향해 뻗어있다. 밑에는 시멘트 길이 갓바위까지 연결되었다. 인공시설물이 산과 바다를 다 차지해버렸다. 은하수를 바라보며 전설 속으로 여행하기에는 주변이 너무 많이 변해버렸다.

찾아보기

ㅈ